名探偵コナン
から紅《くれない》の恋歌《ラブレター》
青山剛昌

ビル爆破《ばくは》をつなぐのは!?

百人一首界《ひゃくにんいっしゅかい》を牽引《けんいん》する
「皐月会《さつきかい》」が主催《しゅさい》する
皐月杯《さつきはい》……

その優勝者《ゆうしょうしゃ》が
殺害《さつがい》された!!

血《ち》にまみれた札《ふだ》に
残《のこ》された証拠《しょうこ》は!?

京《きょう》都《と》の殺《さつ》人《じん》と大《おお》阪《さか》の

同《おな》じ頃《ころ》、
小《こ》五《ご》郎《ろう》の仕《し》事《ごと》のために
コナンたちが訪《おとず》れた
大《おお》阪《さか》のテレビ局《きょく》が爆《ばく》破《は》!!

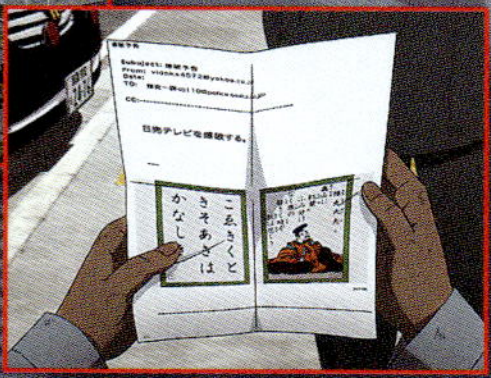

爆《ばく》破《は》予《よ》告《こく》メールには
謎《なぞ》のかるたの画《が》像《ぞう》が!?

ビルに残《のこ》された
平《へい》次《じ》と和《かず》葉《は》は!?

と紅葉《もみじ》がバトル!?

平次《へいじ》の婚約者《こんやくしゃ》
だと言《い》いはる
紅葉《もみじ》……

競技《きょうぎ》かるた高校生《こうこうせい》
クイーンの大岡紅葉《おおおかもみじ》。
平次《へいじ》をめぐり、
和葉《かずは》と競技《きょうぎ》かるたで
勝負《しょうぶ》することに!!

「それくらいの覚悟《かくご》はできてますやろ!?」

蘭《らん》が見《み》つけた写真《しゃしん》には、
幼《おさな》い平次《へいじ》と紅葉《もみじ》が……!?

平《へい》次《じ》をめぐり、和《かず》葉《は》

平次《へいじ》の母《はは》で元《もと》クイーンの
静華《しずか》の特訓《とっくん》を受《う》けることに
なった和葉《かずは》だが……

事件《じけん》、
そして和葉《かずは》と紅葉《もみじ》の戦《たたか》いの舞台《ぶたい》は、
皐月堂《さつきどう》へ——

最《さい》後《ご》のターゲットとは!?

ターゲットたちに
次《つぎ》々《つぎ》と送《おく》られた
謎《なぞ》のメールには……
またしてもかるたが!!

和《かず》葉《は》たちを救出《きゅうしゅつ》するため、
平《へい》次《じ》とコナンは
険《けわ》しい道《みち》を駆《か》けのぼり……

犯

犯《はん》人《にん》がメールを送《おく》った、

送

皐《さ》月《つき》堂《どう》内《ない》で続《つづ》く熱《ねっ》戦《せん》
……しかし、その外《そと》では!?

崩《くず》れゆく皐《さ》月《つぎ》堂《どう》。
平《へい》次《じ》と和《かず》葉《は》の運《うん》命《めい》は!?

「まだお前《まえ》には言《い》わないかんことが
あんねん——!!」

CHARACTERS

服部《はっとり》平次《へいじ》
Heiji Hattori
江戸川《えどがわ》コナン
（工藤新一《くどうしんいち》）
Conan Edogawa
毛利《もうり》 蘭《らん》
Ran Mōri
遠山《とおやま》和葉《かずは》
Kazuha Tōyama
灰原《はいばら》 哀《あい》
Ai Haibara
毛利《もうり》小五郎《こごろう》
Kogorō Mōri
大岡《おおおか》紅葉《もみじ》
Momiji Ōoka

名探偵コナン
から紅《くれない》の恋歌《ラブレター》

水稀しま／著
青山剛昌／原作　大倉崇裕／脚本

★小学館ジュニア文庫★

オレは高校生探偵《こうこうせいたんてい》、工藤新一《くどうしんいち》。

幼《おさな》なじみで同級生《どうきゅうせい》の毛利蘭《もうりらん》と遊園地《ゆうえんち》に遊《あそ》びに行《い》って、黒《くろ》ずくめの男《おとこ》の怪《あや》しげな取《と》り引《ひ》き現場《げんば》を目撃《もくげき》した。

取《と》り引《ひ》きを見《み》るのに夢中《むちゅう》になっていたオレは、背後《はいご》から近《ちか》づいてくるもう一人《ひとり》の仲間《なかま》に気《き》づかなかった。オレはその男《おとこ》に毒薬《どくやく》を飲《の》まされ、目《め》が覚《さ》めたら——体《からだ》が縮《ちぢ》んで子供《こども》の姿《すがた》になっていた!!

工藤新一《くどうしんいち》が生《い》きているとヤツらにバレたら、また命《いのち》を狙《ねら》われ、周《まわ》りの人《ひと》にも危害《きがい》が及《およ》ぶ。だからオレは阿笠博士《あがさはかせ》の助言《じょげん》で正体《しょうたい》を隠《かく》すことにした。

蘭《らん》に名前《なまえ》を聞《き》かれてとっさに『江戸川《えどがわ》コナン』と名乗《なの》り、ヤツらの情報《じょうほう》をつかむために、父親《ちちおや》が探偵《たんてい》をやっている蘭《らん》の家《いえ》に転《ころ》がり込《こ》んだ。

小《ちい》さくなったオレの今《いま》の同級生《どうきゅうせい》——小嶋元太《こじまげんた》、円谷光彦《つぶらやみつひこ》、吉田歩美《よしだあゆみ》、さらに、灰原哀《はいばらあい》。

灰原《はいばら》の本当《ほんとう》の名《な》は、宮野志保《みやのしほ》。もとは黒《くろ》ずくめの組織《そしき》の科学者《かがくしゃ》で、オレが飲《の》まされた毒薬《どくやく》『APTX4869《アポトキシン》』を開発《かいはつ》した。だが、ただ一人《ひとり》の姉《あね》を殺《ころ》され、組織《そしき》に反抗《はんこう》した灰原《はいばら》は自《みずか》らの命《いのち》を絶《た》つためにその薬《くすり》を飲《の》んだところ、体《からだ》が縮《ちぢ》んでしまった。今《いま》は組織《そしき》の目《め》から逃《のが》れるために阿笠博士《あがさはかせ》の家《いえ》に住《す》んでいる。

灰原《はいばら》や阿笠博士《あがさはかせ》と同《おな》じく、オレの正体《しょうたい》を知《し》っている数少《かずすく》ない人間《にんげん》の一人《ひとり》が――西《にし》の高校生探偵《こうこうせいたんてい》・服部平次《はっとりへいじ》。大阪府警本部長《おおさかふけいほんぶちょう》の息子《むすこ》で、オレのライバルであり、よき理解者《りかいしゃ》・協力者《きょうりょくしゃ》だ。

小《ちい》さくなっても頭脳《ずのう》は同《おな》じ。迷宮《めいきゅう》なしの名探偵《めいたんてい》。真実《しんじつ》はいつもひとつ！

1

京都《きょうと》・東山《ひがしやま》──。

赤《あか》や黄《き》の錦《にしき》に染《そ》まる山《やま》の合間《あいま》から朝日《あさひ》が昇《のぼ》り、空《そら》を覆《おお》うほど高《たか》く伸《の》びた竹《たけ》の林《はやし》に光《ひかり》が差《さ》し込《こ》む。風《かぜ》にたゆたう竹葉《ちくは》の向《む》こうには立派《りっぱ》な日本家屋《にほんかおく》がたたずんでいた。庭《にわ》の池《いけ》に赤《あか》く染《そ》まった紅葉《もみじ》が落《お》ちて、ゆらゆらと浮《う》かぶ。

〈嵐《あらし》ふく　三室《みむろ》の山《やま》の　もみぢ葉《ば》は～　龍田《たつた》の川《かわ》の　錦《にしき》なりけり～～～〉

本邸《ほんてい》と渡《わた》り廊下《ろうか》で繋《つな》がった離《はな》れから、百人一首《ひゃくにんいっしゅ》の歌《うた》を読《よ》み上《あ》げる声《こえ》が聞《き》こえてきた。それはテレビに接続《せつぞく》された大《おお》きなスピーカーから流《なが》れていて、テレビの前《まえ》には着物姿《きものすがた》の男──矢島俊弥《やじまとしや》が正座《せいざ》していた。閉《し》め切《き》った薄暗《うすぐら》い部屋《へや》の中《なか》、テレビの明《あ》かりが矢島《やじま》の顔《かお》を照《て》らす。

テレビには競技《きょうぎ》かるたの試合《しあい》が映《うつ》し出《だ》されていた。対戦者《たいせんしゃ》は共《とも》に十代《じゅうだい》の少女《しょうじょ》で、畳《たたみ》の上《うえ》に並《なら》べられたかるたをはさみ、向《む》かい合《あ》って座《すわ》っている。読手《どくしゅ》が上《かみ》の句《く》を読《よ》み始《はじ》めると同《どう》時《じ》に、一方《いっぽう》の少女《しょうじょ》の手《て》が動《うご》き、相手《あいて》の陣地《じんち》に置《お》かれたかるたの取《と》り札《ふだ》を弾《はじ》き飛《と》ばした。

少女《しょうじょ》は立《た》ち上《あ》がって飛《と》ばした札《ふだ》を取《と》りに行《い》った。テレビの前《まえ》に座《すわ》った矢島《やじま》は、畳《たたみ》の上《うえ》に並《なら》べたかるたから、少女《しょうじょ》が取《と》ったのと同《おな》じ札《ふだ》を取《と》った。

テレビでは、再《ふた》びかるたの前《まえ》に正座《せいざ》した少女《しょうじょ》の横顔《よこがお》がアップになった。画面下《がめんした》に『大《おお》岡《おか》』とテロップが入《はい》る。あごの辺《あた》りでカットされたウェーブがかかった明《あか》るい茶色《ちゃいろ》の髪《かみ》に、大《おお》きな瞳《ひとみ》と長《なが》いまつげ、すっと通《とお》った鼻《はな》すじ――誰《だれ》が見《み》てもとびきりの美少女《びしょうじょ》だ。

矢島《やじま》はフッと笑《わら》った。

「師《し》と同《おな》じ得意札《とくいふだ》……か」

ギシ、ギシ、ギギギ……。

矢島《やじま》が競技《きょうぎ》かるたの試合《しあい》を見《み》ているとき、軋《きし》む渡《わた》り廊下《ろうか》をゆっくりと歩《ある》いてくる者《もの》がいた。廊下《ろうか》の途中《とちゅう》に飾《かざ》られていた日本刀《にほんとう》を黒《くろ》い手袋《てぶくろ》をはめた手《て》で取《と》り、離《はな》れへと向《む》かう。

そして襖《ふすま》の前《まえ》で立《た》ち止《ど》まると、少《すこ》しだけ襖《ふすま》を開《あ》けて、中《なか》を覗《のぞ》いた。

「全《すべ》て君《きみ》のおかげだよ、大岡紅葉《おおおかもみじ》」

競技《きょうぎ》かるたの試合《しあい》が終《お》わると、矢島《やじま》はそばに置《お》いてあったリモコンを手《て》に取《と》った。取《と》った札《ふだ》の束《たば》を美少女《びしょうじょ》が手《て》にしたところで、画面《がめん》を一時停止《いちじていし》させる。

「今日《きょう》のテレビ収録《しゅうろく》が終《お》わったら、礼《れい》を言《い》わんとな」

矢島《やじま》は畳《たたみ》の上《うえ》に残《のこ》っていた最後《さいご》の一枚《いちまい》を取《と》り、持《も》ち札《ふだ》の山《やま》に置《お》いた。それを見《み》てニヤリとしたとき――襖《ふすま》の向《む》こうで、ギシッ……と床《ゆか》が軋《きし》む音《おと》がした。

振《ふ》り返《かえ》ると、いつの間《ま》にか襖《ふすま》が少《すこ》し開《あ》いて光《ひかり》が延《の》びている。

「何《なん》や早《はや》いな、もう来《き》たんか？」

矢島《やじま》は立《た》ち上《あ》がって襖《ふすま》へ向《む》かった。襖《ふすま》を開《あ》けた矢島《やじま》の目《め》に飛《と》び込《こ》んできたのは、日本刀《にほんとう》を手《て》にした人物《じんぶつ》だった。

「あんさん！　どないしたんや――」

その人物《じんぶつ》は刀《かたな》を勢《いきお》いよく抜《ぬ》こうとした。が、刀《かたな》が錆《さ》び付《つ》いていて抜《ぬ》けない。

「ま、まさか⁉」

刀《かたな》を抜《ぬ》こうとするのを見《み》て、矢島《やじま》は後《あと》ずさりした。刀《かたな》を抜《ぬ》くのをあきらめた人物《じんぶつ》は、そのまま刀《かたな》を振《ふ》り上《あ》げた。

「や……やめてくれ、たっ、頼《たの》む！」

両手《りょうて》を前《まえ》に出《だ》した矢島《やじま》の頭頂部《とうちょうぶ》に、鞘《さや》をつけたままの刀《かたな》が振《ふ》り下《お》ろされた。

ガッという鈍《にぶ》い音《おと》と共《とも》に、矢島《やじま》の頭《あたま》から血《ち》が噴《ふ》き出《だ》した。よろよろと後《あと》ずさりする足《あし》がかるた札《ふだ》の束《たば》に当《あ》たり、畳《たたみ》の上《うえ》に札《ふだ》が飛《と》び散《ち》る。テレビの前《まえ》まで来《き》た矢島《やじま》が背中《せなか》から倒《たお》れると、刀《かたな》を持《も》った人物《じんぶつ》は部屋《へや》の中《なか》に入《はい》ってきた。

「ぐわぁぁぁ‼」

刀《かたな》は矢島《やじま》の頭《あたま》めがけて、何度《なんど》も執拗《しつよう》に振《ふ》り下《お》ろされた。みるみるうちに倒《たお》れた矢島《やじま》の周《まわ》りに血《ち》だまりができて、畳《たたみ》に散《ち》らばったかるた札《ふだ》やリモコンを包《つつ》み込《こ》んでいく。

驚愕《きょうがく》と恐怖《きょうふ》で大《おお》きく見開《みひら》かれた矢島《やじま》の目《め》の先《さき》には、一時停止《いちじていし》されたテレビの画面《がめん》――札《ふだ》の束《たば》を手《て》にした大岡紅葉《おおおかもみじ》が映《うつ》っていた。

2

大阪市中央区《おおさかしちゅうおうく》・日売《にちうり》テレビ――。

かるたを特集《とくしゅう》する番組《ばんぐみ》で対談《たいだん》をすることになった毛利小五郎《もうりこごろう》についてきたコナンたちは、スタジオでかるたのデモンストレーションのリハーサルを見《み》ていた。

和風《わふう》なセットの前《まえ》に敷《し》かれた畳《たたみ》の上《うえ》にはかるたの取《と》り札《ふだ》が並《なら》べられ、その両側《りょうがわ》に十代《じゅうだい》の少女《しょうじょ》が向《む》かい合《あ》って正座《せいざ》していた。一人《ひとり》は着物《きもの》の袖《そで》をたすきで束《たば》ね、もう一人《ひとり》はセーラー服《ふく》を着《き》ている。

〈難波津《なにわづ》に　咲《さ》くやこの花《はな》　冬《ふゆ》ごもり〜　今《いま》を春《はる》べと　咲《さ》くやこの花《はな》〜〜〜〉

パイプ椅子《いす》に置《お》かれた百人一首《ひゃくにんいっしゅ》読《よ》み上《あ》げ機《き》から、和歌《わか》を読《よ》み上《あ》げる男性《だんせい》の声《こえ》が流《なが》れた。

〈今《いま》を春《はる》べと　咲《さ》くやこの花《はな》〜〜〜〉

下《しも》の句《く》が繰《く》り返《かえ》されると、二人《ふたり》はぐっと身構《みがま》えた。そして、一秒《いちびょう》の間《ま》を置《お》いて、

〈あらし――〉

百人一首《ひゃくにんいっしゅ》読《よ》み上《あ》げ機《き》から三文字《さんもじ》の音《おと》が流《なが》れた瞬間《しゅんかん》――バシッ！

着物《きもの》の少女《しょうじょ》が目《め》にも留《と》まらぬ速《はや》さで取《と》り札《ふだ》を弾《はじ》き飛《と》ばした。宙《ちゅう》を舞《ま》った札《ふだ》は最前列《さいぜんれつ》で見《み》ていた小五郎《こごろう》の前《まえ》に飛《と》んできた。

「ここまでかるたが飛《と》んでくるのか」

小五郎《こごろう》が札《ふだ》を拾《ひろ》おうとすると、

「ああ、お構《かま》いなく」

着物《きもの》の少女《しょうじょ》は立《た》ち上《あ》がって札《ふだ》を取《と》った。

「失礼《しつれい》します」

その顔《かお》を間近《まぢか》で見《み》た小五郎《こごろう》は「か〜わいい〜♥」と鼻《はな》の下《した》を伸《の》ばした。そばで見《み》ていた元太《げんた》、歩美《あゆみ》、光彦《みつひこ》も少女《しょうじょ》に見《み》とれていた。

「べっぴんさんだよな！」

「アイドルみたい♥」

「着物《きもの》もよく似合《にあ》ってます！」

座《すわ》り直《なお》して腕《うで》を組《く》んだ小五郎《こごろう》は、ふと考《かんが》え込《こ》むように眉《まゆ》をひそめた。

「ってか、何《なん》で俺《おれ》たちこんなところでかるた見《み》てんだ？」

小五郎《こごろう》と蘭《らん》の間《あいだ》に座《すわ》っていた遠山和葉《とおやまかずは》は、はあ？　とあきれた顔《かお》をした。

「せやから未来子《みきこ》が言《い》うてたやん！　『対談前《たいだんまえ》やから控《ひか》え室《しつ》で待《ま》っといて』って。せやのにおっちゃんが、あのキレイな子《こ》につられてこのスタジオに入《はい》ってまうから……」

「未来子《みきこ》って誰《だれ》だ？」

真顔《まがお》でたずねる小五郎《こごろう》に、和葉《かずは》は「さっき紹介《しょうかい》したやろ？」とセーラー服《ふく》の少女《しょうじょ》を指差《ゆびさ》した。

「あのキレイな子のかるたの相手《あいて》してるメガネの子《こ》が枚本未来子《ひらもとみきこ》や！　アタシも所属《しょぞく》してる我《わ》が改方学園《かいほうがくえん》かるた部《ぶ》の部長《ぶちょう》やで！」

「アタシも所属《しょぞく》って、和葉《かずは》、お前《まえ》かるた部《ぶ》やったんか？」

突然《とつぜん》、小五郎《こごろう》と和葉《かずは》の間《あいだ》から平次《へいじ》が顔《かお》を出《だ》した。

「そうや！　知《し》らんかったん？　ってか、平次《へいじ》たちトイレ長《なが》すぎとちゃう？」

「すまんすまん。スタジオ入《はい》る扉《とびら》閉《し》まってて、開《あ》けてええかわからんかったんや」

平次《へいじ》が顔《かお》の前《まえ》に手《て》を出《だ》して軽《かる》く謝《あやま》ると、そばにいたスタッフが「すみません」と声《こえ》をかけた。

「リハの最中《さいちゅう》なので、少《すこ》し静《しず》かにしてもらえます？」

「あ、はい……」

和葉《かずは》たちは肩《かた》をすくめ、前《まえ》を向《む》き直《なお》した。

〈龍田《たつた》の川《かわ》の　錦《にしき》なりけり〰〰〉

百人一首読《ひゃくにんいっしゅよ》み上《あ》げ機《き》が着物《きもの》の少女《しょうじょ》が取《と》ったかるたの下《しも》の句《く》を読唱《どくしょう》すると、一秒空《いちびょうあ》けて、次《つぎ》の札《ふだ》の上《かみ》の句《く》を読《よ》んだ。

〈きみがため　お――〉

着物《きもの》の少女《しょうじょ》が動《うご》いた。未来子《みきこ》も反応《はんのう》するが、対戦相手《たいせんあいて》の方《ほう》が数段早《すうだんはや》かった。バシッ、と手《て》を叩《たた》きつける音《おと》が響《ひび》き、未来子《みきこ》の陣地《じんち》に置《お》かれた取《と》り札《ふだ》が宙《ちゅう》を舞《ま》う。

「うっひょー！　かっけーなー!!」

興奮《こうふん》する小五郎《こごろう》の後《うし》ろで、平次《へいじ》は「おい、工藤《くどう》」とコナンの耳元《みみもと》で話《はな》しかけた。

「このオッサン、対談《たいだん》のために大阪《おおさか》に来《き》たこと忘《わす》れてるんとちゃうか？」

「まぁ勘弁《かんべん》してやれよ……大阪見物《おおさかけんぶつ》したいってせがむ子供《こども》たちを、用事《ようじ》で来《こ》られない博士《はかせ》の代《か》わりに連《つ》れてきたんだから」

「そーゆうたら、あの金持《かねも》ちの姉《ねえ》ちゃんはどないしたんや？」

「ああ……園子《そのこ》なら風邪《かぜ》でぶっ倒《たお》れてるよ」

本当《ほんとう》なら鈴木園子《すずきそのこ》も一緒《いっしょ》に来《く》るはずだったのだが、前日《ぜんじつ》に風邪《かぜ》を引《ひ》いて寝込《ねこ》んでしまったのだ。今頃《いまごろ》、ベッドの中《なか》でくやしがっているはずだろう。

間近《まぢか》で見《み》る競技《きょうぎ》かるたの迫力《はくりょく》に驚《おどろ》いていた蘭《らん》は、隣《となり》の和葉《かずは》に話《はな》しかけた。

「でも知《し》らなかったよ、和葉《かずは》ちゃんがかるた部《ぶ》だったなんて」

「合気道部《あいきどうぶ》と兼任《けんにん》やねん！　かるた部《ぶ》は新入部員《しんにゅうぶいん》が少《すく》のうて潰《つぶ》れそうやから、名前《なまえ》だけ貸《か》してて。たまーに未来子《みきこ》の練習《れんしゅう》に付《つ》き合《あ》うために復活《ふっかつ》する、ゾンビ部員《ぶいん》みたいなモンやけどな……」

「ゾンビ部員《ぶいん》っておかしい～」

二人《ふたり》が顔《かお》を見合《みあ》わせて笑《わら》っていると、着物《きもの》の少女《しょうじょ》がフン、と笑《わら》った。

「にぎやかで楽《たの》しそうやなぁ……まるでカフェにいるみたいやわ」

と、二人《ふたり》をチラリと見《み》る。

「す、すみません……」

蘭《らん》と和葉《かずは》は慌《あわ》てて頭《あたま》を下《さ》げた。


その頃《ころ》。局内《きょくない》のサーバールームでは、ずらりと並《なら》んだ機械《きかい》の間《あいだ》を黒《くろ》い人物《じんぶつ》が横切《よこぎ》った。

チェックしている職員《しょくいん》たちに気《き》づかれないように移動《いどう》し、持《も》っていた黒《くろ》いバッグを床《ゆか》に下《お》ろす。ファスナーを開《ひら》いた中《なか》には、時限爆弾《じげんばくだん》が入《はい》っていた。

ボタンを押《お》すと液晶画面《えきしょうがめん》が点灯《てんとう》して、《STANDBY《スタンバイ》》の文字《もじ》が流《なが》れる。

黒《くろ》い人物《じんぶつ》は液晶画面《えきしょうがめん》を見《み》ながら、ニヤリと不気味《ぶきみ》な笑《え》みを浮《う》かべた。


かるたのデモンストレーションのリハーサルが終《お》わり、子供《こども》たちは蘭《らん》と一緒《いっしょ》に控《ひか》え室《しつ》で収録《しゅうろく》が終《お》わるのを待《ま》つことになった。

「ちぇっ、せっかくテレビ局《きょく》に来《き》たのに控《ひか》え室《しつ》かよ～」

「本番《ほんばん》も見《み》たかったな～」

「無理《むり》ですよ、小五郎《こごろう》のおじさんもうるさいって怒《おこ》ってましたからね」

畳敷《たたみじ》きの小上《こあ》がりでぼやいていると、流《なが》しでお茶《ちゃ》を用意《ようい》していた蘭《らん》が振《ふ》り返《かえ》った。

「あ、そうだ。みんなが戻《もど》ってきたら、お土産《みやげ》買《か》いに行《い》こっか？」

「えっ」「ホント？」「マジかよ⁉」

「うん。収録《しゅうろく》が終《お》わるまで良《よ》い子《こ》にしてたらね」

「もちろんです！」「やったぜ！」「みんなで買《か》いに行《い》こ～」

機嫌《きげん》を直《なお》してくれた子供《こども》たちに、蘭《らん》はフフッと微笑《ほほえ》んだ。すると、光彦《みつひこ》が「あ」と声《こえ》を上《あ》げた。

「そういえば、コナン君《くん》はどうしたんですか？」

「ああ、コナン君《くん》なら、わたしの代《か》わりにお父《とう》さんの見張《みは》りを頼《たの》んだの」


『皐月会《さつきかい》　―かるたの世界《せかい》―』

スタジオでは番組《ばんぐみ》タイトルが書《か》かれた看板《かんばん》の下《した》に和風《わふう》なセットが組《く》まれていて、スタッフは収録《しゅうろく》の準備《じゅんび》に忙《いそが》しく動《うご》き回《まわ》っていた。

スタジオの隅《すみ》に置《お》かれた打《う》ち合《あ》わせ用《よう》のテーブルには、未来子《みきこ》、和葉《かずは》、平次《へいじ》が並《なら》んで座《すわ》っていた。その向《む》かいでは、小五郎《こごろう》が資料《しりょう》をそっちのけでスポーツ新聞《しんぶん》を読《よ》んでいる。

「オイッ、小僧《こぞう》！」

小五郎《こごろう》は隣《となり》に座《すわ》ったコナンをジロリと見《み》た。

「お前《まえ》も控《ひか》え室《しつ》で待《ま》ってろって言《い》っただろ！」

「でも蘭姉《らんねえ》ちゃんに収録《しゅうろく》の様子《ようす》を見《み》てきてほしいって言《い》われたから」

「つたく〜……」

小五郎《こごろう》が再《ふたた》びスポーツ新聞《しんぶん》に目《め》を向《む》けると、

「はい、どいて――!!」

セットの方《ほう》から叫《さけ》び声《ごえ》が聞《き》こえてきた。

「道《みち》を空《あ》けてくださーい！　かるた通《とお》りまーす!!」

叫《さけ》ぶ警備員《けいびいん》の後《うし》ろを、ガラスケースが載《の》った台《だい》をスタッフが押《お》していく。そのガラスケースには古《ふる》そうなかるた札《ふだ》が入《はい》っていて、未来子《みきこ》が「うわぁ〜」と立《た》ち上《あ》がった。

「皐月会《さつきかい》のかるたやぁ〜！」

「何《なん》や、えらい仰々《ぎょうぎょう》しいなぁ、あのかるた」

「何言《なにい》うてんの、和葉《かずは》！」

未来子《みきこ》は眉《まゆ》をひそめた。

「皐月会《さつきかい》が開催《かいさい》する、全国大会《ぜんこくたいかい》の決勝戦《けっしょうせん》で使《つか》われる伝統《でんとう》のかるたやないの！」

「ああ〜……」

気《き》の抜《ぬ》けた返《かえ》しに、未来子《みきこ》はガクッと肩《かた》を落《お》とした。コナンも思《おも》わず苦笑《にがわら》いする。

「あの札《ふだ》で試合《しあい》するんが、未来子《みきこ》の夢《ゆめ》やったっけ？」

「アタシだけやない。皐月会二十年《さつきかいにじゅうねん》の歴史《れきし》で、あの札《ふだ》に憧《あこが》れんかったモンはおらんよ！」

厳《きび》しい顔《かお》で言《い》い放《はな》った未来子《みきこ》は、一転《いってん》して頬《ほお》を赤《あか》く染《そ》め、うっとりとした表情《ひょうじょう》でかるたを見《み》つめた。

「あ〜一度《いちど》でええから、決勝戦《けっしょうせん》であの伝説《でんせつ》のかるたに触《ふ》れてみたいなぁ……」

両手《りょうて》を胸《むね》の前《まえ》で重《かさ》ねる未来子《みきこ》に、コナンは「ねぇねぇ」と声《こえ》をかけた。

「何《なん》であの札《ふだ》は決勝戦《けっしょうせん》でしか使《つか》われないの？」

「激《はげ》しい試合《しあい》を何度《なんど》もしてきたから、傷《いた》みがひどいんや」

未来子《みきこ》は椅子《いす》に座《すわ》ってコナンと向《む》き合《あ》った。

「そやから決勝《けっしょう》で使《つか》うとき以外《いがい》はああやってケースに入《い》れて、普段《ふだん》は美術館《びじゅつかん》に展示《てんじ》されてるんやで」

「にしても、あの警備《けいび》は大《おお》げさすぎるんとちゃうか？」

警備員《けいびいん》のもとでスタッフ三人《さんにん》がかりでかるたを扱《あつか》うのを見《み》て、平次《へいじ》が言《い》った。すると、未来子《みきこ》は「そんなことない」と首《くび》を横《よこ》に振《ふ》った。

「去年《きょねん》の皐月杯《さつきはい》の後《あと》で、かるたの紛失騒《ふんしつさわ》ぎがあってな」

未来子《みきこ》の言葉《ことば》に、平次《へいじ》とコナンがピクリと反応《はんのう》した。

「結局《けっきょく》すぐに見《み》つかったんやけど、セキュリティ強化《きょうか》すべきやって、王者《おうじゃ》の矢島《やじま》さんが阿《あ》知波会長《ちわかいちょう》を説得《せっとく》したそうなんや」

「なるほど……」

スポーツ新聞《しんぶん》から顔《かお》を上《あ》げた小五郎《こごろう》があごに手《て》を当《あ》て、真面目《まじめ》な顔《かお》でうなずいた。

「ところで、その二人《ふたり》って誰《だれ》だったたっけか？」

その場《ば》にいた全員《ぜんいん》がガクッとずっこけた。和葉《かずは》がテーブルをバンッと叩《たた》いて詰《つ》め寄《よ》る。

「アホか、おっちゃん！　これから対談《たいだん》する相手《あいて》やないの!!」

「そうだっけかぁ～」

小五郎《こごろう》はばつが悪《わる》そうにプイッと顔《かお》をそむけた。

「だいたい皐月《さつき》っていやぁ、普通《ふつう》は馬《うま》だろ。馬《うま》！」

（さすがブレねぇな、おっちゃん……）

コナンがある意味感心《いみかんしん》しながら椅子《いす》に座《すわ》り直《なお》すと、小五郎《こごろう》の向《む》かいに座《すわ》っていた平次《へいじ》が皐月会《さつきかい》のパンフレットをめくって小五郎《こごろう》に向《む》けた。

「ここに写《うつ》ってるんが、会長《かいちょう》の阿知波研介《あちわけんすけ》や」

平次《へいじ》が指差《ゆびさ》した写真《しゃしん》には、白髪《しらが》交《ま》じりの髪《かみ》をオールバックにした貫禄《かんろく》のある男《おとこ》が着物《きもの》を着《き》て歩《ある》く姿《すがた》が写《うつ》っていた。その横《よこ》では左手《ひだりて》の親指《おやゆび》にごつい指輪《ゆびわ》をした目《め》つきの鋭《するど》い男《おとこ》が電話《でんわ》を掛《か》け、さらに背後《はいご》にはイヤホンマイクを耳《みみ》に装着《そうちゃく》したボディガードたちが周囲《しゅうい》を見張《みは》っている。

「一代《いちだい》で阿知波不動産《あちわふどうさん》を築《きず》き上《あ》げた大物《おおもの》で、浪花《なにわ》の不動産王《ふどうさんおう》とも呼《よ》ばれてる」

「そんな男《おとこ》が何《なん》でかるたなんてやってるんだ？」

「唯一《ゆいいつ》の趣味《しゅみ》やったそうや、腕前《うでまえ》も相当《そうとう》なもんらしいで」

「でも、阿知波《あちわ》さん自身《じしん》は選手《せんしゅ》よりも読手《どくしゅ》になりたかったって書《か》いてあるね」

コナンが手元《てもと》に寄《よ》せた資料《しりょう》をめくると、小五郎《こごろう》は阿知波《あちわ》と並《なら》んで写《うつ》っている着物姿《きものすがた》の女性《じょせい》を目《め》ざとく見《み》つけた。

「ぬぉ！　誰《だれ》だ⁉　この美《うつく》しい女性《じょせい》は！」

「阿知波《あちわ》さんの奥《おく》さんの皐月《さつき》さんです」

未来子《みきこ》の説明《せつめい》に、小五郎《こごろう》が「何《なん》だ、人妻《ひとづま》かよぉ」とがっかりする。

「皐月会《さつきかい》は元々《もともと》、クイーンだった皐月《さつき》さんがつくった会《かい》で、阿知波《あちわ》さんはその跡《あと》を継《つ》いで会長《かいちょう》になったんです」

「あと、対談《たいだん》で話題《わだい》になりそうなことは……これなんか面白《おもしろ》いんじゃない？」

資料《しりょう》をめくったコナンは、阿知波《あちわ》がピカピカに磨《みが》かれた愛車《あいしゃ》と並《なら》んで写《うつ》っている記事《きじ》を指差《ゆびさ》した。

「阿知波《あちわ》さんは、奥《おく》さんの皐月《さつき》さんの大切《たいせつ》な試合《しあい》が行《おこな》われる時《とき》は、必《かなら》ず前日《ぜんじつ》に洗車《せんしゃ》して験《げん》を担《かつ》ぐんだって！　車《くるま》をキレイにしておくことが成功《せいこう》と勝利《しょうり》の秘訣《ひけつ》だって言《い》ってるね」

「で、俺《おれ》はこの験担《げんかつ》ぎ夫婦《ふうふ》と三人《さんにん》で話《はな》せばいいのかぁ？」

小五郎《こごろう》が興味《きょうみ》なさげに訊《き》くと、未来子《みきこ》は「いいえ」と答《こた》えた。

「奥《おく》さんの皐月《さつき》さんは三年前《さんねんまえ》に病気《びょうき》でお亡《な》くなりになって、今日対談《きょうたいだん》なさるんは阿知波会《あちわかい》長《ちょう》だけです」

「そ、そうか……」

小五郎《こごろう》は残念《ざんねん》そうに肩《かた》をすくめた。何《なん》となくしんみりした雰囲気《ふんいき》になったとき、コナンが「ねぇねぇ」と資料《しりょう》の写真《しゃしん》を指差《ゆびさ》した。

「この阿知波《あちわ》さんの横《よこ》に必《かなら》ず写《うつ》ってる、すご〜く強《つよ》そうな人《ひと》は誰《だれ》？」

最初《さいしょ》に見《み》た写真《しゃしん》や皐月《さつき》と一緒《いっしょ》に写《うつ》っている写真《しゃしん》にも、阿知波《あちわ》のそばには目《め》つきの鋭《するど》い男《おとこ》が写《うつ》っている。

「ああ、その人《ひと》は阿知波《あちわ》の秘書《ひしょ》やった海江田藤伍《かいえだとうご》や」

平次《へいじ》が男《おとこ》の名前《なまえ》を告《つ》げた。

「阿知波不動産《あちわふどうさん》の裏《うら》の部分《ぶぶん》を一手《いって》に引《ひ》き受《う》けてきた切《き》れモンらしいが、今《いま》は秘書《ひしょ》を辞《や》め、どこにおるんやら……」

「ちょっと服部君《はっとりくん》！」

突然《とつぜん》、未来子《みきこ》が声《こえ》を荒《あら》らげた。

「そんな根《ね》も葉《は》もないこと言《い》うんはやめて！　皐月会《さつきかい》の会長《かいちょう》に裏《うら》なんてあらへん!!」

「そうや、平次《へいじ》！」

激《はげ》しく怒《おこ》る未来子《みきこ》と和葉《かずは》を、平次《へいじ》は「まぁまぁ」となだめた。

「そうゆう噂《うわさ》や、噂《うわさ》」

すると、スタジオの入《い》り口《ぐち》の方《ほう》からスタッフの叫《さけ》ぶ声《こえ》がした。

「会長入《かいちょうはい》りまーす!!」

スタッフに案内《あんない》された阿知波《あちわ》がスタジオに入《はい》ってきた。秘書《ひしょ》やボディガードを従《したが》えて、セットの方《ほう》へと歩《ある》いていく。

「阿知波会長《あちわかいちょう》や。挨拶《あいさつ》せな」

未来子《みきこ》は椅子《いす》から立《た》ち上《あ》がり、阿知波《あちわ》のもとへ駆《か》け寄《よ》っていった。すると、一足先《ひとあしさき》に阿《あ》知波に歩《あゆ》み寄《よ》ったプロデューサーが頭《あたま》を下《さ》げた。

「会長《かいちょう》、本日《ほんじつ》はよろしくお願《ねが》いいたします」

「ああ、こちらこそよろしく頼《たの》むで」

阿知波《あちわ》は挨拶《あいさつ》すると、組《く》まれたセットをチラリと見《み》た。

「確《たし》か今日《きょう》は矢島君《やじまくん》と紅葉君《もみじくん》によるデモンストレーションと、あとは対談《たいだん》やったかな」

プロデューサーは「ええ」と答《こた》え、セットの正面《しょうめん》に置《お》かれたガラスケースを手《て》で示《しめ》した。

「オンエア時《じ》には、先週矢島《せんしゅうやじま》さんのご協力《きょうりょく》で収録《しゅうろく》させていただいた皐月会《さつきかい》のかるた特集《とくしゅう》も入《い》れ込《こ》んで、全国《ぜんこく》にかるたの魅力《みりょく》をアピールさせていただきます」

「おぉ、すでに皐月会《さつきかい》のかるたも展示《てんじ》してあるんか！　ではしっかり頼《たの》むで」

「はい！」

プロデューサーは深々《ふかぶか》と頭《あたま》を下《さ》げた。

二人《ふたり》のやり取《と》りをスタジオの隅《すみ》から見《み》ていた和葉《かずは》と平次《へいじ》は、

「すごい貫禄《かんろく》やなぁ」

「ああ。さすが浪花《なにわ》の不動産王《ふどうさんおう》や」

としきりに感心《かんしん》した。すると突然《とつぜん》、スタッフの一人《ひとり》が阿知波《あちわ》の秘書《ひしょ》のもとに駆《か》け寄《よ》った。

「すみません、どなたか矢島《やじま》さんに連絡取《れんらくと》れませんか？　そろそろ入《はい》っていただかなあかん時間《じかん》なんですが、全然連絡《ぜんぜんれんらく》が取《と》れへんのです」

阿知波《あちわ》の秘書《ひしょ》は「おかしいですね」と眉《まゆ》をひそめた。

「本番一時間前《ほんばんいちじかんまえ》には入《はい》るとおっしゃってたんですが……」

「あの几帳面《きちょうめん》な矢島君《やじまくん》が遅刻《ちこく》とは……」

騒《さわ》ぎを聞《き》きつけた阿知波《あちわ》が秘書《ひしょ》のもとに歩《ある》いてきた。

「念《ねん》のため、関根君《せきねくん》にも来《く》るように言《い》っといてくれ。万《まん》が一《いち》の時《とき》は彼《かれ》に代役《だいやく》を頼《たの》むとするか」

「は、はい」

秘書《ひしょ》は慌《あわ》ててカバンからスマホを取《と》り出《だ》し、電話《でんわ》をかけた。

スーツのズボンポケットに入《い》れていたスマホが震《ふる》えて、関根康史《せきねこうじ》は持《も》っていた日本刀《にほんとう》を思《おも》わず落《お》としてしまった。

畳《たたみ》の上《うえ》に落《お》ちた刀《かたな》の先《さき》には、頭《あたま》から血《ち》を流《なが》した矢島《やじま》が倒《たお》れている。

あとずさった関根《せきね》は、ポケットからスマホを取《と》り出《だ》して画面《がめん》を確認《かくにん》した。電話《でんわ》は阿知波《あちわ》の秘書《ひしょ》からだった。

スマホをズボンポケットに戻《もど》した関根《せきね》は刀《かたな》の前《まえ》で膝《ひざ》をつき、上着《うわぎ》のポケットからハンカチを取《と》り出《だ》した。そして刀《かたな》を持《も》ち上《あ》げ、ハンカチで指紋《しもん》を必死《ひっし》に拭《ふ》き取《と》っていく。

一通《ひとと》り拭《ふ》き終《お》えた関根《せきね》は、ハァ……と息《いき》をつき、目《め》の前《まえ》の死体《したい》を見《み》た。すると、矢島《やじま》の右手《みぎて》にかるたの取《と》り札《ふだ》が握《にぎ》られていた。

『たつたのかはのにしきなりけり』

札《ふだ》に書《か》かれた下《しも》の句《く》を見《み》て、青《あお》ざめる。

「ま……まさか……」

関根《せきね》は刀《かたな》を放《ほう》り出《だ》し、矢島《やじま》の右手《みぎて》に駆《か》け寄《よ》った。


かるたのデモンストレーションをする矢島俊弥《やじまとしや》が来《こ》ないので、収録《しゅうろく》を始《はじ》めることができず、小五郎《こごろう》は控《ひか》え室《しつ》で待機《たいき》することになった。蘭《らん》はしびれを切《き》らした子供《こども》たちを見《み》かねて、先《さき》にお土産《みやげ》を買《か》いに行《い》くことにした。タコ焼《や》きやお好《この》み焼《や》きのおいしい店《みせ》を知《し》っている平《へい》次《じ》と和葉《かずは》も一緒《いっしょ》についていくことになった。

「でもよかったね〜」

「待《ま》ってたかいがありましたよ」

「早《はや》くお好《この》み焼《や》き食《く》いてーぞ」

待《ま》ちくたびれた子供《こども》たちは、控《ひか》え室《しつ》を出《で》て、嬉《うれ》しそうに廊下《ろうか》を進《すす》んでいった。

「なぁ平次《へいじ》、どこのお好《この》み焼《や》き行《い》くん？」

和葉《かずは》に訊《き》かれて、平次《へいじ》は「そら、お好《この》み焼《や》き言《い》うたらあそこやろ」と即答《そくとう》した。

「そやな。ほな、お好《この》み焼《や》きは……」

そのとき、廊下《ろうか》の角《かど》から着物《きもの》を着《き》た少女《しょうじょ》が出《で》てきて、平次《へいじ》とぶつかりそうになった。

「おっと」

平次《へいじ》がとっさに踏《ふ》みこらえる。少女《しょうじょ》もよろよろとするも、踏《ふ》みとどまって平次《へいじ》を振《ふ》り返《かえ》った。

「すんません、大丈夫《だいじょうぶ》ですか？」

「……」

「アンタ、さっきかるたやっとった……」

未来子《みきこ》とかるたのデモンストレーションをしていた少女《しょうじょ》だった。平次《へいじ》たちと同《おな》い年《どし》くらいだろうか。さっきはろくに顔《かお》を見《み》なかったが、かなりの美少女《びしょうじょ》だ。

「……運命《うんめい》やわ」

平次《へいじ》をじっと見《み》つめていた美少女《びしょうじょ》の瞳《ひとみ》に涙《なみだ》が浮《う》かび、平次《へいじ》は「え!?」と目《め》を丸《まる》くした。

「会《あ》えるんやないかと思《おも》てました、ウチの未来《みらい》の旦那《だんな》さんに……」

「み、未来《みらい》の!?」

「旦那《だんな》さん――!?」

美少女《びしょうじょ》から発《はっ》せられた衝撃《しょうげき》の言葉《ことば》に、コナンと蘭《らん》が驚《おどろ》いて声《こえ》を上《あ》げた。

「えええ――っ!?」

平次《へいじ》と和葉《かずは》も驚《おどろ》きのあまり目《め》を丸《まる》くしてのけぞった。

「ウチ、この収録《しゅうろく》が終《お》わったら暇《ひま》なんです……よかったらお茶《ちゃ》でも飲《の》みませんか？」

美少女《びしょうじょ》はスッと平次《へいじ》に近寄《ちかよ》って、平次《へいじ》の腕《うで》に自分《じぶん》の腕《うで》を絡《から》めた。美少女《びしょうじょ》の胸《むね》が腕《うで》に当《あ》たって、平次《へいじ》は思《おも》わずドキッとした。

(うわっ！　この姉《ねえ》ちゃん、乳《ちち》デカッ！)

そばにいた和葉《かずは》は、平次《へいじ》に腕《うで》を絡《から》める美少女《びしょうじょ》に唖然《あぜん》とした。

「ちょ、ちょっと、アンタ何《なに》を……！」

「いや、ちょっ……」

平次《へいじ》が慌《あわ》てて腕《うで》をほどこうとすると、

「紅葉《もみじ》さーん！」

廊下《ろうか》の奥《おく》からスタッフが走《はし》り寄《よ》ってきた。

「すみませんが一度《いちど》控《ひか》え室《しつ》に戻《もど》ってください」

「あら、今《いま》ええとこやったのに」

美少女《びしょうじょ》がスタッフの方《ほう》を振《ふ》り返《かえ》ったすきに、和葉《かずは》は美少女《びしょうじょ》の腕《うで》を平次《へいじ》から引《ひ》き離《はな》そうと飛《と》びかかった。が、美少女《びしょうじょ》が自《みずか》ら腕《うで》を離《はな》したので、前《まえ》に倒《たお》れそうになる。

「実《じつ》は矢島《やじま》さんの到着《とうちゃく》が遅《おく》れてまして……」

「矢島《やじま》さんが？　まぁこの番組《ばんぐみ》を企画《きかく》したご本人《ほんにん》やし……、いろいろと忙《いそが》しいんでしょうなぁ」

美少女《びしょうじょ》は飛《と》びかかってきた和葉《かずは》を完全《かんぜん》に無視《むし》してスタッフの方《ほう》に進《すす》むと、

「ほんなら、平次君《へいじくん》、また後《あと》で」

ニコリと微笑《ほほえ》んで手《て》を振《ふ》った。平次《へいじ》も「ああ、ほななあ」とつられて手《て》を振《ふ》ってしまう。

その手《て》を和葉《かずは》が横《よこ》からチョップした。

「誰《だれ》やねん、あの女《おんな》ぁぁぁ〜〜〜」

鬼《おに》の形相《ぎょうそう》で平次《へいじ》に詰《つ》め寄《よ》る。その後《うし》ろで、子供《こども》たちは去《さ》っていく美少女《びしょうじょ》の後《うし》ろ姿《すがた》を見《み》つめていた。

「さっきのキレイな姉《ねえ》ちゃん」

「やっぱ美人《びじん》さんだね」

「ですよね」

(確《たし》か、『もみじさん』って言《い》ってたな……)

コナンはスマホを取《と》り出《だ》し、検索《けんさく》バーに『皐月会《さつきかい》　もみじ』と打《う》ち込《こ》んだ。

「だから、知《し》らん言《い》うてるやないか！」

和葉《かずは》に詰《つ》め寄《よ》られた平次《へいじ》は、後《あと》ずさりながら身《み》の潔白《けっぱく》を主張《しゅちょう》した。

「平次《へいじ》って名前《なまえ》知《し》っとったやん！　怒《おこ》らへんから白状《はくじょう》しぃ！」

「お前《まえ》もう怒《おこ》っとるやん」

「怒《おこ》っとらんわ！」

言《い》い争《あらそ》う二人《ふたり》を蘭《らん》が不安《ふあん》そうに見《み》ていると、歩美《あゆみ》が「蘭《らん》お姉《ねえ》さん」と呼《よ》んだ。

「先《さき》に外《そと》で待《ま》ってよ」

「何《なに》かもめているみたいですし」

「行《い》こ行《い》こ！」

歩美《あゆみ》が蘭《らん》の手《て》を引《ひ》っ張《ぱ》り、廊下《ろうか》を進《すす》んでいく。残《のこ》ったコナンはやれやれ、と思《おも》いながら、平次《へいじ》たちを振《ふ》り返《かえ》った。

「そんなことより知《し》らんはずないやろ。あない仲良《なかよ》さそうやったやん！」

「そ、それは……」

壁《かべ》に追《お》い詰《つ》められた平次《へいじ》はあごに手《て》を当《あ》てて考《かんが》えた。

「どっかで会《あ》ってたからやろなぁ」

「ほら見《み》てみぃ！　やっぱり知《し》ってんのや！」

「知《し》らん言《い》うてるやないか！　だいたいあないなキレイな人《ひと》、一度《いちど》見《み》たら忘《わす》れられるわけないやろ」

平次《へいじ》の言葉《ことば》に、和葉《かずは》の片眉《かたまゆ》がピクリと上《あ》がった。

「あないな……キレイな人《ひと》……」

「まぁ、おまえは別《べつ》の意味《いみ》で忘《わす》れられへんけどな」

平次《へいじ》が少《すこ》し顔《かお》を赤《あか》らめて言《い》うと、

「はぁ〜？」

バカにされたと勘違《かんちが》いした和葉《かずは》は、ドン!!　と勢《いきお》いよく壁《かべ》を叩《たた》いた。

「それ、どういう意味《いみ》なん？」

平次《へいじ》の身《み》の危険《きけん》を感《かん》じたコナンは、「ねぇねぇ」と二人《ふたり》の間《あいだ》に入《はい》った。

「平次兄《へいじにい》ちゃん、本当《ほんとう》にこの人《ひと》知《し》らないの？」

とスマホの検索結果画面《けんさくけっかがめん》を見《み》せる。

「大岡《おおおか》……紅葉《もみじ》……？」

平次《へいじ》は検索《けんさく》バーに表示《ひょうじ》された名前《なまえ》を読《よ》み上《あ》げた。検索《けんさく》バーの下《した》には、先《さき》ほど会《あ》った美少女《びしょうじょ》の画像《がぞう》や情報《じょうほう》がずらりと列記《れっき》されている。

「『二《に》年連続皐月杯高校生《ねんれんぞくさつきはいこうこうせい》チャンピオン（中学三年《ちゅうがくさんねん》から特別枠《とくべつわく》で出場《しゅつじょう》）、京都泉心高校《きょうとせんしんこうこう》の二《に》年生《ねんせい》、将来《しょうらい》クイーンになることが確実視《かくじつし》されている』……」

「……大岡紅葉《おおおかもみじ》……」

「将来《しょうらい》のクイーンか……」

和葉《かずは》と平次《へいじ》は顔《かお》を見合《みあ》わせた。

大阪府警《おおさかふけい》・刑事部長室《けいじぶちょうしつ》――。

応接《おうせつ》セットに向《む》かい合《あ》わせで座《すわ》った刑事部部長《けいじぶぶちょう》・遠山銀司郎《とおやまぎんしろう》と本部長《ほんぶちょう》・服部平蔵《はっとりへいぞう》は、大《おお》滝悟郎警部《たきごろうけいぶ》からメールをプリントアウトした紙《かみ》を渡《わた》された。

「これがその予告《よこく》っちゅうわけか⁉」

遠山《とおやま》がたずねると、テーブルの前《まえ》に立《た》った大滝《おおたき》は「はい」とうなずいた。

「《日売《にちうり》テレビを爆破《ばくは》する‼》とだけ……」

シンプルな予告文《よこくぶん》の下《した》には、二枚《にまい》のかるた札《ふだ》の画像《がぞう》が印刷《いんさつ》されていた。それは同《おな》じ歌《うた》の読《よ》み札《ふだ》と取《と》り札《ふだ》だった。

《奥山《おくやま》に　紅葉《もみじ》ふみ分《わ》け　なく鹿《しか》の　聲《こえ》きく時《とき》ぞ　秋《あき》は悲《かな》しき》

「このかるたの写真《しゃしん》は何《なん》や？」

服部《はっとり》が画像《がぞう》を指差《ゆびさ》す。

「メールに添付《てんぷ》されていた写真《しゃしん》です。何《なに》を意味《いみ》しているかはまだわかりません」

大滝《おおたき》の報告《ほうこく》に、遠山《とおやま》がメールの紙《かみ》から顔《かお》を上《あ》げた。

「で？　日売《にちうり》テレビはこのことを知《し》っとるんか？」

「注意喚起《ちゅういかんき》はしましたけど……」

大滝《おおたき》が答《こた》えると、遠山《とおやま》は「どない思《おも》う？　平蔵《へいぞう》」と服部《はっとり》を見《み》た。

「単《たん》なるイタズラか、本物《ほんもの》の爆破予告《ばくはよこく》か……」

服部《はっとり》は再度《さいど》メールの文章《ぶんしょう》を読《よ》んだ。あまりにも短《みじか》すぎて、文章《ぶんしょう》からは犯人《はんにん》の真意《しんい》は読《よ》み取《と》れない――。

「このメールだけでは判断《はんだん》つかんが……イタズラやなかったら大事《おおごと》やぞ」

そう言《い》って、服部《はっとり》は右目《みぎめ》を大《おお》きく見開《みひら》いた。

3

『先《さき》ほど大阪府警《おおさかふけい》より緊急避難警告《きんきゅうひなんけいこく》が発令《はつれい》されました。各種作業《かくしゅさぎょう》や収録《しゅうろく》を一時中断《いちじちゅうだん》し、近《ちか》くの非常階段《ひじょうかいだん》から避難《ひなん》してください。繰《く》り返《かえ》します――』

コナン、平次《へいじ》、和葉《かずは》が廊下《ろうか》を歩《ある》いていると、突然《とつぜん》アナウンスが流《なが》れた。廊下《ろうか》にいた誰《だれ》もが立《た》ち止《ど》まり、スピーカーがある方《ほう》を見上《みあ》げる。

「何《なん》やの？　この放送《ほうそう》……」

和葉《かずは》が不安《ふあん》げに平次《へいじ》の背中《せなか》に身《み》を寄《よ》せると、コナンは平次《へいじ》と目《め》を見合《みあ》わせてうなずいた。警察《けいさつ》から避難警告《ひなんけいこく》が出《で》るなんて、ただごとではない。何《なに》かあったのだ――。

「ん？　何《なん》だぁ？」

控《ひか》え室《しつ》でスポーツ新聞《しんぶん》を読《よ》んでいた小五郎《こごろう》は、繰《く》り返《かえ》されるアナウンスに顔《かお》を上《あ》げた。

「今度《こんど》は避難訓練《ひなんくんれん》かよ〜!?」

コナンたちより少《すこ》し先《さき》を歩《ある》いていた蘭《らん》と子供《こども》たちは、一階《いっかい》のロビーで仮面《かめん》ヤイバー像《ぞう》を見《み》ていた。

歩《ある》いている人《ひと》たちはアナウンスを聞《き》いて足《あし》を止《と》めたが、不思議《ふしぎ》そうな顔《かお》をしてすぐにまた歩《ある》き出《だ》す。

「何《なに》か始《はじ》まんのかなぁ？」

「警察《けいさつ》って言《い》ってるね」

「テレビの収録《しゅうろく》してるんですかねぇ？」

のんびりと構《かま》えている子供《こども》たちのそばで、蘭《らん》は不安《ふあん》そうに周囲《しゅうい》を見回《みまわ》した。


アナウンスが何度《なんど》も繰《く》り返《かえ》されると、人々《ひとびと》は不審《ふしん》に思《おも》いつつもようやく避難《ひなん》し始《はじ》めた。

コナンは非常階段《ひじょうかいだん》へ向《む》かう人《ひと》たちと逆方向《ぎゃくほうこう》に走《はし》り出《だ》した。

「和葉《かずは》！　すぐに非常階段《ひじょうかいだん》に向《む》かうんや。ええな!?」

「え！　平次《へいじ》は？」

「何《なに》が起《お》こったか確認《かくにん》せな。お前《まえ》は先《さき》にここを出《で》るんや！」

平次《へいじ》もコナンの後《あと》を追《お》うように走《はし》り出《だ》す。

「ちょっ、平次《へいじ》！」

置《お》いてかれた和葉《かずは》は、もぉ～！　と頬《ほお》を膨《ふく》らませた。

廊下《ろうか》を走《はし》っていたコナンは、控《ひか》え室《しつ》を出《で》てきた女性《じょせい》アイドルとぶつかりそうになった。

「きゃっ！」

ギリギリのところでかわして立《た》ち止《ど》まる。辺《あた》りを見回《みまわ》していると、いきなり背後《はいご》からパーカーのフードをつかまれた。

「こらぁ！　小僧《こぞう》、どこに行《い》くつもりだ⁉」

コナンを持《も》ち上《あ》げたのは、控《ひか》え室《しつ》から出《で》てきた小五郎《こごろう》だった。

「スタジオに忘《わす》れ物《もの》しちゃって」

「バカヤロー！　今《いま》のアナウンスが聞《き》こえなかったのか⁉」

小五郎《こごろう》がコナンを怒鳴《どな》りつけると、隣《となり》の控《ひか》え室《しつ》から紅葉《もみじ》と執事《しつじ》の男性《だんせい》が出《で》てきた。

「もぉ～！」

「すみません。こんなこと、僕《ぼく》も初《はじ》めてで……」

男性《だんせい》は不機嫌《ふきげん》そうな紅葉《もみじ》に頭《あたま》をぺこぺこ下《さ》げた。

「ウチかて着物《きもの》で避難訓練《ひなんくんれん》なんて初《はじ》めてですわぁ」

小五郎《こごろう》が二人《ふたり》の様子《ようす》を見《み》ていると、その後《うし》ろを平次《へいじ》が走《はし》ってきた。パーカーのフードで顔《かお》を隠《かく》しながら、コソコソと角《かど》を曲《ま》がっていく。

平次《へいじ》に気《き》づいたコナンは、小五郎《こごろう》の脇《わき》からすばやくボタン型《がた》の発信機《はっしんき》を投《な》げた。平次《へいじ》の上着《うわぎ》にピタッと張《は》り付《つ》き、平次《へいじ》は顔《かお》の前《まえ》でピースを作《つく》ってニッと笑《わら》うと、さらに先《さき》の角《かど》を曲《ま》がっていった。

平次《へいじ》がスタジオに入《はい》ると、局内《きょくない》の様子《ようす》を調《しら》べに行《い》っていたスタッフが青《あお》ざめた顔《かお》でプロデューサーに駆《か》け寄《よ》った。

「大変《たいへん》です！　すぐに避難《ひなん》しましょう！」

「落《お》ち着《つ》け。何《なに》があった？」

「ここを爆破《ばくは》すると脅迫《きょうはく》があったそうです！」

(爆破《ばくは》……!?)

平次《へいじ》は驚《おどろ》いて目《め》を見張《みは》った。周《まわ》りにいたスタッフがざわめき、プロデューサーが打《う》ち合《あ》わせスペースにいた阿知波《あちわ》を振《ふ》り返《かえ》る。

「阿知波会長《あちわかいちょう》！　ガセかもしれませんが、安全《あんぜん》が確認《かくにん》できるまで一時退避《いちじたいひ》しましょう」

「ああ……せやな」

「みんな、アナウンスに従《したが》って外《そと》に出《で》るんや！　さぁ、早《はや》く！」

プロデューサーの指示《しじ》で、スタッフはわらわらと出口《でぐち》に向《む》かい出《だ》した。阿知波《あちわ》もプロデューサーについていく。すると、出口《でぐち》に向《む》かおうとした未来子《みきこ》が、セットに置《お》かれたガラスケースの前《まえ》で立《た》ち止《ど》まった。

「何《なに》してるんや、未来子君《みきこくん》！　ここは危険《きけん》や、早《は》よ行《い》くで」

声《こえ》をかけた阿知波《あちわ》も、プロデューサーに「さぁ、阿知波《あちわ》さんも」と促《うなが》される。平次《へいじ》は二人《ふたり》の横《よこ》を走《はし》り抜《ぬ》けて、未来子《みきこ》に手《て》を差《さ》し伸《の》べた。

「何《なに》してんねん？　早《は》よ出《で》な！」

未来子《みきこ》の手《て》を引《ひ》っ張《ぱ》ると、出口《でぐち》に向《む》かって走《はし》り出《だ》した。


『みなさん落《お》ち着《つ》いて行動《こうどう》してください。建物内《たてものない》の安全《あんぜん》を確認《かくにん》するだけです』

スピーカーからアナウンスが流《なが》れる中《なか》、日売《にちうり》テレビのビルからは続々《ぞくぞく》と人《ひと》が出《で》てきて、隣接《りんせつ》する広場《ひろば》に避難《ひなん》した。

蘭《らん》と子供《こども》たちは街路樹《がいろじゅ》の前《まえ》でコナンたちが出《で》てくるのを待《ま》っていた。

「みんな、動《うご》き回《まわ》らないでここで待《ま》っててようね」

「何《なん》だよ、また待《ま》つのかよ〜」

「せっかく外《そと》に出《で》てきたのに」

「みんな何《なに》やってるんですかねぇ」

口《くち》をとがらす子供《こども》たちのそばで、蘭《らん》は電話《でんわ》をかけた。しかし、回線《かいせん》が混雑《こんざつ》しているようで繋《つな》がらない。

「お父《とう》さん置《お》いてきちゃったけど、大丈夫《だいじょうぶ》かな……」

心配《しんぱい》そうにビルを見《み》ていると、

「らーーん!!」

小五郎《こごろう》の声《こえ》がした。広場《ひろば》の入《い》り口《ぐち》を振《ふ》り返《かえ》ると、コナンを抱《かか》えた小五郎《こごろう》が階段《かいだん》を下《お》りてくる。蘭《らん》は慌《あわ》てて駆《か》け寄《よ》った。

「お父《とう》さん！　コナン君《くん》！」

「おいおい、こりゃ一体何事《いったいなにごと》だ？」

コナンを降《お》ろした小五郎《こごろう》は、まいったとばかりに頭《あたま》をかいた。コナンはさりげなく二人《ふたり》のそばから離《はな》れた。そして、小五郎《こごろう》のポケットからこっそり拝借《はいしゃく》したレンタカーのキーを見《み》てニヤリとする。すると、

「おーい、コナーン！」

元太《げんた》たちが駆《か》け寄《よ》ってきた。

「はぐれちゃったのかと思《おも》いましたよ」

「あ、ああ」

コナンは答《こた》えながら、蘭《らん》と小五郎《こごろう》を振《ふ》り返《かえ》った。

「まさか予告《よこく》なしの避難訓練《ひなんくんれん》か何《なに》かか？」

「ううん、さっきテレビ局《きょく》の人《ひと》に聞《き》いたら、このビルに爆破予告《ばくはよこく》があったんだって」

（――!!）

蘭《らん》の言葉《ことば》に、コナンは目《め》を見張《みは》った。

「本当《ほんとう》かよ、おい」

「ところで、和葉《かずは》ちゃんと服部君《はっとりくん》は？」

蘭《らん》は辺《あた》りを見回《みまわ》した。

「何《なん》だ？　お前《まえ》たちと一緒《いっしょ》じゃなかったのか？」

「うん。心配《しんぱい》だから、わたし、捜《さが》して――」

「いや、俺《おれ》が行《い》く」

走《はし》り出《だ》そうとする蘭《らん》を、小五郎《こごろう》が手《て》を引《ひ》っ張《ぱ》って止《と》めた。

「お前《まえ》たちはここを動《うご》くんじゃない。いいな！」

ビルの方《ほう》へと戻《もど》っていく小五郎《こごろう》を、蘭《らん》や子供《こども》たちは心配《しんぱい》そうに見《み》つめた。その隙《すき》に、コナンもこっそり離《はな》れて駆《か》け出《だ》した。

和葉《かずは》は非常階段《ひじょうかいだん》の手前《てまえ》で、平次《へいじ》が来《く》るのを待《ま》っていた。そのあいだも続々《ぞくぞく》と局員《きょくいん》たちが避難《ひなん》するが、

「ったく、この忙《いそが》しい時期《じき》に避難訓練《ひなんくんれん》かいな」

さほど焦《あせ》ることもなく、だらだらと非常階段《ひじょうかいだん》を下《お》りていく。そこにはプロデューサーに誘導《ゆうどう》されて階段《かいだん》を下《お》りる阿知波《あちわ》の姿《すがた》もあった。

すると、廊下《ろうか》の先《さき》から駆《か》けてくる平次《へいじ》と未来子《みきこ》が見《み》えた。

「あ！　平次《へいじ》～！　未来子《みきこ》～！」

和葉《かずは》が飛《と》び跳《は》ねながら手《て》を振《ふ》ると、

「先《さき》に避難《ひなん》せぇ言《ゆ》うたやろ」

「せやかて二人《ふたり》が心配《しんぱい》で……」

平次《へいじ》は和葉《かずは》とタッチして、非常階段《ひじょうかいだん》へ向《む》かった。和葉《かずは》も後《あと》をついて階段《かいだん》を下《お》りていく。

二人《ふたり》の後《あと》に続《つづ》こうとした未来子《みきこ》は、突然《とつぜん》階段《かいだん》の前《まえ》で立《た》ち止《ど》まった。

「和葉《かずは》、ごめん！」

「え!?」

「やっぱり、あのかるた置《お》いていかれへんよ！」

未来子《みきこ》はそう言《い》うと、走《はし》ってきた廊下《ろうか》を引《ひ》き返《かえ》していった。


コナンが広場《ひろば》を抜《ぬ》けてテレビ局《きょく》の地下駐車場《ちかちゅうしゃじょう》に向《む》かうと、ビルの前《まえ》には続々《ぞくぞく》とパトカーや消防車《しょうぼうしゃ》が詰《つ》めかけていた。

地下駐車場《ちかちゅうしゃじょう》に入《はい》ったコナンは、停《と》めてあったレンタカーのドアを開《あ》け、後部座席《こうぶざせき》のスケボーが入《はい》ったバックパックを取《と》った。そして車《くるま》のそばでメガネのつるのボタンを押《お》して、追跡機能《ついせききのう》を起動《きどう》させた。左《ひだり》のレンズ上《じょう》に明滅《めいめつ》する赤《あか》い点《てん》――発信機《はっしんき》をつけた平次《へいじ》の現在位《げんざいい》置《ち》に、コナンは目《め》を疑《うたが》った。

（まさか服部《はっとり》のヤツ、まだ中《なか》に残《のこ》ってんのか⁉）

誰《だれ》もいないスタジオに飛《と》び込《こ》んできた未来子《みきこ》は、セットに向《む》かって一直線《いっちょくせん》に走《はし》った。そして、中央《ちゅうおう》に置《お》かれたガラスケースを持《も》ち上《あ》げ、かるた札《ふだ》を取《と》り出《だ》す。

「君《きみ》！　何《なに》してるんだ⁉」

背後《はいご》から声《こえ》がして振《ふ》り返《かえ》ると、各部屋《かくへや》を回《まわ》っていた警備員《けいびいん》が立《た》っていた。

「そんな物《もの》はほっといて、早《はや》く避難《ひなん》するんだ！」

未来子《みきこ》は警備員《けいびいん》を無視《むし》して、箱《はこ》の中《なか》にかるたを素早《すばや》く詰《つ》め込《こ》んだ。

「まったく……」

警備員《けいびいん》が未来子《みきこ》に駆《か》け寄《よ》ろうとすると、

「未来子《みきこ》～！」

和葉《かずは》と平次《へいじ》がスタジオに入《はい》ってきた。警備員《けいびいん》は「な……！」と目《め》を丸《まる》くした。

「君《きみ》たち、これがどれだけ危険《きけん》なことか──」

「すんません！」

平次《へいじ》はかぶっていた野球帽《やきゅうぼう》を取《と》って、頭《あたま》を下《さ》げた。和葉《かずは》も慌《あわ》てて「すんません！」と頭《あたま》を下《さ》げる。

「つたく……」

注意《ちゅうい》する前《まえ》に謝《あやま》られた警備員《けいびいん》は、持《も》っていたトランシーバーを口元《くちもと》に近《ちか》づけた。

「第三《だいさん》スタジオで三名《さんめい》を保護《ほご》しました」

和葉《かずは》はチラリと顔《かお》を上《あ》げると、ダッシュして未来子《みきこ》に駆《か》け寄《よ》った。平次《へいじ》も警備員《けいびいん》の前《まえ》をペコリと頭《あたま》を下《さ》げながら通《とお》り過《す》ぎる。

「未来子《みきこ》〜、ホンマ無茶《むちゃ》するわぁ」

「ごめん。もし爆破予告《ばくはよこく》がホンマやったらと考《かんが》えたら、居《い》ても立《た》ってもおられんようなって……」

セットのそばに設置《せっち》されたモニターの足元《あしもと》に、黒《くろ》いバッグがあった。それは、サーバールームに置《お》かれたバッグと同《おな》じ物《もの》だった。

封鎖《ふうさ》されたテレビ局《きょく》の脇《わき》の道路《どうろ》には、駆《か》けつけた消防車《しょうぼうしゃ》や救急車《きゅうきゅうしゃ》、パトカーがずらりと並《なら》び、大滝警部《おおたきけいぶ》が警察《けいさつ》や消防《しょうぼう》の指揮《しき》を執《と》っていた。

「いつ爆破《ばくは》が起《お》こるかわかりません、我々《われわれ》は距離《きょり》を取《と》って待機《たいき》するよう指示《しじ》します」

消防隊長《しょうぼうたいちょう》の報告《ほうこく》に大滝《おおたき》が「頼《たの》みます」と言《い》うと、今度《こんど》は警備員《けいびいん》が駆《か》け寄《よ》ってきた。

「スタジオに残《のこ》っていた三名《さんめい》も避難《ひなん》を始《はじ》めました」

「それで全員《ぜんいん》ですか？」

「はい」

大滝《おおたき》は「よし！」とうなずくと、集《あつ》まった特殊処理班《とくしゅしょりはん》リーダーたちに声《こえ》をかけた。

「これより不審物《ふしんぶつ》を探《さが》し出《だ》す！　各班進入開始《かくはんしんにゅうかいし》！」

「了解《りょうかい》！」


パトカーや消防車《しょうぼうしゃ》が並《なら》ぶ道路沿《どうろぞ》いに避難《ひなん》している人々《ひとびと》が不安《ふあん》そうに見《み》つめる中《なか》、防護服《ぼうごふく》をつけた特殊処理班《とくしゅしょりはん》は建物《たてもの》を回《まわ》って非常階段《ひじょうかいだん》に向《む》かった。

「入《はい》っていったぞ」

「本当《ほんとう》に爆弾《ばくだん》があるのか？」

「どうせイタズラやろ」

避難《ひなん》した人々《ひとびと》の中《なか》には、テレビ局員《きょくいん》らしくスマホやビデオカメラで撮影《さつえい》している人《ひと》もいて、彼《かれ》らに紛《まぎ》れて一人《ひとり》――憎々《にくにく》しい目《め》つきで特殊処理班《とくしゅしょりはん》を見《み》つめ、静《しず》かに舌打《したう》ちする黒《くろ》い人物《じんぶつ》がいた。

その人物《じんぶつ》は親指《おやゆび》にごつい指輪《ゆびわ》をはめた左手《ひだりて》に起爆装置《きばくそうち》を持《も》っていた。目《め》だけを動《うご》かして手元《てもと》を確認《かくにん》し、カチッとスイッチを押《お》す。


サーバールームに仕掛《しか》けられた爆弾《ばくだん》のランプが緑色《みどりいろ》から赤色《あかいろ》に変《か》わった。

ドオオォン!!

すさまじい爆音《ばくおん》が轟《とどろ》くと同時《どうじ》に、ビルの高層部分《こうそうぶぶん》の窓《まど》が吹《ふ》き飛《と》んだ。

「マジかよ!?」

バックパックを背負《せお》って走《はし》っていたコナンは立《た》ち止《ど》まって、ビルを見上《みあ》げた。

犯人《はんにん》は予告《よこく》どおりビルを爆破《ばくは》したのだ――!

「総員退避《そういんたいひ》――!!」

「全員《ぜんいん》もっと下《さ》がれー!! ビルから離《はな》れるんやー!!」

消防隊長《しょうぼうたいちょう》と大滝《おおたき》が指示《しじ》を出《だ》し、ビルのそばで待機《たいき》していた消防隊員《しょうぼうたいいん》や警官《けいかん》が走《はし》り出《だ》す。

黒煙《こくえん》と共《とも》に大量《たいりょう》のガラス片《へん》が噴《ふ》き出《だ》し、ビルのそばに避難《ひなん》していた人々《ひとびと》は悲鳴《ひめい》を上《あ》げながら一斉《いっせい》に逃《に》げ出《だ》した。

「ぐあっ!」

足《あし》を止《と》めてビルを見上《みあ》げていた阿知波《あちわ》にガラス片《へん》が降《ふ》り注《そそ》ぎ、

「会長《かいちょう》、早《はや》く!!」

ボディガードが額《ひたい》にケガをした阿知波《あちわ》をかばうようにして走《はし》り出《だ》した。

「さぁ早《はや》く! こっちだ!」

警備員《けいびいん》を先頭《せんとう》に、未来子《みきこ》、和葉《かずは》、平次《へいじ》が廊下《ろうか》を走《はし》って非常階段《ひじょうかいだん》に向《む》かっていると、突然《とつぜん》ガレキがパラパラと落《お》ちてきた。足《あし》を止《と》めて天井《てんじょう》を見上《みあ》げると——蛍光灯《けいこうとう》が火花《ひばな》を散《ち》らし、天井《てんじょう》に入《はい》った亀裂《きれつ》がどんどん広《ひろ》がっている……！

次《つぎ》の瞬間《しゅんかん》——メキメキと音《おと》を立《た》てて、未来子《みきこ》の真上《まうえ》の天井《てんじょう》が崩《くず》れた。

「危《あぶ》ない!!」

後《うし》ろにいた和葉《かずは》が未来子《みきこ》の背中《せなか》を押《お》した。

「和葉《かずは》ぁぁぁ!!」

降《ふ》り注《そそ》ぐガレキから守《まも》ろうと、平次《へいじ》は和葉《かずは》に覆《おお》いかぶさった。

広場《ひろば》に避難《ひなん》していた人々《ひとびと》は、ビルから噴《ふ》き上《あ》がる火柱《ひばしら》と爆煙《ばくえん》を呆然《ぼうぜん》と見上《みあ》げていた。

「すげーな……」

思《おも》わず前《まえ》に進《すす》む元太《げんた》を、蘭《らん》は「ダメよ！」と止《と》めた。

「危《あぶ》ないから下《さ》がってて」

「はーい……」

元太《げんた》の両肩《りょうかた》をつかみながら、蘭《らん》もビルを見上《みあ》げた。

(まさか和葉《かずは》ちゃんと服部君《はっとりくん》、ビルの中《なか》にはいないよね……？)

「あいつらどこにいんだ……!?」

小五郎《こごろう》は広場《ひろば》を駆《か》け回《まわ》って、平次《へいじ》と和葉《かずは》を捜《さが》した。広場《ひろば》には大勢《おおぜい》の人《ひと》が避難《ひなん》していたが、二人《ふたり》の姿《すがた》はどこにも見当《みあ》たらない。

「くそぉ……！」

足《あし》を止《と》めて周囲《しゅうい》を見回《みまわ》した小五郎《こごろう》は、再《ふたた》び駆《か》け出《だ》した。そのそばをコナンが反対方向《はんたいほうこう》に走《はし》っていく。

(まさか巻《ま》き込《こ》まれたりしてねぇだろうな、服部《はっとり》……！)

和葉《かずは》に突《つ》き飛《と》ばされた未来子《みきこ》が顔《かお》を上《あ》げると、目《め》の前《まえ》にはガレキの山《やま》ができていた。通《つう》路《ろ》がガレキで完全《かんぜん》に塞《ふさ》がれてしまっている。

「和葉《かずは》——!!」

「行《い》ったらあかん!!」

ガレキの山《やま》に向《む》かおうとする未来子《みきこ》を、警備員《けいびいん》が引《ひ》き寄《よ》せた。

「ここは危険《きけん》だ」

ガレキはまだパラパラと落《お》ちてきて、未来子《みきこ》たちが立《た》っている場所《ばしょ》もいつ天井《てんじょう》が崩《くず》れてもおかしくない状態《じょうたい》だ。

「で、でも……痛《いた》っ！」

右腕《みぎうで》に激痛《げきつう》が走《はし》り、未来子《みきこ》は左手《ひだりて》で押《お》さえた。落《お》ちてきたガレキで痛《いた》めたようだ。

「大丈夫《だいじょうぶ》か？　走《はし》れるかね？」

「は、はい」

「よし、行《い》こう。こっちだ！」

警備員《けいびいん》は未来子《みきこ》の手《て》を引《ひ》っ張《ぱ》り、非常階段《ひじょうかいだん》へ向《む》かった。


「まさかホンマに仕掛《しか》けられとったとは……」

ビルの両端《りょうたん》からもうもうと噴《ふ》き上《あ》がる黒煙《こくえん》を大滝《おおたき》が見上《みあ》げていると、消防隊長《しょうぼうたいちょう》が「警《けい》部《ぶ》！」と駆《か》け込《こ》んできた。

「これでは安易《あんい》に踏《ふ》み込《こ》めなくなりましたね」

大滝《おおたき》は「ええ……」とうなずいた。

黒《くろ》い人物《じんぶつ》が避難《ひなん》した人々《ひとびと》に紛《まぎ》れていた歩道《ほどう》では、警官《けいかん》が誘導《ゆうどう》を行《おこな》っていた。

「下《さ》がってくださーい！　下《さ》がって下《さ》がってー！」

「危険《きけん》ですので立《た》ち止《ど》まらないでくださーい!!」

誘導《ゆうどう》に従《したが》って歩《ある》いていく人《ひと》もいれば、立《た》ち止《ど》まって爆発《ばくはつ》したビルを撮影《さつえい》し続《つづ》ける人《ひと》もいた。黒《くろ》い人物《じんぶつ》も立《た》ち止《ど》まり、非常口付近《ひじょうぐちふきん》にいる特殊処理班《とくしゅしょりはん》の動《うご》きを見《み》ていた。

すると、非常口《ひじょうぐち》から誰《だれ》かが出《で》てきた。黒《くろ》い人物《じんぶつ》は持《も》っていた双眼鏡《そうがんきょう》を覗《のぞ》いた。

特殊処理班《とくしゅしょりはん》に支《ささ》えられて出《で》てきたのは、ケガをした警備員《けいびいん》だった。その後《うし》ろから右腕《みぎうで》を押《お》さえた未来子《みきこ》が出《で》てくる。

双眼鏡《そうがんきょう》を下《お》ろした黒《くろ》い人物《じんぶつ》はニヤリと笑《わら》い、反対《はんたい》の手《て》に持《も》っていた起爆装置《きばくそうち》のスイッチを押《お》した。


スタジオのセットのそばに置《お》かれていた黒《くろ》いバッグから閃光《せんこう》がほとばしった。すさまじい爆音《ばくおん》が轟《とどろ》いてスタジオが吹《ふ》っ飛《と》び、低層部《ていそうぶ》の屋上《おくじょう》から爆煙《ばくえん》が噴《ふ》き上《あ》がる。

「まさか!?」

走《はし》っていたコナンは立《た》ち止《ど》まり、スタジオの方《ほう》を振《ふ》り返《かえ》った。

爆弾《ばくだん》は一発《いっぱつ》だけではなかったのだ――!


ガレキで通路《つうろ》を塞《ふさ》がれてしまった平次《へいじ》と和葉《かずは》は、来《き》た道《みち》を戻《もど》って反対側《はんたいがわ》の非常階段《ひじょうかいだん》を目指《めざ》していた。

「和葉《かずは》、こっちや!」

平次《へいじ》は開《ひら》いていた非常扉《ひじょうとびら》を通《とお》り、和葉《かずは》を先《さき》に非常階段《ひじょうかいだん》へ向《む》かわせると、扉《とびら》のノブを引《ひ》っ張《ぱ》って閉《し》めようとした。しかし、扉《とびら》にガレキが引《ひ》っかかって動《うご》かない。

「くそぉ〜!!」

平次《へいじ》は力《ちから》を込《こ》めて引《ひ》っ張《ぱ》った。ガガガ……と音《おと》を立《た》てながら、少《すこ》しずつ扉《とびら》が閉《し》まっていく。するとそのとき、扉《とびら》の向《む》こうが赤《あか》く光《ひか》った。

「――!!」

スタジオと繋《つな》がった通路《つうろ》から炎《ほのお》が流《なが》れ込《こ》み、強烈《きょうれつ》な爆風《ばくふう》が押《お》し寄《よ》せる。

「おりゃあああ!!」

ギリギリまで扉《とびら》を閉《と》じようとした平次《へいじ》は、爆風《ばくふう》に吹《ふ》き飛《と》ばされた。背後《はいご》の壁《かべ》にぶつかって座《すわ》り込《こ》む。

「平次《へいじ》!!」

「危《あぶ》なぁ……」

息《いき》をついた平次《へいじ》は、帽子《ぼうし》のつばを前《まえ》に戻《もど》した。すると、扉《とびら》の向《む》こうからグゴゴゴ……と地鳴《じな》りのような音《おと》がした。


ドオオオォン!!

スタジオから押《お》し寄《よ》せた炎《ほのお》と爆風《ばくふう》が、高層部分《こうそうぶぶん》の窓《まど》を一気《いっき》に吹《ふ》き飛《と》ばした。

「退避《たいひ》や退避《たいひ》!　下《さ》がるんや――!!」

地上《ちじょう》にいた大滝《おおたき》は声《こえ》を張《は》りながら、建物《たてもの》から離《はな》れた。建物《たてもの》のそばに停車《ていしゃ》していた消防車《しょうぼうしゃ》や救急車《きゅうきゅうしゃ》も一斉《いっせい》に移動《いどう》していく。

和葉《かずは》は手《て》すりに手《て》を掛《か》けて、非常階段《ひじょうかいだん》を見下《みお》ろした。階下《かいか》からは黒煙《こくえん》が上《あ》がり、階段《かいだん》もところどころ崩《くず》れていて、とても下《お》りられそうにない。

「どないしよ、平次《へいじ》」

非常口《ひじょうぐち》の扉《とびら》を閉《し》めた平次《へいじ》は、非常階段《ひじょうかいだん》の下《した》を覗《のぞ》き込《こ》んだ。

「くそぉ！　下《した》はあかんか……」

非常口《ひじょうぐち》を振《ふ》り返《かえ》ると、扉《とびら》の隙間《すきま》から黒煙《こくえん》が漏《も》れ出《だ》してきている。

(これじゃあ戻《もど》ることもできひんな……)

「和葉《かずは》！　こっちや！」

平次《へいじ》は煙《けむり》にむせる和葉《かずは》の手《て》をつかんで引《ひ》き寄《よ》せた。

「上《のぼ》んで！」

「どういうこと!?　下《お》りるんやないの？」

「出《で》れんのやったら、まずは息《いき》できる場所《ばしょ》に行《い》かなっ！」

和葉《かずは》の手《て》を引《ひ》いた平次《へいじ》は、階段《かいだん》を上《のぼ》っていった。

隣《となり》のビルの玄関《げんかん》に移動《いどう》したコナンは、あちこちから黒煙《こくえん》が噴《ふ》き上《あ》がるテレビ局《きょく》を見上《みあ》げた。メガネの追跡機能《ついせききのう》を起動《きどう》させると、平次《へいじ》の現在位置《げんざいいち》を示《しめ》す赤《あか》い点《てん》がレンズに表示《ひょうじ》された。驚《おどろ》いたことに、赤《あか》い点《てん》はビルの上《うえ》へと移動《いどう》している……！

「まさか服部《はっとり》、上《のぼ》ってんのか⁉」

コナンはクッ、と歯噛《はが》みした。平次《へいじ》が理由《りゆう》もなくやみくもにビルを上《のぼ》るわけがない。

（考《かんが》えられる理由《りゆう》は、ただ一《ひと》つ。下《お》りることができなかったから……）

だとしたら、向《む》かうべき場所《ばしょ》は――……！

その場所《ばしょ》を思《おも》いついたコナンは走《はし》り出《だ》し、隣《となり》のビルの中《なか》へ入《はい》っていった。


テレビ局《きょく》から無事脱出《ぶじだっしゅつ》した未来子《みきこ》は、特殊処理班《とくしゅしょりはん》に連《つ》れられてビルからやや離《はな》れた道路《どうろ》にいた。そばではケガを負《お》った警備員《けいびいん》が治療《ちりょう》を受《う》けている。

そこに大滝《おおたき》が警官《けいかん》を連《つ》れて走《はし》ってきた。

「アンタたちが最後《さいご》か？」

警備員《けいびいん》は手当《てあ》てを受《う》けながら、「いえ」と首《くび》を横《よこ》に振《ふ》った。

「まだ子供《こども》が二人《ふたり》」

「何《なに》？　まだ残《のこ》っとるんか⁉」

大滝《おおたき》が耳《みみ》を疑《うたが》うと、特殊処理班《とくしゅしょりはん》の一人《ひとり》が「警部《けいぶ》！」と歩《あゆ》み寄《よ》った。

「一度離《いちどはな》れましょう。次《つぎ》の爆発《ばくはつ》がいつ起《お》こるか――」

「待《ま》って！」

未来子《みきこ》が二人《ふたり》の間《あいだ》に割《わ》って入《はい》った。

「お願《ねが》いです！　和葉《かずは》と服部君《はっとりくん》を助《たす》けて!!」

未来子《みきこ》の言葉《ことば》に、大滝《おおたき》は目《め》を丸《まる》くした。

「和葉《かずは》と服部《はっとり》って、まさか……」

「遠山和葉《とおやまかずは》と服部平次君《はっとりへいじくん》です」

「何《なん》やと!?」

大滝《おおたき》は思《おも》わず声《こえ》を荒《あら》らげた。

「平《へい》ちゃんたちがまだ中《なか》に残《のこ》っとんのか――!?」


非常階段《ひじょうかいだん》を一《ひと》つ上《のぼ》った平次《へいじ》と和葉《かずは》は通路《つうろ》を走《はし》り、スタジオがある低層部分《ていそうぶぶん》の屋上《おくじょう》に出《で》る階段《かいだん》へ向《む》かった。和葉《かずは》は充満《じゅうまん》する煙《けむり》を吸《す》い込《こ》まないように腕《うで》で口《くち》を覆《おお》いながら、階段《かいだん》を上《のぼ》っていく。その後《うし》ろについていた平次《へいじ》は、スマホで電話《でんわ》をかけた。しかし、回線《かいせん》が混雑《こんざつ》しているのか、繋《つな》がらない。

「くそぉ、やはり繋《つな》がらへんのかぁ」

扉《とびら》にたどり着《つ》いた和葉《かずは》は、壁《かべ》にもたれてゴホゴホと咳《せ》き込《こ》んだ。

「行《い》くんや、和葉《かずは》」

平次《へいじ》は扉《とびら》を開《あ》けて、和葉《かずは》を先《さき》に外《そと》に出《だ》した。

屋上《おくじょう》に出《で》れば煙《けむり》から逃《のが》れられる——そう思《おも》い、上《のぼ》ってきたのだが、屋上《おくじょう》は炎《ほのお》に包《つつ》まれ、黒煙《こくえん》が立《た》ちのぼっていた。大《おお》きな穴《あな》が開《あ》いた床《ゆか》には、むき出《だ》しになった鉄骨《てっこつ》が見《み》えている。

「和葉《かずは》！　こっちや！」

平次《へいじ》は立《た》ちすくむ和葉《かずは》に駆《か》け寄《よ》って、炎《ほのお》が上《あ》がっていない壁《かべ》へ引《ひ》き寄《よ》せた。和葉《かずは》が立《た》っていた床《ゆか》が崩《くず》れて、火花《ひばな》が舞《ま》い上《あ》がる。和葉《かずは》を抱《だ》き寄《よ》せた平次《へいじ》は、崩《くず》れ落《お》ちた床《ゆか》の端《はし》が熱《ねつ》で溶《と》けていくのを見《み》て、まさかと疑《うたが》った。

「この屋上《おくじょう》……コンクリとちゃうんか……!?」

屋上《おくじょう》のところどころが熱《ねつ》で溶《と》けて落下《らっか》し、そこから黒煙《こくえん》と炎《ほのお》が噴《ふ》き上《あ》がった。

ビルから離《はな》れたところに停《と》めたはしご車《しゃ》が放水《ほうすい》を始《はじ》めたが、屋上全体《おくじょうぜんたい》には届《とど》かない。

「もっとだ！　もっと近《ちか》づくんだ!!」

「無理《むり》です！　これ以上《いじょう》は危険《きけん》です!!」

はしごのカゴに乗《の》っていた消防隊員《しょうぼうたいいん》はクッ、と唇《くちびる》を噛《か》み締《し》めた。

これでは火《ひ》の勢《いきお》いは止《と》まらず、どんどん燃《も》え広《ひろ》がってしまう——。

テレビ局《きょく》の隣《となり》のビルにも避難指示《ひなんしじ》が出《で》て、各階《かくかい》のエレベーターホールでは大勢《おおぜい》の人《ひと》がエレベーターが来《く》るのを待《ま》っていた。

「ごめんなさい！　通《とお》してー!!」

エレベーターの扉《とびら》が開《あ》くやいなや、スケボーに乗《の》ったコナンが飛《と》び出《だ》した。廊下《ろうか》を駆《か》け抜《ぬ》けて、テレビ局側《きょくがわ》の窓《まど》へ向《む》かう。

「くそっ！　煙《けむり》で何《なに》も見《み》えねえ！」

位置的《いちてき》にテレビ局《きょく》の屋上《おくじょう》が見下《みお》ろせるはずだが、立《た》ちのぼった黒煙《こくえん》で何《なに》も見《み》えない。

コナンはもうもうと立《た》ち込《こ》める黒煙《こくえん》をくやしそうに見《み》ながら、廊下《ろうか》を進《すす》んだ。


屋上《おくじょう》の火《ひ》はどんどん燃《も》え広《ひろ》がり、床《ゆか》がみるみるうちに溶《と》けて崩《くず》れていった。むき出《だ》しになった鉄骨《てっこつ》は崩《くず》れ落《お》ちたガレキに押《お》され、メキメキと音《おと》を立《た》てて跳《は》ね上《あ》がっていく。

煙《けむり》を避《よ》けて壁際《かべぎわ》に寄《よ》った平次《へいじ》と和葉《かずは》にも、刻一刻《こくいっこく》と火《ひ》の手《て》が迫《せま》っていた。

マズイな——じわじわと迫《せま》る火《ひ》の手《て》ともうもうと広《ひろ》がる黒煙《こくえん》を見《み》て、平次《へいじ》は思《おも》った。このままでは、救助《きゅうじょ》が来《く》るまでもたない。

（オレ一人《ひとり》やと無理《むり》や……オレ一人《ひとり》やとな……!!）

噴《ふ》き上《あ》がる煙《けむり》に和葉《かずは》がゴホゴホと咳《せ》き込《こ》み、平次《へいじ》は和葉《かずは》を抱《だ》き寄《よ》せた。

（工藤《くどう》……!!）


ズドオオォォォン!!

屋上《おくじょう》で跳《は》ね上《あ》がった鉄骨《てっこつ》が傾《かたむ》いて落下《らっか》し、さらに爆煙《ばくえん》が上《あ》がった。

その衝撃《しょうげき》で、隣《となり》のビルの窓《まど》もビリビリと振動《しんどう》した。スタジオの屋上《おくじょう》を望《のぞ》む窓《まど》から一直線《いっちょくせん》に延びた廊下《ろうか》の先《さき》に、コナンは立《た》っていた。廊下《ろうか》の中央《ちゅうおう》にスケボーを置《お》き、伸縮《しんしゅく》サスペンダーを右手《みぎて》に持《も》っている。

「一《いち》か八《ばち》か、やるっきゃねぇ……」

左《ひだり》レンズのレーダーを消《け》すと、しゃがみ込《こ》んでキック力増強《りょくぞうきょう》シューズのダイヤルを回《まわ》した。そして立《た》ち上《あ》がり、ベルトのバックルのボタンを押《お》すと、サッカーボールが飛《と》び出《だ》した。最大《さいだい》パワーになったシューズで、思《おも》い切《き》り蹴《け》る――!!

蹴《け》り放《はな》ったボールは弾丸《だんがん》のごとく廊下《ろうか》を一直線《いっちょくせん》に突《つ》き進《すす》み、コナンはすばやくスケボーに乗《の》った。爆煙《ばくえん》を上《あ》げながら、ボールを追《お》うように猛《もう》スピードで駆《か》け抜《ぬ》ける。

「行《い》っけえぇぇぇ――!!」

ボールが突《つ》き破《やぶ》った窓《まど》から、スケボーに乗《の》ったコナンが飛《と》び出《だ》した。

ガシャアァァン!!

平次《へいじ》が空《そら》を見上《みあ》げると、隣《となり》のビルから何《なに》かが飛《と》び出《だ》して、黒煙《こくえん》を切《き》り裂《さ》くように猛《もう》スピードで向《む》かってくるのが見《み》えた。

「アレか!!　やっとお出《で》ましか！」

噴《ふ》き上《あ》がる黒煙《こくえん》に突《つ》っ込《こ》んだコナンの目《め》に飛《と》び込《こ》んできたのは、崩《くず》れ落《お》ちた床《ゆか》から突《つ》き出《だ》すように曲《ま》がった鉄骨《てっこつ》だった。

「!!」

鉄骨《てっこつ》の上《うえ》に落《お》ちたコナンは、そのまま勢《いきお》いよく滑《すべ》り落《お》ちた。すばやくサスペンダーを鉄《てっ》骨《こつ》の先《さき》に向《む》かって投《な》げたが、届《とど》かない――！

すると、誰《だれ》かの手《て》がサスペンダーをつかんだ。ビシッと張《は》られたサスペンダーが、転《ころ》げ落《お》ちたコナンを引《ひ》っ張《ぱ》る。

助《たす》かった――宙吊《ちゅうづ》りになったコナンは鉄骨《てっこつ》に手《て》を掛《か》けた。すると、サスペンダーが縮《ちぢ》んで、一気《いっき》に引《ひ》き上《あ》げられた。

「服部《はっとり》！」

鉄骨《てっこつ》の上《うえ》でサスペンダーをつかんでいたのは、平次《へいじ》だった。

「ちょ、平次《へいじ》！　どこ行《い》くん!?」

平次《へいじ》は和葉《かずは》のところに戻《もど》ると、炎《ほのお》と煙《けむり》を避《よ》けながら、屋上《おくじょう》の端《はし》へと向《む》かった。

「来《こ》い！　下《お》りれるんはもうここだけや!!」

そこは唯一《ゆいいつ》まだ煙《けむり》が来《き》ていない場所《ばしょ》だった。

「下《お》りるって、どないして⁉」

「ここにおるんや、和葉《かずは》！　ええな‼」

平次《へいじ》は和葉《かずは》を縁《ふち》の前《まえ》に立《た》たせると、中央《ちゅうおう》へ走《はし》っていった。

「ちょっ、平次《へいじ》！」

一人残《ひとりのこ》された和葉《かずは》は、縁《ふち》の向《む》こうを振《ふ》り返《かえ》った。地上《ちじょう》に落下《らっか》した鉄骨《てっこつ》や、道路《どうろ》に沿《そ》って植《う》えられた街路樹《がいろじゅ》がすごく小《ちい》さく見《み》える──。

「ここから下《お》りるって、嘘《うそ》やろ……⁉」


屋上《おくじょう》の中央《ちゅうおう》でコナンが鉄骨《てっこつ》にサスペンダーを取《と》り付《つ》けていると、平次《へいじ》が走《はし》ってきた。

「お〜い！　こっちはいつでもええぞ！」

「こっちもだ！　時間《じかん》がねぇ、一気《いっき》に下《お》ろすぞ」

「ああ」

二人《ふたり》は和葉《かずは》の元《もと》へ駆《か》けていった。

「和葉《かずは》〜！」

不安《ふあん》そうに下《した》を覗《のぞ》いていた和葉《かずは》は、平次《へいじ》の声《こえ》に振《ふ》り返《かえ》った。

「ホンマにここから……ちょっ！」

平次《へいじ》はかぶっていた野球帽《やきゅうぼう》を和葉《かずは》に深《ふか》くかぶせた。

「これじゃあ前《まえ》が見《み》え……きゃっ！」

さらに和葉《かずは》を肩《かた》に担《かつ》ぎ上《あ》げる。

「嘘《うそ》やろ、平次《へいじ》⁉」

「目《め》ぇつぶってしっかりつかまっとけよ！」

平次《へいじ》は足《あし》をバタバタさせる和葉《かずは》をしっかりと抱《だ》きかかえ、コナンからサスペンダーを受《う》け取《と》った。

「え、ちょっ、待《ま》ちいや――」

平次《へいじ》に担《かつ》がれた和葉《かずは》はビルの真下《ました》を見《み》て、ヒッと目《め》をつぶった。平次《へいじ》は縁《ふち》の上《うえ》に立《た》つと、鉄骨《てっこつ》に取《と》り付《つ》けられたサスペンダーを引《ひ》っ張《ぱ》りながら、壁《かべ》に足《あし》を掛《か》けた。

「すまんな、先《さき》に下《した》で待《ま》ってるわ」

「ああ」

コナンはピンと張《は》られたサスペンダーの三角《さんかく》ボタンを押《お》した。するとサスペンダーがシュルシュルと伸《の》びて、平次《へいじ》と和葉《かずは》が一気《いっき》に下《お》りていく。

「きゃあ――!!」

下《した》を向《む》いた和葉《かずは》は叫《さけ》びながら帽子《ぼうし》を押《お》さえた。サスペンダーが伸《の》びて順調《じゅんちょう》に下《お》りていく中《なか》、平次《へいじ》は屋上《おくじょう》を見上《みあ》げた。すると、屋上《おくじょう》の端《はし》でサスペンダーのボタンを押《お》し続《つづ》けているコナンの背後《はいご》で、爆煙《ばくえん》が上《あ》がった。

「工藤《くどう》!!」

煙《けむり》が押《お》し寄《よ》せてきて、コナンはサスペンダーを持《も》ちながらクッ……と目《め》をつぶった。すると、背後《はいご》でメキメキ……と不気味《ぶきみ》な音《おと》がした。振《ふ》り返《かえ》ると——煙《けむり》の中《なか》でガレキに押《お》された二本《にほん》の鉄骨《てっこつ》が大《おお》きく立《た》ち上《あ》がっていた。交差《こうさ》するようにそびえ立《た》った鉄骨《てっこつ》が、コナンを目《め》がけて倒《たお》れてくる——！

「!!」

コナンはとっさにそばに置《お》いていたスケボーにしがみつき、ターボエンジンのスイッチを押《お》した。鋭《するど》いエンジン音《おん》を上《あ》げて、急発進《きゅうはっしん》する——。

ドガアアァン!!

交差《こうさ》した鉄骨《てっこつ》が倒《たお》れ、壁伝《かべづた》いに下《お》りている平次《へいじ》たちにガレキが降《ふ》り注《そそ》いだ。屋上《おくじょう》の縁《ふち》に倒《たお》れた鉄骨《てっこつ》が今《いま》にも落《お》ちてきそうだ。

「くっそぉ！」

平次《へいじ》は地面《じめん》を見下《みお》ろすと、両足《りょうあし》を壁《かべ》に乗《の》せて思《おも》い切《き》り蹴《け》り上《あ》げた。サスペンダーを離《はな》して空中《くうちゅう》で和葉《かずは》の頭《あたま》を抱《だ》きかかえると、背中《せなか》から植《う》え込《こ》みへ落《お》ちていく。

植《う》え込《こ》みの中《なか》に落《お》ちた平次《へいじ》はすぐに体《からだ》を起《お》こし、和葉《かずは》を抱《かか》えて逃《に》げ出《だ》した。その背後《はいご》で、鉄骨《てっこつ》が次々《つぎつぎ》と崩《くず》れ落《お》ちた——。

鉄骨《てっこつ》が落《お》ちてもうもうと巻《ま》き上《あ》がる土煙《つちけむり》の中《なか》に人《ひと》の姿《すがた》が見《み》えて、消防隊員《しょうぼうたいいん》はまさかと目《め》を見張《みは》った。

「誰《だれ》かいるぞ！　急《いそ》げ!!」

消防隊員《しょうぼうたいいん》たちが駆《か》け出《だ》すと、そばにいた大滝《おおたき》も「あれ、平《へい》ちゃんちゃうか？」と特殊処《とくしゅしょ》理班《りはん》を振《ふ》り払《はら》って走《はし》り出《だ》した。

「やっぱりいるぞ！」

「担架《たんか》だ！　担架《たんか》持《も》ってこい!!」

煙《けむり》の中《なか》から現《あらわ》れたのは、和葉《かずは》を抱《だ》きかかえた平次《へいじ》だった。気《き》を失《うしな》っていた和葉《かずは》が、うう……と目《め》を開《あ》ける。

「和葉《かずは》、大丈夫《だいじょうぶ》か？」

「う、うん……少《すこ》し気《き》ぃ失《うしの》うてたみたいや」

消防隊員《しょうぼうたいいん》たちが駆《か》けつけてきて、すすで汚《よご》れた平次《へいじ》と和葉《かずは》の顔《かお》を見《み》て、安堵《あんど》の表情《ひょうじょう》を浮《う》かべた。

「君《きみ》たちが残《のこ》っていた二名《にめい》かな」

「はい」

「そうか、よかった」

「彼女《かのじょ》を頼《たの》んます」

平次《へいじ》は和葉《かずは》を消防隊員《しょうぼうたいいん》に預《あず》けると、消防隊員《しょうぼうたいいん》が来《き》た方向《ほうこう》に走《はし》り出《だ》した。

「お、おい！　君《きみ》、ケガは⁉」

「大丈夫《だいじょうぶ》です！」

遅《おく》れてやってきた大滝《おおたき》が平次《へいじ》とすれ違《ちが》って、え⁉　と振《ふ》り返《かえ》る。

「へ、平《へい》ちゃん！」

平次《へいじ》は植《う》え込《こ》みを飛《と》び越《こ》えて、道路《どうろ》へと走《はし》っていった。


建物《たてもの》の両側《りょうがわ》に停《と》められたはしご車《しゃ》から懸命《けんめい》の放水作業《ほうすいさぎょう》が続《つづ》けられていたが、建物《たてもの》のそばには近《ちか》づけないため屋上《おくじょう》の両端《りょうたん》にしか水《みず》が届《とど》かず、炎《ほのお》は屋上《おくじょう》を焼《や》き尽《つ》くすように広《ひろ》がる一方《いっぽう》だった。屋上《おくじょう》のあちこちで爆発《ばくはつ》が起《お》こり、倒《たお》れた鉄骨《てっこつ》が何本《なんぼん》も端《はし》からはみ出《だ》して、落《お》ちそうになっている。

スケボーに飛《と》び乗《の》って鉄骨《てっこつ》の下敷《したじ》きになるのを免《まぬが》れたコナンは、ガレキが積《つ》もった床《ゆか》に座《すわ》り込《こ》んでいた。

「くっそぉ……唯一《ゆいいつ》下《お》りられる場所《ばしょ》だったのに……！」

煙《けむり》に咳《せ》き込《こ》みながら、平次《へいじ》たちが下《お》りていった方《ほう》を振《ふ》り返《かえ》った。倒《たお》れた鉄骨《てっこつ》が積《つ》み重《かさ》なって縁《ふち》が崩《くず》れ落《お》ち、下《お》りるどころか近《ちか》づくことすらできなくなってしまった。

（考《かんが》えろ！　まだどこかに脱出《だっしゅつ》ルートがあるはず……）

コナンが考《かんが》えを巡《めぐ》らせていたとき、噴《ふ》き上《あ》がる黒煙《こくえん》の間《あいだ》に、上空《じょうくう》を飛《と》ぶヘリコプターが見《み》えた。救助《きゅうじょ》ヘリだ――！

やった、と喜《よろこ》んだコナンだったが、すぐに思《おも》い直《なお》した。

この炎《ほのお》と煙《けむり》では、着地《ちゃくち》どころか近《ちか》づくことすらできない――。

（待《ま》てよ）

コナンは、テレビ局《きょく》の隣《となり》に川《かわ》が流《なが》れていることを思《おも》い出《だ》した。

（あそこまで飛《と》べれば……）

よし、とスケボーとサスペンダーを持《も》って立《た》ち上《あ》がったコナンは、ガレキが散乱《さんらん》して積《つ》もっている床《ゆか》を見《み》た。

（ダメか……。スケボーで加速《かそく》するための足場《あしば》がここにはもう、うわっ!!）

そのとき、脇《わき》から鉄骨《てっこつ》が倒《たお》れてきて、コナンはとっさに避《よ》けた。八方《はっぽう》に噴《ふ》いた黒煙《こくえん》と火《ひ》の粉《こ》に巻《ま》き込《こ》まれたコナンは、激《はげ》しく咳《せ》き込《こ》んで膝《ひざ》をついた。

（やべー、ちょっと呼吸《こきゅう》をしただけで肺《はい》が焼《や》けちまいそうだ……早《はや》く何《なん》とかしねぇと）

立《た》ち上《あ》がろうとしたが、苦《くる》しくて、力《ちから》が入《はい》らない――。

膝《ひざ》をついたコナンの体《からだ》が、スケボーの上《うえ》にゆっくりと倒《たお》れていった。

朦朧《もうろう》とする意識《いしき》の中《なか》で、蘭《らん》の顔《かお》が浮《う》かんだ。

子供《こども》たちと一緒《いっしょ》に、心配《しんぱい》そうに屋上《おくじょう》を見上《みあ》げている——。


(蘭《らん》……!!)

ハッと目《め》を開《ひら》いたコナンは、うぐ……と力《ちから》を振《ふ》り絞《しぼ》って体《からだ》を起《お》こした。

「あきらめて……たまるかよ……!」

メガネのつるのボタンを押《お》して右《みぎ》レンズの望遠機能《ぼうえんきのう》を起動《きどう》させると、周囲《しゅうい》を見回《みまわ》した。

(まだあるはずだ。スケボーを加速《かそく》させるための足場《あしば》が、どこかに……)

煙《けむり》と炎《ほのお》に包《つつ》まれた屋上《おくじょう》はどこも床《ゆか》が崩《くず》れ落《お》ち、むき出《だ》しになった鉄骨《てっこつ》はどれもあらぬ方《ほう》向《こう》に曲《ま》がって積《つ》み重《かさ》なっていた。ガレキと鉄骨《てっこつ》だらけの屋上《おくじょう》に、スケボーを加速《かそく》させる足《あし》場《ば》なんてどこにも見当《みあ》たらない。けれど、あきらめずに望遠《ぼうえん》レンズをズームアップさせて注意深《ちゅういぶか》く見回《みまわ》すと、

「!!」

積《つ》み重《かさ》なっている鉄骨《てっこつ》の向《む》こうに、巨大《きょだい》なパラボラアンテナが見《み》えた。

「あれか!」

平次《へいじ》はテレビ局《きょく》の脇《わき》を通《とお》る道路《どうろ》の柵《さく》に立《た》って、炎上《えんじょう》する屋上《おくじょう》を見上《みあ》げていた。炎《ほのお》と煙《けむり》の

勢《いきお》いは一向《いっこう》に衰《おとろ》える様子《ようす》もなく、爆発音《ばくはつおん》が幾度《いくど》となく聞《き》こえてくる。

(何《なに》しとんのや、工藤《くどう》。さっさと──)

そのとき──風《かぜ》で黒煙《こくえん》が流《なが》れて、空《そら》に突《つ》き刺《さ》さるように伸《の》びた鉄骨《てっこつ》をスケボーで駆《か》け上《あ》がるコナンの姿《すがた》が見《み》えた。鉄骨《てっこつ》の先《さき》で大《おお》きくジャンプして、巨大《きょだい》なパラボラアンテナの中《ちゅう》心《しん》に立《た》つポールにサスペンダーを引《ひ》っ掛《か》けると、パラボラアンテナに着地《ちゃくち》してグルグルと回《まわ》り出《だ》した。

「あれは……間違《まちが》いない、工藤《くどう》や！」

せやけど一体何《いったいなに》を──不思議《ふしぎ》に思《おも》いながら、平次《へいじ》は辺《あた》りを見回《みまわ》した。そして、後《うし》ろを流《なが》れる川《かわ》を見《み》て、ハッと何《なに》かに気《き》づく。

「そうか！　そういうことか!!」

コナンの考《かんが》えがわかった平次《へいじ》は柵《さく》から飛《と》び降《お》りると、川《かわ》に向《む》かって走《はし》り出《だ》した。

中央《ちゅうおう》のポールに引《ひ》っ掛《か》けたサスペンダーをつかんで、パラボラアンテナの上《うえ》をスケボーで回《まわ》り出《だ》したコナンは、さらにスピードを上《あ》げて回《まわ》った。

(もっとだ……もっと速《はや》く……!!)

高速《こうそく》で回《まわ》るコナンに、煙《けむり》と熱風《ねっぷう》が容赦《ようしゃ》なく襲《おそ》いかかる。

(くそぉ……息《いき》ができねぇ……！)

苦《くる》しくなったコナンは両手《りょうて》でサスペンダーをつかんだ。さらに加速《かそく》して、めまぐるしい速《はや》さで回《まわ》り続《つづ》ける。

（もう少《すこ》し……あともう少《すこ》し……）

そのとき、アンテナを支《ささ》えていた柱《はしら》に落《お》ちてきた部品《ぶひん》が当《あ》たって、グニャリと曲《ま》がった。コナンが回《まわ》り続《つづ》けているアンテナが大《おお》きく傾《かたむ》いていく。

「ここまでなのかよ……っ!!」

コナンはスケボーをつかみ、アンテナから飛《と》び出《だ》した。テレビ局《きょく》の横《よこ》を流《なが》れる川《かわ》に向《む》かって突《つ》き進《すす》む。

「くそっ、加速《かそく》が足《た》りなかったか――!!」

（ダメだ届《とど》かねぇ……!!）

加速《かそく》が足《た》りず、屋上《おくじょう》は越《こ》えたものの川《かわ》には届《とど》かない。落下《らっか》したコナンは、建物《たてもの》のでっぱりに激突《げきとつ》して、スケボーと共《とも》に大《おお》きく跳《は》ね上《あ》がった。

川《かわ》に向《む》かって走《はし》っていた平次《へいじ》は、落下《らっか》するコナンを見《み》て、細《ほそ》い土手《どて》の手前《てまえ》にある柵《さく》に飛《と》び乗《の》った。そして川《かわ》に背《せ》を向《む》けて大《おお》きくジャンプする。

「待《ま》っててでー――!!　ほーら、よっと!!」

空中《くうちゅう》でコナンをキャッチして、そのまま川《かわ》に飛《と》び込《こ》んだ。地面《じめん》に激突《げきとつ》したスケボーが跳《は》ね返《かえ》って鉄柵《てっさく》にガシャンと当《あ》たる。

「ぶはっ！」

川面《かわも》から顔《かお》を出《だ》した平次《へいじ》は、ゴホゴホと咳《せ》き込《こ》むコナンに近《ちか》づいた。

「おい、大丈夫《だいじょうぶ》か？　工藤《くどう》」

「あ、ああ……何《なん》とかな」

「ほら、落《お》としもんや」

平次《へいじ》がメガネを渡《わた》すと、

「サンキュ」

コナンは左手《ひだりて》にサスペンダーを持《も》ったまま、メガネをかけた。平次《へいじ》が土手《どて》の草《くさ》むらで煙《けむり》を出《だ》して転《ころ》がっているスケボーを見《み》る。

「にしてもお前《まえ》、あんなもん持《も》ってきて、日売《にちうり》テレビが爆破《ばくは》されんの知《し》ってたんか」

「バーロー、んなわけねーだろ!?　もしものときのためだっての」

コナンはそう言《い》うと、仰向《あおむ》けになってプカプカと浮《う》かんだ。平次《へいじ》も一緒《いっしょ》になって浮《う》かぶ。

「そのもしもをお前《まえ》、呼《よ》んでるんちゃうか？」

「みてーだな……」

二人《ふたり》は川面《かわも》に浮《う》きながら、スタジオの屋上《おくじょう》から立《た》ち上《のぼ》る黒煙《こくえん》を見《み》つめた。そんな二人《ふたり》のそばを、落下《らっか》したアンテナの残骸《ざんがい》が流《なが》れていった。

4

日売《にちうり》テレビからやや離《はな》れたところに避難所《ひなんじょ》が設《もう》けられ、和葉《かずは》は救急車《きゅうきゅうしゃ》の中《なか》で手当《てあ》てを受《う》けていた。救急車《きゅうきゅうしゃ》の外《そと》では、蘭《らん》と小五郎《こごろう》、子供《こども》たちが心配《しんぱい》そうに見《み》ている。

「和葉《かずは》ちゃん、大丈夫《だいじょうぶ》だった？」

救急車《きゅうきゅうしゃ》を降《お》りてきた和葉《かずは》に近《ちか》づいた蘭《らん》は、すすで黒《くろ》くなった和葉《かずは》の服《ふく》に触《ふ》れた。

「うん、よう覚《おぼ》えてないんやけど、少《すこ》し煙《けむり》を吸《す》うてしもうただけやから」

「大丈夫《だいじょうぶ》ならいいんだけど……」

「とにかく無事《ぶじ》でよかった」

小五郎《こごろう》に言《い》われて、和葉《かずは》は「うん」とうなずいた。

「蘭《らん》。車《くるま》の鍵《かぎ》を落《お》としちまったみてぇだから、ちょっくら捜《さが》してくる」

「う、うん」

小五郎《こごろう》は走《はし》っていった。

「そういえば、コナン君《くん》は？」

「うん。この避難所《ひなんじょ》に来《き》てると思《おも》ったんだけど……」

答《こた》える蘭《らん》のそばで、元太《げんた》が「あ！」と叫《さけ》んだ。

「コナンだ！」

蘭《らん》が驚《おどろ》いて振《ふ》り返《かえ》ると、コナンと平次《へいじ》が一緒《いっしょ》に歩《ある》いてくるのが見《み》えた。

「ホントだ」

「コナンくーん！」

元太《げんた》に続《つづ》いて歩美《あゆみ》と光彦《みつひこ》がコナンたちに走《はし》り寄《よ》ってきた。

「どこ行《い》ってたんですか？」

「心配《しんぱい》したんだよ」

「あ、ああ……」

コナンが苦笑《にがわら》いしながらあいまいに答《こた》えていると、見《み》るからに不機嫌《ふきげん》な顔《かお》をした和葉《かずは》と蘭《らん》が近《ちか》づいてきた。

「ちょっと平次《へいじ》！　今《いま》までどこ行《い》っとったん!?」

「あ、ああ、ちょっとな……」

平次《へいじ》はばつが悪《わる》そうに頭《あたま》をかいた。

「コナン君《くん》もよ！　すごく心配《しんぱい》したんだから」

「ごめんなさーい」

コナンも頭《あたま》をかきながら謝《あやま》る。

「んなことより、未来子《みきこ》は？」

平次《へいじ》は周《まわ》りをキョロキョロと見回《みまわ》した。

「それが……どうやら腕《うで》をケガして病院《びょういん》に運《はこ》ばれたみたいやねん」

「腕《うで》って⁉」

「たいしたケガやないとええんやけど……」

深刻《しんこく》な顔《かお》でうつむく和葉《かずは》に、蘭《らん》は「ねぇ」と声《こえ》をかけた。

「運《はこ》ばれた病院《びょういん》を聞《き》いといたから、これからみんなで行《い》かない？」

和葉《かずは》と平次《へいじ》がうなずくと、

「おう、行《い》こうぜ！」

元太《げんた》たちが真《ま》っ先《さき》に走《はし》り出《だ》した。蘭《らん》たちも歩《ある》き出《だ》す。すると、

「平《へい》ちゃーん！」

大滝《おおたき》が呼《よ》びながら走《はし》ってきた。平次《へいじ》の顔《かお》を見《み》て、ホッと胸《むね》をなで下《お》ろす。

「無事《ぶじ》で何《なに》よりや」

「ああ、――和葉《かずは》、すまんが先《さき》に行《い》っててくれ」

「え～⁉」

「すぐ行《い》くさかい」

平次《へいじ》が顔《かお》の前《まえ》に片手《かたて》を上《あ》げて頼《たの》むと、和葉《かずは》はもぉ～と頬《ほお》を膨《ふく》らませた。

「行《い》こっ、蘭《らん》ちゃん」

「う、うん」

和葉《かずは》の後《あと》をついていこうとした蘭《らん》は、コナンが残《のこ》っているのに気《き》づいた。

「さぁ、コナン君《くん》も行《い》くよ」

「え、でも……」

「もう離《はな》れちゃダメよ」

「……はーい」

仕方《しかた》なく蘭《らん》についていくコナンに、

「じゃあな、コナン君《くん》！」

平次《へいじ》はニヤニヤ笑《わら》いながら手《て》を振《ふ》った。そして和葉《かずは》たちが遠《とお》ざかっていくのを見届《みとど》けると、

「警察《けいさつ》に爆破予告《ばくはよこく》が来《き》とったってホンマか？」

「これが警察《けいさつ》に届《とど》いた例《れい》のメールや」

大滝《おおたき》は上着《うわぎ》の内《うち》ポケットから折《お》りたたんだ紙《かみ》を取《と》り出《だ》して、平次《へいじ》に手渡《てわた》した。紙《かみ》を広《ひろ》げた平次《へいじ》は、短《みじか》い予告文《よこくぶん》の下《した》に印刷《いんさつ》されたかるた札《ふだ》の画像《がぞう》に目《め》を見張《みは》った。

「かるた札《ふだ》が添付《てんぷ》されとったんか？」

「今回《こんかい》のかるた番組《ばんぐみ》の収録《しゅうろく》と何《なん》か関係《かんけい》があるかもしれんのやが……日売《にちうり》テレビはあの有《あ》り様《さま》や」

大滝《おおたき》は黒煙《こくえん》を噴《ふ》き上《あ》げるテレビ局《きょく》を振《ふ》り返《かえ》った。平次《へいじ》も見上《みあ》げる。

「現場検証《げんばけんしょう》するんは、しばらく時間《じかん》がかかりそうやな」

「ああ……」

大滝《おおたき》がうなずくと、平次《へいじ》は再《ふた》びプリントアウトした紙《かみ》に目《め》を落《お》とした。

《日売《にちうり》テレビを爆破《ばくは》する!!》とだけ書《か》かれた予告文《よこくぶん》と、かるた札《ふだ》の二《ふた》つの画像《がぞう》――。

「犯人《はんにん》の狙《ねら》いは一体何《いったいなん》なんや……」


浪速警察病院《なにわけいさつびょういん》には大量《たいりょう》のパトカーと救急車《きゅうきゅうしゃ》が停《と》まり、未来子《みきこ》をはじめ爆発《ばくはつ》でケガを負《お》った人《ひと》たちが運《はこ》び込《こ》まれた。

コナンたちは診察室《しんさつしつ》の前《まえ》の椅子《いす》に座《すわ》って、未来子《みきこ》の診察《しんさつ》が終《お》わるのを待《ま》っていた。すると、一番端《いちばんはし》の診察室《しんさつしつ》の扉《とびら》が開《あ》いて、額《ひたい》にガーゼを当《あ》てた阿知波《あちわ》が出《で》てきた。秘書《ひしょ》とボディガード、そして洋服《ようふく》に着替《きが》えた紅葉《もみじ》が歩《あゆ》み寄《よ》る。

「会長《かいちょう》、いかがでしたか」

「ああ、何《なん》ともない、単《たん》なるかすり傷《きず》や」

「よかった……」と胸《むね》をなで下《お》ろす秘書《ひしょ》の横《よこ》で、紅葉《もみじ》は沈《しず》んだ顔《かお》でつぶやいた。

「大会直前《たいかいちょくぜん》にこんな事件《じけん》に巻《ま》き込《こ》まれるなんて……」

阿知波《あちわ》は「ああ……思《おも》いもよらんことや」とうつむいた。

「これで長年続《ながねんつづ》いた皐月杯《さつきはい》も中止《ちゅうし》せなあかんかもしれんなァ……」

「そんなんあきません!!」

紅葉《もみじ》が声《こえ》を張《は》り上《あ》げた。その声《こえ》の大《おお》きさに、蘭《らん》たちも何事《なにごと》かと目《め》を向《む》ける。

「こういうときやからこそ、皐月会健在《さつきかいけんざい》をアピールすべきやと思《おも》います!」

きっぱりと言《い》う紅葉《もみじ》に、阿知波《あちわ》は困惑《こんわく》した表情《ひょうじょう》を見《み》せた。

「だが……決勝戦《けっしょうせん》で使用《しよう》される皐月会《さつきかい》のかるたも燃《も》えてしまったからな……」

「そのことやったら心配《しんぱい》いりません。かるたは無事《ぶじ》です」

「な!!」

阿知波《あちわ》は目《め》を見開《みひら》いた。

「なんやて!? そ、そらどういう……」

「避難《ひなん》する際《さい》、枚本《ひらもと》さんが持《も》ち出《だ》してくれたんですよ」

秘書《ひしょ》が答《こた》えた。

「み、未来子君《みきこくん》が……」

「かるたが燃《も》えてしもたのならともかく、無事《ぶじ》やったんですから……」

「ホンマか!? ホンマに皐月会《さつきかい》のかるたは無事《ぶじ》やったんか!?」

阿知波《あちわ》はいきなり紅葉《もみじ》の両肩《りょうかた》をつかんで揺《ゆ》さぶった。

「そ、損傷《そんしょう》がないか確《たし》かめる為《ため》、博物館《はくぶつかん》の職員《しょくいん》が持《も》っていかはりました……」

紅葉《もみじ》が戸惑《とまど》いながら答《こた》えると、秘書《ひしょ》が「会長《かいちょう》」と阿知波《あちわ》を制《せい》するように一歩前《いっぽまえ》に出《で》た。

「かるたはもう大丈夫《だいじょうぶ》です、ご安心《あんしん》ください」

「あ、ああ……もうあかんかと思《おも》ったがよかったわ……」

よろよろと後《うし》ろに下《さ》がった阿知波《あちわ》は、下《さ》がったメガネを直《なお》した。

「で、皐月会《さつきかい》のかるたを救《すく》ってくれた未来子君《みきこくん》は……？」

「命《いのち》に別状《べつじょう》はないと聞《き》いていますが」

「まだ診察中《しんさつちゅう》みたいで……」

秘書《ひしょ》と紅葉《もみじ》がそろって診察室《しんさつしつ》を振《ふ》り返《かえ》り、阿知波《あちわ》たちを見《み》ていた蘭《らん》はさりげなく視線《しせん》を外《はず》した。

「……未来子《みきこ》ちゃん、遅《おそ》いね」

「応急処置《おうきゅうしょち》するだけやって、お医者《いしゃ》さんは言《い》うてたけど……」

そのとき、診察室《しんさつしつ》の扉《とびら》が開《あ》いて、未来子《みきこ》が出《で》てきた。

「未来子《みきこ》！」

椅子《いす》から立《た》ち上《あ》がった和葉《かずは》は、未来子《みきこ》の右腕《みぎうで》が三角巾《さんかくきん》で吊《つ》られているのに気《き》づいた。

「その腕《うで》、もしかして……」

「うん……折《お》れてしもてるみたいや。バチが当《あ》たったんやわ」

右腕《みぎうで》を見《み》せる未来子《みきこ》に、和葉《かずは》は「そんな……」と声《こえ》を震《ふる》わせた。

「かるた取《と》りに戻《もど》って、和葉《かずは》や服部君《はっとりくん》を危《あぶ》ない目《め》に遭《あ》わせて……」

「何言《なにい》うてんの！」

落《お》ち込《こ》む未来子《みきこ》をなぐさめようとすると、阿知波《あちわ》が歩《あゆ》み寄《よ》ってきた。

「ありがとう、未来子君《みきこくん》、君《きみ》は皐月会《さつきかい》の顔《かお》とも言《い》うべきかるたを救《すく》ってくれた……会《かい》を代《だい》表《ひょう》する者《もの》として、感謝《かんしゃ》の気持《きも》ちはとても言《い》い尽《つ》くせんなぁ」

「でも会長《かいちょう》、これでは皐月杯《さつきはい》に出《で》られへん……」

悔《くや》しげに唇《くちびる》を噛《か》む未来子《みきこ》に、阿知波《あちわ》は「ああ」と残念《ざんねん》そうにうなずいた。

「君《きみ》ほどの実力者《じつりょくしゃ》が参加《さんか》できひんのは、皐月会《さつきかい》にとって非常《ひじょう》に残念《ざんねん》なことやが……今《いま》はケガを治《なお》すことに専念《せんねん》すべきやないかな」

「そやで！　大会《たいかい》は来年《らいねん》もあるんやろ？」

明《あか》るく励《はげ》ます和葉《かずは》に、未来子《みきこ》は「それやったらあかんねん」と首《くび》を横《よこ》に振《ふ》った。

「え？」

「今度《こんど》の皐月杯《さつきはい》でええ成績上《せいせきあ》げんと、いよいよ廃部《はいぶ》になってまうんや、私《わたし》の代《だい》でかるた部《ぶ》を潰《つぶ》すわけにいかんのに……」

と後《うし》ろを向《む》いてうつむく未来子《みきこ》に、和葉《かずは》や阿知波《あちわ》は声《こえ》をかけられずにいた。すると、二人《ふたり》の警官《けいかん》が近《ちか》づいてきた。

「会長《かいちょう》、警察《けいさつ》の方《かた》がお待《ま》ちです！　そろそろ……」

「ああ」

秘書《ひしょ》の言葉《ことば》に、阿知波《あちわ》は未来子《みきこ》を気《き》にかけながらも、警官《けいかん》の方《ほう》へ歩《ある》いていった。

「元気出《げんきだ》し、未来子《みきこ》」

和葉《かずは》は未来子《みきこ》の背中《せなか》に声《こえ》をかけた。

「そやて……」と未来子《みきこ》が涙声《なみだごえ》でつぶやく。

和葉《かずは》は未来子《みきこ》を元気《げんき》づける言葉《ことば》が出《で》てこなくて、小《ちい》さく息《いき》をついた。

「確《たし》かに未来子《みきこ》とアタシ以外《いがい》、まともにかるたできる部員《ぶいん》おらんかったしな……」

和葉《かずは》の言葉《ことば》に、未来子《みきこ》が「!!」と目《め》を見開《みひら》いた。そして突然振《とつぜんふ》り返《かえ》り、和葉《かずは》の肩《かた》をガバッとつかむ。

「そうや和葉《かずは》！　アンタが出《で》て！　あたしの代《か》わりに改方学園代表《かいほうがくえんだいひょう》として!!」

「ええ!?」

ビックリする和葉《かずは》の背後《はいご》で、蘭《らん》や紅葉《もみじ》も目《め》を見張《みは》る。

「そんな急《きゅう》に言《い》われても……」

「和葉《かずは》ちゃん、大会《たいかい》に出《で》たことあるの？」

蘭《らん》に訊《き》かれて和葉《かずは》が「ないない」と手《て》を振《ふ》ると、未来子《みきこ》は和葉《かずは》の肩《かた》をつかむ手《て》に力《ちから》を込《こ》めた。

「けど、いつも練習《れんしゅう》つきおうてくれてたやろ？」

「う、うん」

「和葉《かずは》やったら体力《たいりょく》はバッチリやし、反射神経《はんしゃしんけい》もある、負《ま》けん気《き》も強《つよ》いし、どんな相手《あいて》にも物怖《ものお》じせん！　あと、妙《みょう》な図々《ずうずう》しさもあるやんか！」

「何《なん》かほめられてる気《き》ぃせんのやけど……」

前《まえ》のめりになる未来子《みきこ》に、和葉《かずは》は苦笑《にがわら》いした。

「その大会《たいかい》っていつからあるの？」

「それが明後日《あさって》からやねん」

蘭《らん》は「ええっ！」と目《め》を丸《まる》くした。

「大丈夫《だいじょうぶ》！　これから特訓《とっくん》すれば和葉《かずは》なら何《なん》とかなる!!」

未来子《みきこ》が和葉《かずは》の両肩《りょうかた》をガッチリとつかんで意気込《いきご》んでいると、

「アハハハハ！」

突然《とつぜん》、近《ちか》くで話《はなし》を聞《き》いていた紅葉《もみじ》が声《こえ》を上《あ》げて笑《わら》った。

「素人《しろうと》が大会《たいかい》に出《で》て優勝《ゆうしょう》を狙《ねら》わはるん？　いっそのこと百人一首《ひゃくにんいっしゅ》やのうて、いろはがるたに変《か》えてもらいましょか？」

あざ笑《わら》う紅葉《もみじ》に、未来子《みきこ》はカチンと来《き》た。

「バカにせんといて！　和葉《かずは》の技量《ぎりょう》はいつも練習《れんしゅう》してるウチが一番《いちばん》ようわかってる！　試《し》

合経験《あいけいけん》はないけど、間違《まちが》いなくA級並《エーきゅうな》みの腕前《うでまえ》やで!!」

紅葉《もみじ》は「へぇ……」と品定《しなさだ》めするような目《め》で和葉《かずは》を見《み》た。

「この子《こ》がそうなん？　いうたら、平次君《へいじくん》と一緒《いっしょ》にいてはりましたけど、一体《いったい》どないな関《かん》係《けい》なんやろ」

「!!」

不躾《ぶしつけ》な視線《しせん》と平次《へいじ》の名前《なまえ》を出《だ》された和葉《かずは》は、メラメラと対抗心《たいこうしん》が湧《わ》き上《あ》がった。

「ちっちゃい頃《ころ》からずっと一緒《いっしょ》で、平次《へいじ》はアタシの――」

と言《い》いかけて、和葉《かずは》は顔《かお》を赤《あか》らめた。

「……アタシの……」

「大好《だいす》きなんだよね」

代弁《だいべん》した歩美《あゆみ》がフフフ……と笑《わら》った。

「見《み》てたらわかりますよ」

「バレバレだぞ～」

光彦《みつひこ》と元太《げんた》が追《お》い討《う》ちをかけるように冷《ひ》やかして、コナンはハハ……と苦笑《にがわら》いする。

「口《くち》はさまんといて!!」

顔《かお》を真《ま》っ赤《か》にした和葉《かずは》が叫《さけ》ぶと、

「『しのぶれど』……やなぁ」

紅葉《もみじ》がつぶやいた。

「幼《おさな》なじみで恋愛《れんあい》ごっこ。ホンマ、和《なご》みますわぁ」

「な……っ！」

嫌味《いやみ》たっぷりな口調《くちょう》に和葉《かずは》が顔《かお》をしかめると、紅葉《もみじ》は挑発的《ちょうはつてき》な笑《え》みを浮《う》かべた。

「ほんならこうしましょか。明後日《あさって》の大会《たいかい》、優勝《ゆうしょう》した方《ほう》が平次君《へいじくん》のお嫁《よめ》さん第一候補《だいいちこうほ》！

先《さき》に告白《こくはく》して、平次君《へいじくん》をゲットする！　これでどないです？」

（おいおい！）

子供《こども》たちのそばで話《はなし》を聞《き》いていたコナンは目《め》を丸《まる》くした。

「ちょっと、何言《なにい》うてるの!?」

未来子《みきこ》がいきり立《た》つと、紅葉《もみじ》は挑発《ちょうはつ》するような目《め》つきで和葉《かずは》を見《み》た。

「アンタが本気《ほんき》なんやったら、それくらいの覚悟《かくご》はできてますやろ」

「和葉《かずは》、こないな勝負《しょうぶ》受《う》けることないで」

唖然《あぜん》としている和葉《かずは》に、未来子《みきこ》が耳打《みみう》ちした。

「言《い》うときますけど、ウチは本気《ほんき》です」

そう言《い》って挑《いど》むような笑《え》みを向《む》けると、紅葉《もみじ》は踵《きびす》を返《かえ》して歩《ある》いていく。

「待《ま》ちぃ！」

と呼《よ》び止《と》めた和葉《かずは》は、カッと目《め》を開《ひら》いた。

「その勝負《しょうぶ》受けたるわ!!」

蘭《らん》やコナンたちは「ええっ！」と驚《おどろ》いた。すると、立《た》ち止《ど》まった紅葉《もみじ》が背《せ》を向《む》けたまま、フフフ……と笑《わら》い出《だ》した。

「その勢《いきお》い、試合当日《しあいとうじつ》までもつとええですけど」

「アンタこそ、アタシと当《あ》たる前《まえ》に負《ま》けんときや！」

「ほんならウチはこの辺《へん》で。これからネイルサロンで、平次君《へいじくん》に告《こく》る言葉《ことば》、考《かんが》えなあかんから」

紅葉《もみじ》は手入《てい》れされた長《なが》い爪《つめ》を見《み》せると、丁寧《ていねい》にお辞儀《じぎ》をして踵《きびす》を返《かえ》した。おっとりとした京都弁《きょうとべん》の端々《はしばし》からも勝《か》ち気《き》な性格《せいかく》がにじみ出《で》ているのが、子供《こども》たちにも十分伝《じゅうぶんつた》わってきたようで、

「あの姉《ねえ》ちゃん、コワそうだな」

「ええ」

「すごいの見《み》ちゃったね……」

三人《さんにん》は心配《しんぱい》そうに和葉《かずは》を見《み》た。

紅葉《もみじ》が椅子《いす》に置《お》いたバッグを取《と》ってロビーに向《む》かうと、未来子《みきこ》は和葉《かずは》に顔《かお》を向《む》けた。

「やっぱりアンタすごいわ。紅葉《もみじ》にあんな啖呵《たんか》切《き》るなんて」

「どないしよ……大変《たいへん》な約束《やくそく》してもうた……」

勢《いきお》いで挑発《ちょうはつ》に乗《の》ってしまった和葉《かずは》は、すぐに後悔《こうかい》した。

その後《ご》、バッグから取《と》り出《だ》したパスケースを見《み》ながら歩《ある》いていた紅葉《もみじ》は、廊下《ろうか》の角《かど》から出《で》てきた小五郎《こごろう》とぶつかりそうになった。

「きゃっ！」「おっと！」

小五郎《こごろう》がすばやく飛《と》びのいてよける。

「どうもすんません」

「いえ、こちらこそ」

去《さ》っていく紅葉《もみじ》の後《うし》ろ姿《すがた》を小五郎《こごろう》が見《み》ていると、蘭《らん》が走《はし》り寄《よ》ってきた。

「お父《とう》さん、鍵《かぎ》見《み》つかった？」

「いや、それがな。いろいろ捜《さが》してみたんだが見《み》つかんねーんだよ」

「ええ〜っ！」

「こりゃあ合《あ》い鍵作《かぎつく》るしかねぇな〜」

待合椅子《まちあいいす》に座《すわ》っていたコナンは苦笑《にがわら》いした。レンタカーの鍵《かぎ》はコナンが小五郎《こごろう》のポケットからこっそり持《も》ち出《だ》してしまったのだ。

（ん？）

コナンは廊下《ろうか》の角《かど》に何《なに》かが落《お》ちているのに気《き》づいた。小五郎《こごろう》の脇《わき》を走《はし》り抜《ぬ》けて手《て》を伸《の》ばすと――それはパスケースだった。

「どうしたの？　コナン君《くん》」

「これ、さっきのお姉《ねえ》さんが落《お》としてったみたいだよ」

「え？　ちょっと見《み》せて」

コナンは蘭《らん》にパスケースを手渡《てわた》した。

「ホントだ。紅葉《もみじ》さんのだ」

パスケースに入《はい》った交通系《こうつうけい》IC《アイシー》カードには『オオオカ　モミジ』と印字《いんじ》されていた。

「お父《とう》さん、ちょっとこれ届《とど》けてくるね」

「ん？　おい、知《し》り合《あ》いか？」

蘭《らん》がロビーに走《はし》っていき、コナンも後《あと》を追《お》った。

一方《いっぽう》、待合椅子《まちあいいす》に未来子《みきこ》と並《なら》んで座《すわ》った和葉《かずは》は、引《ひ》き受《う》けた賭《か》けの重大《じゅうだい》さに気《き》づき、青《あお》ざめていた。

「ホンマへこむわぁ……どないしたらええと思《おも》う⁉」

と未来子《みきこ》の方《ほう》を向《む》いて両肩《りょうかた》をガバッとつかむ。

「どないしたらって……」

困《こま》っている未来子《みきこ》のそばで、子供《こども》たちがヒソヒソとささやいていた。

「ちょっとコワそうだったけど」

「すごい美人《びじん》さんだったよね」

「あんな人《ひと》に告白《こくはく》されたら、平次《へいじ》さんメロメロになっちゃうんじゃ……」

和葉《かずは》がにらんでいるのに気《き》づいて、光彦《みつひこ》はハッと口《くち》をつぐんだ。

「でっ、でも、お似合《にあ》いなのは和葉《かずは》さんだけですよ!!」

慌《あわ》ててフォローする光彦《みつひこ》に、和葉《かずは》は「ホンマ？」と顔《かお》をほころばせた。

「ホンマ、ホンマ！」

子供《こども》たちにおだてられた和葉《かずは》は、意《い》を決《けっ》したような面持《おもも》ちでグッと拳《こぶし》を握《にぎ》った。

「四《し》の五《ご》の言《い》うとる場合《ばあい》やない。今晩《こんばん》から徹夜《てつや》で特訓《とっくん》や！」


蘭《らん》が紅葉《もみじ》のパスケースを持《も》ってロビーを捜《さが》していると、

「蘭姉《らんねえ》ちゃん！　いたよ、あっち！」

追《お》いかけてきたコナンが正面玄関《しょうめんげんかん》のロータリーを指差《ゆびさ》した。ロータリーに停《と》まったロールスロイスに、紅葉《もみじ》が乗《の》り込《こ》もうとしている。

「ちょっと待《ま》って！」

蘭《らん》は慌《あわ》ててロビーを飛《と》び出《だ》した。

「紅葉《もみじ》さーん、待《ま》ってぇー!!」

発進《はっしん》した車《くるま》に手《て》を振《ふ》りながら追《お》いかけたが、車《くるま》はそのまま行《い》ってしまった。

「あ～あ、行《い》っちゃった……。どうしよう、これ……」

「名前《なまえ》や学校《がっこう》はわかってるけど、連絡先《れんらくさき》は中《なか》を見《み》た方《ほう》が早《はや》いんじゃない？」

コナンに言《い》われた蘭《らん》は「……そうだね」とパスケースを見《み》た。

「蘭姉《らんねえ》ちゃん、ボクにも見《み》せて」

「う、うん」

蘭《らん》はかがんでパスケースを開《ひら》いた。

「えーと、これは写真《しゃしん》か……」

パスケースには写真《しゃしん》が入《はい》っていた。右手《みぎて》の甲《こう》に傷《きず》がある男《おとこ》が写《うつ》っている。

(誰《だれ》だ、この人《ひと》……)

「あ、もう一枚《いちまい》ある」

写真《しゃしん》を取《と》り出《だ》した蘭《らん》は「え⁉」と目《め》を丸《まる》くした。コナンも写真《しゃしん》を見《み》て「ゲッ⁉」と驚《おどろ》く。

それは、幼《おさな》い男女《だんじょ》が指切《ゆびき》りをしている写真《しゃしん》だった。女《おんな》の子《こ》は頬《ほお》を赤《あか》らめ嬉《うれ》しそうに微笑《ほほえ》んでいる。

「これって紅葉《もみじ》さんと……」

「服部君《はっとりくん》だよね……？」

コナンと蘭《らん》はまじまじと写真《しゃしん》を見《み》つめた。

「指切《ゆびき》りしてるね」

「何《なん》の約束《やくそく》したんだろう……」

「結婚《けっこん》の約束《やくそく》とか？」

二人《ふたり》はハハハ……と笑《わら》った。

「こんな子供《こども》なのに？」

「そんなわけないよね〜」

コナンは、いや、と思《おも》い直《なお》した。

（アイツ割《わ》りといい加減《かげん》なとこあるし……）

蘭《らん》も同《おな》じことを思《おも》っていたのか、二人《ふたり》は顔《かお》を見合《みあ》わせて、ハハハ……と苦笑《にがわら》いした。するど、平次《へいじ》のバイクが病院《びょういん》の正門《せいもん》から入《はい》ってくるのが見《み》えた。

「平次兄《へいじにい》ちゃんのバイクだ！」

蘭《らん》は持《も》っていたパスケースをサッと後《うし》ろに隠《かく》した。

「さっきの写真《しゃしん》のことは絶対《ぜったい》に内緒《ないしょ》だよ。特《とく》に和葉《かずは》ちゃんにはね」

「うん」

コナンはスマホをポケットから取《と》り出《だ》し、蘭《らん》の後《うし》ろに回《まわ》ってパスケースに挟《はさ》まれた男性《だんせい》の写真《しゃしん》を撮《と》った。

「何《なん》や、二人《ふたり》そろってお出迎《でむか》えか？」

バイクに乗《の》った平次《へいじ》がロータリーにやってくると、蘭《らん》はブンブンと大《おお》きく首《くび》を振《ふ》り、前《まえ》を向《む》いたまま後《あと》ずさっていった。

「ど、どないしたんや？　あの姉《ねえ》ちゃん」

コナンがハハ……と苦笑《にがわら》いする。すると、正面玄関《しょうめんげんかん》の自動《じどう》ドアから小五郎《こごろう》が出《で》てきた。

「蘭《らん》、落《お》とし物《もの》は届《とど》けたのか？」

「う、うん」

蘭《らん》はパスケースを隠《かく》しながら慌《あわ》ててロビーへ入《はい》っていった。その姿《すがた》を見送《みおく》ったコナンは、バイクから降《お》りる平次《へいじ》を振《ふ》り返《かえ》った。

「遅《おそ》かったな。何《なに》か収穫《しゅうかく》はあったのか？」

「いや、大阪府警《おおさかふけい》もまだ混乱《こんらん》しとるようや。情報《じょうほう》が集《あつ》まったら大滝《おおたき》はんが連絡《れんらく》くれることになっとる」

二人《ふたり》が話《はな》しているそばを、ボディガードを連《つ》れた阿知波《あちわ》が通《とお》りかかった。すると遅《おく》れてやってきた秘書《ひしょ》が「会長《かいちょう》！」と阿知波《あちわ》にスマホを差《さ》し出《だ》した。

「緊急《きんきゅう》の要件《ようけん》とのことで、電話《でんわ》に出《で》ていただけないでしょうか？」

「ああ、かまわん」

阿知波《あちわ》がスマホを受《う》け取《と》ると同時《どうじ》に、小五郎《こごろう》がロータリーの前《まえ》に出《で》てきた。

「つたく、何《なん》なんだ？　蘭《らん》のヤツ……」

「ああ、私《わたし》だ……何《なに》？　京都府警《きょうとふけい》からっ？」

阿知波《あちわ》の言葉《ことば》に、コナンたちは一斉《いっせい》に注目《ちゅうもく》した。

「うん、それで矢島君《やじまくん》が何《なん》やて……何《なに》!?　殺《ころ》された——!?」

(——!!)

コナンと平次《へいじ》は顔《かお》を見合《みあ》わせた。

「服部《はっとり》！」「ああ」

二人《ふたり》が阿知波《あちわ》の方《ほう》へ走《はし》り出《だ》すと、

「あ、おい！　こら！　お前《まえ》らちょっと待《ま》て！」

小五郎《こごろう》も後《あと》を追《お》った。

5

京都《きょうと》・矢島邸《やじまてい》——。

日本家屋《にほんかおく》の重厚《じゅうこう》な門《もん》にはバリケードテープが張《は》られ、その前《まえ》にはパトカーが何台《なんだい》も停《と》まっていた。そこに新《あら》たなパトカーが停《と》まり、小五郎《こごろう》と阿知波《あちわ》が出《で》てきた。さらにその後《あと》にコナンを乗《の》せた平次《へいじ》のバイクが停《と》まると、立《た》ち番《ばん》をしていた警官《けいかん》が駆《か》け寄《よ》ってきた。

「ちょっと君《きみ》たち、ここは立《た》ち入《い》り禁止《きんし》だよ」

「毛利小五郎《もうりこごろう》の連《つ》れのもんです」

「何《なに》をアホなことを……」

警官《けいかん》が眉《まゆ》をひそめると、

「その子《こ》らやったら、通《とお》してもかまへんよ」

そばにいた京都府警《きょうとふけい》の綾小路文麿警部《あやのこうじふみまろけいぶ》が間《あいだ》に入《はい》ってきた。

「お久《ひさ》しぶりですなぁ、お二人《ふたり》さん」

と微笑《ほほえ》む綾小路《あやのこうじ》の肩《かた》に乗《の》ったシマリスが、チュチュッと挨拶《あいさつ》するように鳴《な》いた。

「殺《ころ》されたんは、矢島俊弥《やじまとしや》さん。造《つく》り酒屋《ざかや》の御曹司《おんぞうし》で、この豪邸《ごうてい》に一人《ひとり》で住《す》んではったそうや。死亡時《しぼうじ》推定時刻《すいていじこく》は早朝六時頃《そうちょうろくじごろ》。遺体発見《いたいはっけん》は八時間後《はちじかんご》の午後二時《ごごにじ》……」

綾小路《あやのこうじ》は離《はな》れに続《つづ》く渡《わた》り廊下《ろうか》を歩《ある》きながら、平次《へいじ》とコナンに事件《じけん》の詳細《しょうさい》を説明《せつめい》した。

「ああ、足元《あしもと》気《き》ぃつけてください。派手《はで》に荒《あ》らしていきはったんで」

骨董品《こっとうひん》が飾《かざ》ってあった棚《たな》がめちゃくちゃに荒《あ》らされていて、割《わ》れた花瓶《かびん》や置物《おきもの》が散乱《さんらん》していた。

先頭《せんとう》を歩《ある》く綾小路《あやのこうじ》が角《かど》を曲《ま》がると、和室《わしつ》の前《まえ》の廊下《ろうか》で阿知波《あちわ》と小五郎《こごろう》が話《はなし》をしていた。

「現場《げんば》の状況《じょうきょう》から見《み》て、強盗殺人《ごうとうさつじん》で間違《まちが》いないでしょうな」

小五郎《こごろう》の言葉《ことば》に、綾小路《あやのこうじ》は「ええ」とうなずき、二人《ふたり》に近《ちか》づいた。

「我々《われわれ》もそう考《かんが》えてます。何者《なにもの》かが金品《きんぴん》を目的《もくてき》で侵入《しんにゅう》。矢島《やじま》さんと鉢合《はちあ》わせたと……」

「犯人《はんにん》はとっさに盗《ぬす》もうとしていた日本刀《にほんとう》で撲殺《ぼくさつ》。その後《ご》、金《かね》を取《と》って逃《に》げた……」

小五郎《こごろう》は綾小路《あやのこうじ》の推理《すいり》の続《つづ》きを言《い》い当《あ》てながら、現場《げんば》の和室《わしつ》へ足《あし》を踏《ふ》み入《い》れた。その後《うし》ろでは、阿知波《あちわ》が「何《なん》でや……何《なん》で……」と声《こえ》を震《ふる》わせる。

現場《げんば》に入《はい》った小五郎《こごろう》は、改《あらた》めて部屋《へや》の中《なか》を見渡《みわた》した。和室《わしつ》の真《ま》ん中《なか》で頭《あたま》から血《ち》を出《だ》して倒《たお》れている矢島《やじま》の周《まわ》りには、かるたの札《ふだ》が散《ち》らばっていた。

「見《み》たところ、被害者《ひがいしゃ》はかるたをやっていたようですな」

「ホンマやなぁ」

背後《はいご》から大阪弁《おおさかべん》が聞《き》こえたと同時《どうじ》に、平次《へいじ》とコナンが部屋《へや》に入《はい》ってきた。

「なっ、なーんでおめーらが入《はい》ってきてんだよ‼」

「ほな警部《けいぶ》はん、この現場《げんば》ちょっと調《しら》べさせてもらうで」

平次《へいじ》は気《き》にせず、廊下《ろうか》に立《た》つ綾小路《あやのこうじ》に声《こえ》をかけた。

「鑑識《かんしき》の作業《さぎょう》も終《お》わってますんで、お好《す》きなように」

小五郎《こごろう》が「いっ、いいのかよ⁉」と突《つ》っ込《こ》む。

「ただし、凶器《きょうき》の刀《かたな》は回収《かいしゅう》させてもらいますよ」

綾小路《あやのこうじ》は部屋《へや》の奥《おく》にいた鑑識員《かんしきいん》からビニール袋《ぶくろ》に入《はい》った日本刀《にほんとう》を受《う》け取《と》った。

「この子《こ》らが納得《なっとく》するまで付《つ》きおうてください」

「はい」

「では外《そと》で待《ま》ってますんで、何《なに》かわかったら教《おし》えてくださいね」

綾小路《あやのこうじ》はそう言《い》うと、鑑識員《かんしきいん》を残《のこ》して部屋《へや》を出《で》ていった。

平次《へいじ》は矢島《やじま》の遺体《いたい》に近《ちか》づいてしゃがみ込《こ》んだ。その横《よこ》で、コナンがスマホを構《かま》える。

「どない思《おも》う？」

「まだ何《なん》とも言《い》えねぇが……この右手《みぎて》」

コナンは矢島《やじま》の右手《みぎて》をパシャリと撮《と》った。血《ち》だまりの上《うえ》に倒《たお》れている矢島《やじま》の右手《みぎて》は、何《なに》かを握《にぎ》っていたかのように指《ゆび》が曲《ま》がり、その指先《ゆびさき》にはかすかな血痕《けっこん》が残《のこ》っている。

「お前《まえ》も気《き》ぃついたか、工藤《くどう》」

「ああ。血《ち》が付《つ》いた物《もの》を誰《だれ》かが、無理《むり》に引《ひ》き抜《ぬ》いた感《かん》じだ」

「この部屋《へや》で血《ち》の付《つ》いた物《もの》と言《い》うたら……」

二人《ふたり》の視線《しせん》が、床《ゆか》に散《ち》らばった血《ち》まみれのかるた札《ふだ》に向《む》けられた。

「かるた札《ふだ》か……」

「ダイイング・メッセージに気《き》づいた犯人《はんにん》が、散《ち》らばったかるた札《ふだ》に紛《まぎ》れ込《こ》ませた……」

コナンが言《い》うと、平次《へいじ》はやれやれと立《た》ち上《あ》がった。

「こん中《なか》からその札《ふだ》を見《み》つけんのは骨《ほね》やで」

「それなら任《まか》せろ。そうゆう解析《かいせき》が得意《とくい》なヤツがいる」

スマホを構《かま》えたコナンは移動《いどう》して、次々《つぎつぎ》とかるた札《ふだ》を撮《と》っていった。

その様子《ようす》を見《み》ていた平次《へいじ》は、ふと畳《たたみ》の上《うえ》に落《お》ちているリモコンを見《み》た。矢島《やじま》の右手《みぎて》の延《えん》長線上《ちょうせんじょう》に、血《ち》の付《つ》いたＤＶＤ《ディーブイディー》プレイヤーのリモコンが落《お》ちている。

「あのリモコン、血《ち》の付《つ》き方《かた》から見《み》て、被害者《ひがいしゃ》のすぐそばにあったはずや……」

平次《へいじ》は台《だい》から落《お》ちて倒《たお》れているテレビを見《み》た。

「すんません。あのテレビ、起《お》こしてもええですか？」

「ええどうぞ」

「おおきに」

ビニール手袋《てぶくろ》をした手《て》でテレビを起《お》こし、台《だい》の上《うえ》に戻《もど》した。

「殺《ころ》される直前《ちょくぜん》までリモコンを操作《そうさ》しとったなら、何《なに》か映《うつ》っとるかもしれへん」

平次《へいじ》は近《ちか》づいてきたコナンの前《まえ》で、テレビの電源《でんげん》ボタンを押《お》した。すると、画面《がめん》に映《うつ》ったのは、着物姿《きものすがた》の紅葉《もみじ》だった。かるた札《ふだ》が並《なら》べられた畳《たたみ》の部屋《へや》で、かるた札《ふだ》の束《たば》を持《も》っている。映像《えいぞう》は一時停止《いちじていし》されているようで、止《と》まったままだ。

「大岡紅葉《おおおかもみじ》や……」

「矢島《やじま》さんは襲《おそ》われる直前《ちょくぜん》まで、これを見《み》てたのか……!?」

「過去《かこ》の試合《しあい》のようだが……」

平次《へいじ》はテレビ台《だい》の中《なか》にあったDVD《ディーブイディー》プレイヤーのイジェクトボタンを押《お》した。ディスクトレイが開《ひら》いてDVD《ディーブイディー》が出《で》てくる。

「『第《だい》15回《かい》〜第《だい》20回《かい》　高校生皐月杯争奪戦《こうこうせいさつきはいそうだつせん》』……」

平次《へいじ》はDVD《ディーブイディー》に書《か》かれていた文字《もじ》を読《よ》み上《あ》げた。

「矢島《やじま》さんはなぜこの映像《えいぞう》を……」

二人《ふたり》が考《かんが》え込《こ》んでいると、部屋《へや》に入《はい》ってきた阿知波《あちわ》がDVD《ディーブイディー》を覗《のぞ》き込《こ》んだ。

「決勝戦《けっしょうせん》ともなれば相当《そうとう》ハイレベルになるからなぁ。技《わざ》の駆《か》け引《ひ》きから札《ふだ》の並《なら》び方《かた》まで、見《み》るだけでも参考《さんこう》になることが多《おお》いんや。殺人事件《さつじんじけん》とは関係《かんけい》ないんとちゃうかな」

「え、でも……」

コナンが言《い》いかけたとき、いきなり背後《はいご》から小五郎《こごろう》に襟《えり》をつかまれた。

「でもでもってうるせぇんだよ！　ほらっ、お前《まえ》も来《こ》い!!」

「うわっ！」

「ちょっ、おっちゃん！」

「探偵《たんてい》ごっこはおしまいだ！　どうもみなさんお騒《さわ》がせしました」

平次《へいじ》の首《くび》もガッチリつかんだ小五郎《こごろう》は、二人《ふたり》を引《ひ》きずって出《で》ていった。

残《のこ》された阿知波《あちわ》は、足元《あしもと》に倒《たお》れている矢島《やじま》の遺体《いたい》を見下《みお》ろすと、悲《かな》しげな顔《かお》で小《ちい》さく息《いき》をついた。やがて鑑識員《かんしきいん》は遺体《いたい》にシートを掛《か》け始《はじ》めた。


東京都米花市《とうきょうとべいかし》・阿笠邸《あがさてい》——。

阿笠博士《あがさはかせ》はリビングのソファに灰原《はいばら》と向《む》かい合《あ》って座《すわ》り、テレビを見《み》ていた。

『続《つづ》いてニュースです。本日午後一時《ほんじつごごいちじ》ごろ、大阪府大阪市《おおさかふおおさかし》の日売《にちうり》テレビで大《おお》きな爆発《ばくはつ》が起《お》こり……』

「またこのニュースか……心配《しんぱい》じゃのぉ……」

阿笠博士《あがさはかせ》が不安《ふあん》げにつぶやくと、ノートパソコンを開《ひら》いていた灰原《はいばら》がリモコンでテレビを消《け》した。

「あ！　哀君《あいくん》、なんで消《け》してしまうんじゃ!?」

「このニュースが流《なが》れる度《たび》に心配《しんぱい》してたら、身《み》がもたないわよ」

「しかし……」

「子供《こども》たちとは連絡取《れんらくと》れたんでしょ？」

「じゃが、新一《しんいち》からの折《お》り返《かえ》しが来《き》とらんのじゃ」

すると、灰原《はいばら》のポケットでスマホが震《ふる》えた。

「ほら、噂《うわさ》をすればよ」

スマホを取《と》り出《だ》して、『江戸川《えどがわ》コナン』と表示《ひょうじ》された着信画面《ちゃくしんがめん》を見《み》せる。

「おお、後《あと》で代《か》わってくれ」

灰原《はいばら》はうなずいて、応答《おうとう》ボタンをタップした。

「あなたねぇ、連絡《れんらく》もよこさないで一体何《いったいなに》してたの？　博士《はかせ》、ものすごく心配《しんぱい》してるわよ」

『ワリィワリィ。こっちもいろいろ大変《たいへん》でな』

「で、用件《ようけん》は何《なに》？」

『さっき、オメーのパソコンに写真《しゃしん》を送《おく》ったんだけど、その写真《しゃしん》に写《うつ》ってるかるたを調《しら》べてほしいんだ』

灰原《はいばら》はメールソフトを起動《きどう》してコナンからのメールを開《ひら》いた。添付《てんぷ》されていたデータをクリックすると、血《ち》まみれのかるた札《ふだ》の画像《がぞう》が何十枚《なんじゅうまい》も表示《ひょうじ》された。

「爆弾事件《ばくだんじけん》に巻《ま》き込《こ》まれたと思《おも》ったら、今度《こんど》は血染《ちぞ》めのかるた札《ふだ》？」

『その中《なか》から被害者《ひがいしゃ》が握《にぎ》りしめていた札《ふだ》を突《つ》き止《と》めてほしいんだ。オメー、そういうネチネチ組《く》み立《た》てるの得意《とくい》だろ？』

「ネチネチねー……あ！」

灰原《はいばら》はかるただらけの画像《がぞう》の中《なか》に、一枚《いちまい》だけ男性《だんせい》の写真《しゃしん》があるのに気《き》づいた。それは紅葉《もみじ》のパスケースに入《はい》っていた写真《しゃしん》だった。

「一枚《いちまい》だけ人物写真《じんぶつしゃしん》が入《はい》ってるけど」

『ああ、ついでにその人《ひと》についても調《しら》べてくれねーか？』

「この人《ひと》もかるたがらみ？」

『まあな。オレもそうにらんでる』

灰原《はいばら》はハァ……と息《いき》をついた。

「とにかく、やってみるから少《すこ》し時間《じかん》をちょうだい」

『サンキュー、頼《たよ》りにしてるぜ。じゃあな』

「あ、ちょっと、博士《はかせ》が――」

言《い》い終《お》わらないうちに電話《でんわ》が切《き》れて、前《まえ》にいた阿笠博士《あがさはかせ》がガッカリしてため息《いき》をついた。

コナンが電話《でんわ》を切《き》ると、バイクの前《まえ》で座《すわ》っていた平次《へいじ》が立《た》ち上《あ》がった。

「そうなると、狙《ねら》われてるんは皐《さ》月会《つきかい》の主要《しゅよう》メンバーやな」

「ああ、マークすべきは二人《ふたり》。阿知波《あちわ》さんはオレが見張《みは》る。確《たし》か、宿泊《しゅくはく》するホテルが一緒《いっしょ》のはずだ」

「ほんなら、オレは大岡紅葉《おおおかもみじ》や」

そのとき、ヘッドライトの光《ひかり》が迫《せま》ってきて、二人《ふたり》の目《め》の前《まえ》で車《くるま》が停《と》まった。門《もん》の前《まえ》に立《た》っていた警官《けいかん》がすかさず走《はし》り寄《よ》る。

「ちょっとちょっと！　何《なん》ですかあなたは？」

「皐《さ》月会《つきかい》のもんや。通《とお》してくれ」

車《くるま》から降《お》りてきた男《おとこ》が門《もん》へ向《む》かおうとすると、警官《けいかん》が慌《あわ》てて止《と》めた。

「待《ま》ってください。今《いま》、確認《かくにん》を取《と》りますんで！」

すると、門《もん》から出《で》てきた阿知波《あちわ》が男《おとこ》の名《な》を呼《よ》んだ。

「関根君《せきねくん》！　今《いま》まで何《なに》をしとったんや？　何度《なんど》も連絡《れんらく》したんやぞ」

「すんません、会長《かいちょう》」

関根《せきね》は警官《けいかん》の間《あいだ》をすり抜《ぬ》けて阿知波《あちわ》に駆《か》け寄《よ》った。

「ゆうべ深酒《ふかざけ》してもうて、携帯《けいたい》の充電《じゅうでん》切れにも気《き》づかんと、寝《ね》てしもたから……」

「まったく」とあきれる阿知波《あちわ》のもとに小五郎《こごろう》と綾小路《あやのこうじ》がやってきた。

「いやぁ、目《め》ェ覚《さ》ましたらニュースでテレビ局《きょく》が爆発《ばくはつ》したとか言《い》うてるし、会《かい》に連絡《れんらく》したら会長《かいちょう》は矢島《やじま》のところでボクを捜《さが》しとる言《い》うし、慌《あわ》てて来《き》たら何《なん》やこの騒《さわ》ぎやし……」

ベラベラと早口《はやくち》でまくし立《た》てる関根《せきね》を、コナンと平次《へいじ》が険《けわ》しい目《め》で見《み》つめる。

「こない警察《けいさつ》が集《あつ》まって、矢島《やじま》はどないしましてん？」

関根《せきね》は周《まわ》りのパトカーや警官《けいかん》を見《み》てたずねた。

「矢島君《やじまくん》は……殺《ころ》されてしもうた……」

阿知波《あちわ》が苦《くる》しげにうつむいて言《い》うと、

「え──っ⁉」

関根《せきね》はひどく驚《おどろ》いた声《こえ》を上《あ》げた。

「強盗《ごうとう》の仕業《しわざ》っちゅうことらしい。渡《わた》り廊下《ろうか》にあった刀《かたな》で……」

「刀《かたな》て、そんな……」

ガクリと肩《かた》を落《お》とす関根《せきね》に、綾小路《あやのこうじ》は手《て》を向《む》けた。

「阿知波《あちわ》さん、こちらの方《かた》は？」

「こらスンマセン！」

関根《せきね》はペコリと頭《あたま》を下《さ》げた。

「皐月会会員《さつきかいかいいん》でカメラマンやっとります、関根康史《せきねこうじ》いいます」

「関根君《せきねくん》は矢島君《やじまくん》のライバルで、ここ二年《にねん》、皐月杯決勝《さつきはいけっしょう》はこの二人《ふたり》の対戦《たいせん》やったんです」

阿知波《あちわ》が紹介《しょうかい》すると、関根《せきね》は恥《は》ずかしそうに頭《あたま》をかいた。

「まぁ二年連続負《にねんれんぞくま》けで、今年《ことし》こそは思《おも》ってましたんやけど……もう彼《かれ》とも対戦《たいせん》できんのですね……」

「それで、大会《たいかい》は予定通《よていどお》り開催《かいさい》するんでしょうか？」

小五郎《こごろう》がたずねると、阿知波《あちわ》は「ああ……」と困《こま》った顔《かお》をした。

「それなんですが、どないしたもんかと……」

「会長《かいちょう》っ、あきませんで！」

阿知波《あちわ》に迫《せま》った関根《せきね》は、首《くび》を横《よこ》に振《ふ》った。

「矢島《やじま》の死《し》で伝統《でんとう》ある皐月杯《さつきはい》が中止《ちゅうし》になってしもたら、矢島《やじま》は無駄死《むだじ》にどころやない、殴《なぐ》られ損《ぞん》や!!」

（——!!）

コナンと平次《へいじ》はハッと目《め》を見開《みひら》いた。顔《かお》を見合《みあ》わせて、うなずく。

「関根君《せきねくん》。少《すこ》し言葉《ことば》を慎《つつし》みたまえ」

阿知波《あちわ》に言《い》われて、関根《せきね》は「すんません、つい……」と肩《かた》をすくめた。そこに綾小路《あやのこうじ》が間《あいだ》に入《はい》った。

「京都府警《きょうとふけい》のもんですが、二《に》、三伺《さんうかが》いたいことがあるんですけど、少《すこ》しお時間《じかん》いただけますか？」

「あぁ、そらもう、何《なん》でも答《こた》えまっせ」

「ではこちらへ」

二人《ふたり》がパトカーの方《ほう》へ行《い》くと、阿知波《あちわ》は小五郎《こごろう》に声《こえ》をかけた。

「毛利《もうり》さん、私《わたし》はそろそろ大阪《おおさか》に戻《もど》ろうかと……」

「ええ、そうですな。ご一緒《いっしょ》します」

小五郎《こごろう》と阿知波《あちわ》も去《さ》っていき、残《のこ》った平次《へいじ》は「なぁ、工藤《くどう》」とコナンに声《こえ》をかけた。

「オレ、犯人《はんにん》わかってしもたで」

「オレもだ」

二人《ふたり》の頭《あたま》には同《おな》じ人物《じんぶつ》が浮《う》かんでいた。

「矢島《やじま》さん殺《ごろ》しは、たぶんあの人《ひと》だ。だが、皐月会《さつきかい》を狙《ねら》ったと思《おも》われるテレビ局爆破《きょくばくは》も、彼《かれ》の犯行《はんこう》と考《かんが》えるにはまだ……」

「せやな。阿知波《あちわ》さんと紅葉《もみじ》に関《かん》しては、さっき決《き》めたとおり見張《みは》っといた方《ほう》が無難《ぶなん》やな」

コナンは「ああ」とうなずいた。

蘭《らん》と子供《こども》たち、そして和葉《かずは》は宿泊《しゅくはく》する大阪《おおさか》の高級《こうきゅう》ホテルに到着《とうちゃく》した。蘭《らん》が客室《きゃくしつ》のドアを開《あ》けると、元太《げんた》がまっさきに飛《と》び込《こ》んでいく。

「いっちばーん！」

「二番《にばん》～！」

「二人《ふたり》ともずるーい！　待《ま》って～」

光彦《みつひこ》、歩美《あゆみ》に続《つづ》いて客室《きゃくしつ》に入《はい》った和葉《かずは》は、その広《ひろ》さに「うわっ」と驚《おどろ》いた。二間続《ふたまつづ》きの和室《わしつ》は、大人数《おおにんずう》で宴会《えんかい》でもできそうなくらい広《ひろ》くて豪華《ごうか》だった。

「むっちゃ広《ひろ》い部屋《へや》やなぁ～！」

「園子《そのこ》が予約《よやく》してくれたの。ほら、園子《そのこ》も来《く》る気満々《きまんまん》だったでしょ？　だから日売《にちうり》テレビに近《ちか》いホテルを選《えら》んでくれたみたい」

「はぇ～、さすが鈴木財閥《すずきざいばつ》……」

蘭《らん》はベルボーイからかるた札《ふだ》や百人一首《ひゃくにんいっしゅ》読《よ》み上《あ》げ機《き》など一式《いっしき》を受《う》け取《と》ると、靴《くつ》を脱《ぬ》いで部屋《へや》の奥《おく》へ進《すす》んでいった。


その頃《ころ》、自分《じぶん》の部屋《へや》の天蓋《てんがい》付きベッドで休《やす》んでいた園子《そのこ》は、蘭《らん》たちが宿泊《しゅくはく》するホテルに電話《でんわ》をかけていた。

「ええ……そう……夜通《よどお》し特訓《とっくん》するらしいから、夜食《やしょく》も用意《ようい》してあげて。んじゃ、ヨロシク……」

ゴホゴホと咳《せ》き込《こ》みながら電話《でんわ》を切《き》った園子《そのこ》は、スマホを枕元《まくらもと》にポイッと落《お》とした。

「まぁ〜ったく、何《なん》であたしがこんなことまで……」

とぼやきながら、京極真《きょうごくまこと》の顔《かお》を思《おも》い浮《う》かべる。

『必死《ひっし》で友人《ゆうじん》を応援《おうえん》するあなたの姿《すがた》をね』

京極《きょうごく》の言葉《ことば》が頭《あたま》の中《なか》でよみがえり、園子《そのこ》は赤《あか》い顔《かお》をさらに赤《あか》くして、ニシシ……と笑《わら》った。

「ま、いっか♥」


「さあ、特訓開始《とっくんかいし》や！」

本間《ほんま》の畳《たたみ》の上《うえ》に正座《せいざ》した和葉《かずは》がかるた札《ふだ》の箱《はこ》を開《あ》け、そのそばで蘭《らん》が百人一首《ひゃくにんいっしゅ》読《よ》み上《あ》げ機《き》を準備《じゅんび》していると、子供《こども》たちが歩《あゆ》み寄《よ》ってきた。

「オレたちも手伝《てつだ》うぞ！」

「私《わたし》たちにできることがあったら何《なん》でも言《い》って」

「全面的《ぜんめんてき》にバックアップします！」

応援《おうえん》してくれる子供《こども》たちに、蘭《らん》と和葉《かずは》は嬉《うれ》しくなった。

「みんな……」

「ホンマおおきに」

するとそのとき、光彦《みつひこ》のスマホが鳴《な》った。

「あ、電話《でんわ》だ」

「誰《だれ》からだ？」

光彦《みつひこ》はポケットからスマホを取《と》り出《だ》して画面《がめん》を見《み》た。

「博士《はかせ》からです」

「歩美《あゆみ》も話《はな》したーい」

「みんなで話《はな》そーぜ！」

元太《げんた》の提案《ていあん》に、光彦《みつひこ》は「ええ、そうしましょう」とうなずいた。そして、

「お姉《ねえ》さんたちは特訓頑張《とっくんがんば》ってください」

「私《わたし》たち、邪魔《じゃま》しないようにアッチ行《い》ってるねー」

とバタバタ駆《か》けていく。

「全面的《ぜんめんてき》にバックアップって……」

「こういうこと？」

残《のこ》された和葉《かずは》と蘭《らん》はハハ……と苦笑《にがわら》いした。

隣《となり》の間《ま》に移《うつ》った光彦《みつひこ》は、座卓《ざたく》の上《うえ》にあったお茶道具《ちゃどうぐ》入《い》れにスマホを立《た》てかけ、ビデオ通《つう》話《わ》ボタンを押《お》した。すると、スマホの画面《がめん》に阿笠博士《あがさはかせ》が映《うつ》った。

『おお、映《うつ》った、映《うつ》った。みんな、あれから何《なに》もなかったかね？』

「おう！」

「大丈夫《だいじょうぶ》だったよー」

「ボクたち、もうホテルにいます」

子供《こども》たちが話《はな》しかけると、

『そうか、ちょうどよかった』

阿笠博士《あがさはかせ》は嬉《うれ》しそうな顔《かお》で言《い》った。その笑顔《えがお》を見《み》て、子供《こども》たちは嫌《いや》な予感《よかん》がした。

「え⁉」

「まさか……」

『ジャジャーン！　お待《ま》ちかね、博士《はかせ》のクイズコーナー〜‼』

横《よこ》ピースする阿笠博士《あがさはかせ》に、子供《こども》たちはガクッとうなだれた。

「……そのために電話《でんわ》してきたんですか……」

『善《ぜん》は急《いそ》げじゃ！』

張《は》り切《き》った阿笠博士《あがさはかせ》の顔《かお》がグ〜ッと近《ちか》づく。

『競技《きょうぎ》かるたは、その独特《どくとく》のスタイルが日本《にっぽん》の伝統的作業《でんとうてきさぎょう》に似《に》ていると言《い》われておるが、それは次《つぎ》のうちどれ？　一《いち》、茶摘《ちゃつ》み。二《に》、凧揚《たこあ》げ。三《さん》、餅《もち》つき。四《よん》、稲刈《いねか》り』

子供《こども》たちは顔《かお》を上《あ》げ、う〜ん、と考《かんが》えた。

「かるたを取《と》って札《ふだ》を積《つ》んでいくから、茶摘《ちゃつ》みかなぁ」

「凧揚《たこあ》げか……タコ焼《や》き食《く》いて〜！」
「お手《て》つきって言《い》いますから、餅《もち》つきでしょうか？」
阿笠博士《あがさはかせ》の顔《かお》が再《ふたた》びグググーッと近《ちか》づいた。
『ファイナルアンサーかの〜？』
『答《こた》えは四《よん》の稲刈《いねか》りよ』
突然《とつぜん》、灰原《はいばら》の声《こえ》が聞《き》こえてきた。
『あっ、哀君《あいくん》！』
阿笠博士《あがさはかせ》が横《よこ》を見《み》る。
『稲《いね》は田《た》んぼになる。その田《た》んぼを刈《か》るから……』
灰原《はいばら》が出《だ》したヒントに、光彦《みつひこ》と歩美《あゆみ》はピンと来《き》た。
「あ〜!!」「かるただ〜!!」
答《こた》えがわからない元太《げんた》は「え？　え？」と二人《ふたり》の顔《かお》を見《み》る。
『せっかくいいところじゃったのに〜』
画面《がめん》の阿笠博士《あがさはかせ》が残念《ざんねん》そうに横《よこ》を向《む》くと、
『アンタたち！』
いきなり灰原《はいばら》の顔《かお》が現《あらわ》れた。
『旅行中《りょこうちゅう》だからって、あまり夜更《よふ》かししちゃダメよ』

「はぁ～い」

子供《こども》たちの素直《すなお》な返事《へんじ》に、灰原《はいばら》も思《おも》わず笑顔《えがお》になった。

畳《たたみ》の上《うえ》で向《む》かい合《あ》ってかるたの取《と》り札《ふだ》を並《なら》べていた蘭《らん》と和葉《かずは》は、子供《こども》たちが電話《でんわ》を切《き》るのを見《み》て、顔《かお》を見合《みあ》わせた。

「お父《とう》さんたち、遅《おそ》いね」

「平次《へいじ》もまだ一緒《いっしょ》なんやろか？」

「そんなに気《き》になるんなら、電話《でんわ》してみたら？」

「せ、せやね」

和葉《かずは》はスマホを取《と》り出《だ》して立《た》ち上《あ》がると、次《つぎ》の間《ま》へ歩《ある》きながら電話《でんわ》をかけた。

細《ほそ》い道《みち》を照《て》らす街灯《がいとう》の下《した》で、平次《へいじ》はバイクを停《と》めて立《た》っていた。すると、ポケットに入《い》れたスマホが震《ふる》える。

「何《なん》や、和葉《かずは》」

『何《なん》ややないわ』

電話《でんわ》に出《で》たとたん、和葉《かずは》の不機嫌《ふきげん》そうな声《こえ》が聞《き》こえてきた。

『こないな時間《じかん》までどこほっつき歩《ある》いてんねん』

京都《きょうと》に来《き》ていることを告《つ》げると、

『えっ、京都《きょうと》!? どういうことなん!?』

「悪《わる》いな。野暮用《やぼよう》で今日《きょう》は送《おく》れそうにないから、先《さき》に帰《かえ》っといてくれ」

『何《なん》やのんそれ！ かるたの特訓《とっくん》に付《つ》き合《お》うてもらお思《おも》っとったのに！』

「特訓《とっくん》!?」

平次《へいじ》は電話《でんわ》をしながら、高《たか》い塀《へい》に沿《そ》って歩《ある》き出《だ》した。

『アタシが未来子《みきこ》の代《か》わりにかるたの試合《しあい》に出《で》ることになったんや』

「お前《まえ》、かるたの試合《しあい》なんて出《で》たことないやないか」

『そやから特訓《とっくん》するんやないの。子供《こども》の頃《ころ》、平次《へいじ》、かるたやってメッチャ強《つよ》かったやろ?』

和葉《かずは》に言《い》われて、平次《へいじ》は「そう言《い》うたら……」と思《おも》い出《だ》した。

「小学校《しょうがっこう》んとき、どっかのかるた大会《たいかい》に飛《と》び入《い》り参加《さんか》したことあったなぁ」

『平次《へいじ》、いきなり優勝《ゆうしょう》してもうたからビックリしたわ』

「昔《むかし》のこっちゃ、よう覚《おぼ》えてへんわ」

優勝《ゆうしょう》して賞状《しょうじょう》をもらったのは何《なん》となく記憶《きおく》にあるくらいだった。

「アタシは、よう覚《おぼ》えてるで」

平次《へいじ》に電話《でんわ》をしながら、和葉《かずは》は子供《こども》の頃《ころ》の平次《へいじ》を思《おも》い浮《う》かべた。

飛《と》び入《い》りしたかるた大会《たいかい》では次々《つぎつぎ》と勝《か》ち進《すす》み、決勝戦《けっしょうせん》も大差《たいさ》をつけて勝《か》ったのだ。賞状《しょうじょう》を掲《かか》げて嬉《うれ》しそうに笑《わら》う平次《へいじ》を、今《いま》でもはっきりと覚《おぼ》えている――……。

「未来子《みきこ》から部員頼《ぶいんたの》まれたときも、まっさきに頭《あたま》に浮《う》かんだんは、そのときのことやってんもん……」

和葉《かずは》が思《おも》い出《で》に浸《ひた》っていると、耳《みみ》に当《あ》てたスマホから『ほぉ〜』と冷《さ》めた声《こえ》が聞《き》こえてきた。

『で、昔話《むかしばなし》は終《お》わったんか？　そろそろ切《き》るで』

「何《なん》やのっ、その言《い》い方《かた》！」

自分《じぶん》と平次《へいじ》の気持《きも》ちに温度差《おんどさ》を感《かん》じて、和葉《かずは》は腹《はら》を立《た》てた。

「アタシとの電話《でんわ》、そんなに早《は》よ終《お》わらせたいんか？」

『そんなこと言《い》うてへんやないか？』

「ヘイヘイッ。平次《へいじ》なんておらんくても大丈夫《だいじょうぶ》や！」

『はぁ!?　どないしてん？』

「もうええ！　平次《へいじ》のドアホ!!」

和葉《かずは》はスマホに向《む》かって怒鳴《どな》りつけると、電話《でんわ》を切《き》った。その声《こえ》に驚《おどろ》いて、蘭《らん》や子供《こども》たちは和葉《かずは》のほうを覗《のぞ》き込《こ》む。

「もぉ〜、何《なん》やねん。平次《へいじ》……」

寂《さび》しそうにつぶやいた和葉《かずは》は、ハァ……とため息《いき》をついた。

「つたく、何《なん》やアイツ……」

一方的《いっぽうてき》に電話《でんわ》を切《き》られた平次《へいじ》は、眉《まゆ》をひそめながらスマホの画面《がめん》を見《み》た。

どうしていきなり和葉《かずは》が怒《おこ》り出《だ》したのか、平次《へいじ》にはさっぱりわからなかった。

「……しゃーないなぁ」

と再《ふたた》び歩《ある》き出《だ》し、スマホを操作《そうさ》して別《べつ》のところへ電話《でんわ》をかける。

「あっ、オレや。ちょっと頼《たの》みたいことがあんねんけど……」

延々《えんえん》と続《つづ》く高《たか》い塀《へい》の先《さき》には屋根《やね》が載《の》った立派《りっぱ》な門《もん》があり、表札《ひょうさつ》には『大岡《おおおか》』の文字《もじ》が記《しる》されていた。

「ああ、そうや。頼《たの》む」

平次《へいじ》は電話《でんわ》を切《き》ると、塀《へい》の向《む》こうにある立派《りっぱ》な日本家屋《にほんかおく》を見上《みあ》げた。

和葉《かずは》が電話《でんわ》を切《き》ってからほどなくして、小五郎《こごろう》がホテルに戻《もど》ってきた。

「ふぃ〜、疲《つか》れたぜ……」

「お帰《かえ》り、オッチャン」

次《つぎ》の間《ま》にいた和葉《かずは》が声《こえ》をかけると、小五郎《こごろう》は「おっ、おお」と返事《へんじ》をして通《とお》り過《す》ぎ、畳《たたみ》の上《うえ》にゴロンと寝転《ねころ》がってうつ伏《ぶ》せになった。

「まさか大阪《おおさか》に来てまで事件《じけん》に巻《ま》き込《こ》まれるとは思《おも》わなかったぜ……」

「あれ？　お父《とう》さん、コナン君《くん》は？」

「一緒《いっしょ》に帰《かえ》りたいっつーから車《くるま》に乗《の》せてやったら、ホテル着《つ》くなり今度《こんど》は阿知波《あちわ》さんに話《はなし》があるとかって言《い》ってついてったぞ」

「え〜もぉ、コナン君《くん》たら……」

いくら同《おな》じホテル内《ない》とはいえ、こんな時間《じかん》に子供《こども》が一人《ひとり》でいるなんて――心配《しんぱい》になった蘭《らん》は、携帯電話《けいたいでんわ》を取《と》り出《だ》した。


小五郎《こごろう》と別《わか》れたコナンは、ホテルの大広間《おおひろま》の前《まえ》に来《き》ていた。中《なか》では高校生皐月杯争奪戦《こうこうせいさつきはいそうだっせん》の抽選会《ちゅうせんかい》の準備《じゅんび》が着々《ちゃくちゃく》と進《すす》められている。コナンはこっそり中《なか》に忍《しの》び込《こ》み、並《なら》べられた椅子《いす》の陰《かげ》からズームアップしたメガネでステージを見《み》た。大《おお》きなトーナメント表《ひょう》が掲《かか》げられたステージでは、阿知波《あちわ》がスタッフと台本《だいほん》のチェックをしている。

(例《れい》のあの人《ひと》が犯人《はんにん》なら、今夜《こんや》、阿知波《あちわ》さんが狙《ねら》われることはなさそうだが……)

するとそのとき、ポケットの中《なか》でスマホが震《ふる》えた。――蘭《らん》からだ。コナンはすばやく大《おお》広間《ひろま》から出《で》て、扉《とびら》の後《うし》ろに隠《かく》れて電話《でんわ》に出《で》た。

「どうしたの、蘭姉《らんねえ》ちゃん」

『用事《ようじ》はもう済《す》んだの？』

「う、うん」

コナンは返事《へんじ》をしながら、大広間《おおひろま》を振《ふ》り返《かえ》った。すると、阿知波《あちわ》がステージを下《お》りて、秘書《ひしょ》とボディーガードを連《つ》れてこっちに歩《ある》いてくる。

『じゃあ早《はや》く部屋《へや》に戻《もど》ってきてね。あんなことがあったから心配《しんぱい》で……』

「うん、わかった。すぐに行《い》く」

電話《でんわ》を切《き》ったコナンは、ポケットからボタン型《がた》の発信機《はっしんき》を取《と》り出《だ》した。そして阿知波《あちわ》が通《とお》り過《す》ぎていくと、阿知波《あちわ》の背中《せなか》に向《む》けて発信機《はっしんき》を指《ゆび》で弾《はじ》き飛《と》ばす。

発信機《はっしんき》は阿知波《あちわ》の背広《せびろ》の襟《えり》にピタッとくっついた。

（よし。これで外《そと》に出《で》たとしても追《お》えるな……）

すると突然《とつぜん》、阿知波《あちわ》が立《た》ち止《ど》まり、前《まえ》から現《あらわ》れた着物姿《きものすがた》の女性《じょせい》に挨拶《あいさつ》した。きれいに結《ゆ》い上《あ》げた髪《かみ》に切《き》れ長《なが》の瞳《ひとみ》が印象的《いんしょうてき》な美人《びじん》だ。その顔《かお》と凜《りん》としたたたずまいに、コナンは見《み》覚《おぼ》えがあった。

（あの人《ひと》って、確《たし》か……でも、何《なん》でここにいんだ？）

客室《きゃくしつ》の本間《ほんま》では、和葉《かずは》と蘭《らん》がかるたの取《と》り札《ふだ》を挟《はさ》み、向《む》かい合《あ》わせに正座《せいざ》をしていた。

〈ちぎりき――〉

百人一首《ひゃくにんいっしゅ》読《よ》み上《あ》げ機《き》から上《かみ》の句《く》を読《よ》む声《こえ》が流《なが》れるやいなや――バシッ！　和葉《かずは》が札《ふだ》を弾《はじ》き飛《と》ばした。一直線《いっちょくせん》に飛《と》んだ札《ふだ》は、床《とこ》の間《ま》の前《まえ》で小五郎《こごろう》が広《ひろ》げていたスポーツ新聞《しんぶん》を吹《ふ》き飛《と》ばし、小五郎《こごろう》の右耳《みぎみみ》のすぐそばで柱《はしら》に突《つ》き刺《さ》さった。子供《こども》たちが「おぉ～！」と声《こえ》を上《あ》げる。

「姉《ねえ》ちゃん、スゲーな」

「すごい、すご～い！」

「仮面《かめん》ヤイバー並《な》みの速《はや》さです！」

和葉《かずは》の札《ふだ》を取《と》る迫力《はくりょく》に驚《おどろ》いて尻餅《しりもち》をついた蘭《らん》は、う～ん、と唸《うな》った。

「やっぱりわたしじゃ練習相手《れんしゅうあいて》は無理《むり》よぉ～」

「コォラ～！　危《あぶ》ねーだろーがよ!!　もーちょっとで……」

小五郎《こごろう》が立《た》ち上《あ》がって声《こえ》を荒《あら》らげると、

「ただいまー」

コナンが襖《ふすま》を開《あ》けて入《はい》ってきた。

「頼《たの》もしい助《すけ》っ人《と》が来《き》てくれたよ」

次《つぎ》の間《ま》を振《ふ》り返《かえ》ると、着物《きもの》を着《き》た女性《じょせい》がしっとりと歩《ある》いてきた。先《さき》ほど大広間《おおひろま》の前《まえ》で阿《あ》知《ち》波《わ》が挨拶《あいさつ》していた女性《じょせい》だ。

「え？」「誰《だれ》だ？」

子供《こども》たちと蘭《らん》がきょとんとする中《なか》、和葉《かずは》はまさかと目《め》をパチパチさせた。

「へっ、平次《へいじ》んとこのおばちゃん……？」

「平次《へいじ》から聞《き》きましてな。駆《か》けつけましたんや」

平次《へいじ》の母《はは》――服部静華《はっとりしずか》は、小五郎《こごろう》に気《き》づき、上品《じょうひん》にお辞儀《じぎ》をした。その美《うつく》しい出《い》で立《た》ちに見《み》とれた小五郎《こごろう》が、ペコリと会釈《えしゃく》する。

「え？　何《なん》で？」

和葉《かずは》はなぜ平次《へいじ》が静華《しずか》をよこしたのか、その理由《りゆう》がさっぱりわからなかった。

「和葉《かずは》ちゃんの手伝《てつだ》いや。かるたの特訓《とっくん》するんやろ？」

「そら、そうやけど……」

静華《しずか》は部屋《へや》の奥《おく》に進《すす》むと、蘭《らん》が座《すわ》っていたところに腰《こし》を落《お》とし、静《しず》かに膝《ひざ》をついて正座《せいざ》した。

「私《わたし》が相手《あいて》になりましょ。元《もと》クイーンの私《わたし》では、力不足《ちからぶそく》かもしれまへんけど」

「元《もと》クイーン!?」

蘭《らん》が驚《おどろ》いて声《こえ》を上《あ》げた。

「他《ほか》ならぬ平次《へいじ》の頼《たの》みや。私《わたし》の持《も》っている全《すべ》てを、あなたに教《おし》えてあげますわ。ただ時間《じかん》が足《た》らんさかい、稽古《けいこ》はきついもんになりまっせ。それでもよろしいか？」

静華《しずか》の厳《きび》しい表情《ひょうじょう》と言葉《ことば》に、和葉《かずは》はゴクリとつばを飲《の》んだ。何事《なにごと》も徹底《てってい》して極《きわ》める静華《しずか》のことだから、稽古《けいこ》は想像以上《そうぞういじょう》にきついだろう。けれど、生半可《なまはんか》な練習《れんしゅう》では、紅葉《もみじ》には勝《か》てない――……！

意《い》を決《けっ》した和葉《かずは》は、背筋《せすじ》をピンと伸《の》ばして姿勢《しせい》を正《ただ》した。

「はい。よろしくお願《ねが》いします！」


大岡邸《おおおかてい》の門《もん》の前《まえ》に立《た》った平次《へいじ》は、背後《はいご》に人《ひと》の気配《けはい》を感《かん》じて、振《ふ》り返《かえ》った。

「来《く》ると思《おも》ってたで……綾小路警部《あやのこうじけいぶ》」

「考《かんが》えてることは一緒《いっしょ》のようですなぁ」

綾小路《あやのこうじ》は手《て》に乗《の》せたリスを肩《かた》に移動《いどう》させると、平次《へいじ》に向《む》かって歩《ある》き出《だ》した。

「今回《こんかい》は小《ちい》さな探偵《たんてい》さんは、いいひんのですか？」

「アイツには阿知波《あちわ》さんを見張《みは》ってもろてる」

「なるほど。ええチームワークですなぁ」

「せやけど、こっちを選《えら》んだことを後悔《こうかい》してるわ」

平次《へいじ》はそう言《い》うと、目《め》の前《まえ》に構《かま》えた立派《りっぱ》な腕木門《うでぎもん》を見上《みあ》げた。

「まさか、こないなデカイ家《いえ》に住《す》んでるとは思《おも》わへんかったからのぉ～」

そのとき、綾小路《あやのこうじ》の肩《かた》に乗《の》ったリスが立《た》ち上《あ》がった。門《もん》の横《よこ》にある小《ちい》さな扉《とびら》が開《あ》いたのだ。

「お勤《つと》め、ご苦労様《くろうさま》です」

くぐり戸《と》から出《で》てきたのは、スーツに身《み》を包《つつ》んだ上品《じょうひん》そうな男性《だんせい》だった。ウェーブがかかった長めの黒髪《くろかみ》に切《き》れ長《なが》の瞳《ひとみ》が印象的《いんしょうてき》な男性《だんせい》は、紅茶《こうちゃ》を二《ふた》つ載《の》せた盆《ぼん》を持《も》っていた。

「私《わたくし》、紅葉《もみじ》お嬢様《じょうさま》にお仕《つか》えしている伊織《いおり》と申《もう》します。少《すこ》し休憩《きゅうけい》して、お茶《ちゃ》でもいかがですか？」

「は、はあ……」

綾小路《あやのこうじ》と平次《へいじ》は顔《かお》を見合《みあ》わせた。

自分《じぶん》の部屋《へや》でモニターを見《み》ていた紅葉《もみじ》は、映《うつ》し出《だ》された平次《へいじ》の顔《かお》を見《み》て、フフッと微笑《ほほえ》んだ。門《もん》に設置《せっち》されたカメラに気《き》づいたのだろう、カメラを見上《みあ》げた平次《へいじ》と視線《しせん》が合《あ》う。

「心配《しんぱい》して来《き》てくれはったんや、ウチの未来《みらい》の旦那《だんな》さん……」

紅葉《もみじ》は嬉《うれ》しそうにつぶやくと、そばに置《お》かれたティーカップを手《て》に取《と》り、紅茶《こうちゃ》を飲《の》んだ。

6

夜《よ》が明《あ》けて、東《ひがし》の空《そら》が明《あか》るくなり始《はじ》めた頃《ころ》。

バシッ。バシッ。

百人一首《ひゃくにんいっしゅ》を読《よ》み上《あ》げる声《こえ》と共《とも》に、手《て》を叩《たた》きつける音《おと》が聞《き》こえてきて、コナンは目《め》を覚《さ》ました。隣《となり》には壁《かべ》にもたれて寝《ね》ている蘭《らん》がいた。子供《こども》たちや小五郎《こごろう》は隣《となり》の部屋《へや》に敷《し》いた布団《ふとん》で寝《ね》ている。

「いけね」

コナンは慌《あわ》ててそばに置《お》いたメガネを取《と》り、追跡機能《ついせききのう》を起動《きどう》させた。左《ひだり》レンズのレーダーの中心《ちゅうしん》に、阿知波《あちわ》の現在位置《げんざいいち》を示《しめ》す赤《あか》い点《てん》が点滅《てんめつ》している。

「どうやらホテルからは出《で》ていないようだな……」

部屋《へや》の奥《おく》では、静華《しずか》と和葉《かずは》が夜通《よどお》しでかるたの稽古《けいこ》をしていた。障子《しょうじ》には飛《と》んできたかるたが破《やぶ》った穴《あな》が幾《いく》つもできていて――ズバンッ。穴《あな》がまた一《ひと》つ増《ふ》えた。

「なかなかの頑張《がんば》りや」

背筋《せすじ》をピンと伸《の》ばして正座《せいざ》した静華《しずか》は、手《て》をついて肩《かた》で息《いき》をする和葉《かずは》を見《み》た。

「正直《しょうじき》、ここまでやれるとは思《おも》てませんでした。この辺《へん》で、ちょっと休《やす》みましょか」

「……まだ……まだいけます!!」

汗《あせ》だくになった和葉《かずは》は、息一《いきひと》つ乱《みだ》さず涼《すず》しげな顔《かお》をする静華《しずか》を見上《みあ》げた。

「休憩《きゅうけい》も立派《りっぱ》な練習《れんしゅう》や。私《わたし》はお粥《かゆ》さんでも、いただいてきますさかい」

静華《しずか》はスッと立《た》ち上《あ》がると、羽織《はおり》を和葉《かずは》にかけてやった。

「……和葉《かずは》ちゃん！」

目《め》を覚《さ》ました蘭《らん》は、畳《たたみ》に手《て》をついてうなだれている和葉《かずは》に駆《か》け寄《よ》った。力尽《ちからつ》きて前《まえ》に倒《たお》れていく和葉《かずは》を慌《あわ》てて支《ささ》える。

「大丈夫《だいじょうぶ》!?」

「寝《ね》かせてあげなはれ。一睡《いっすい》もせんとよぉ頑張《がんば》ったわ」

「和葉《かずは》ちゃん、どうなんですか？」

蘭《らん》は襖《ふすま》を開《あ》けて出《で》ていこうとする静華《しずか》にたずねた。

「思《おも》った以上《いじょう》の実力《じつりょく》や。ベスト4《フォー》は堅《かた》いやろけど、決勝《けっしょう》まで進《すす》むんは正直難《しょうじきむずか》しいやろな」

「そんな……」

「人《ひと》の話《はなし》は最後《さいご》まで聞《き》きなはれ」

静華《しずか》はチラリと蘭《らん》を振《ふ》り返《かえ》って微笑《ほほえ》んだ。

「難《むずか》しい言《い》うだけで、無理《むり》とは言《い》うてません。競技《きょうぎ》かるたで大切《たいせつ》なんは、精神力《せいしんりょく》と集中力《しゅうちゅうりょく》や。この子《こ》にはそれがある。心乱《こころみだ》さず無心《むしん》で挑《いど》めば、この子《こ》にも勝機《しょうき》はあるで」

静華《しずか》が部屋《へや》から出《で》ていくと、蘭《らん》は布団《ふとん》を敷《し》いて和葉《かずは》を寝《ね》かせた。その枕元《まくらもと》に座《すわ》り、目《め》の下《した》にクマができた和葉《かずは》の寝顔《ねがお》を心配《しんぱい》そうに見《み》つめる。

『心乱《こころみだ》さず無心《むしん》で挑《いど》めば、この子《こ》にも勝機《しょうき》はあるで』

静華《しずか》の言葉《ことば》を思《おも》い返《かえ》しながら、蘭《らん》はポケットから紅葉《もみじ》のパスケースを取《と》り出《だ》した。

(こんなの見《み》せたら、和葉《かずは》ちゃん、心乱《こころみだ》れちゃうよね……)

高校生皐月杯争奪戦《こうこうせいさつきはいそうだつせん》の抽選会場《ちゅうせんかいじょう》になっている大広間《おおひろま》には、選手《せんしゅ》やその父母《ふぼ》たちが続々《ぞくぞく》と集《あつ》まっていた。蘭《らん》や子供《こども》たちも会場《かいじょう》に入《はい》ろうとすると、小五郎《こごろう》が足《あし》を止《と》めた。

「蘭《らん》、ワリィが先《さき》に座《すわ》っててくれ。ちょっとトイレに行《い》ってくらぁ」

「あ、待《ま》って！　コナン君《くん》もトイレにいるはずだから、迷子《まいご》にならないように連《つ》れてきて」

「ああ」

小五郎《こごろう》は面倒《めんどう》くさそうに返事《へんじ》をすると、トイレに向《む》かった。

その頃《ころ》。コナンと平次《へいじ》は関根《せきね》の控《ひか》え室《しつ》をたずねていた。

「せやから、話《はなし》がある言《い》うてるやろ！」

「西《にし》の名探偵《めいたんてい》か何《なん》や知《し》らんが、ガキの話《はなし》を聞《き》く時間《じかん》はない言《い》うとんのや」

「そう言《い》わんと」

「あと十分《じっぷん》で抽選会《ちゅうせんかい》が始《はじ》まるんやで」

ドアを開《あ》けて立《た》っている平次《へいじ》がねばるが、関根《せきね》はまるで取《と》り合《あ》おうとしない。

（マズイな……）

このままではらちが明《あ》かない——コナンが焦《あせ》っていると、小五郎《こごろう》が眠《ねむ》そうにあくびをしながら廊下《ろうか》を歩《ある》いているのが見《み》えた。

「おじさん！」

コナンは急《いそ》いで小五郎《こごろう》に駆《か》け寄《よ》った。

「あ、ボウズ。トイレじゃなかったのか？」

「そんなことより、関根《せきね》さんが名探偵《めいたんてい》のおじさんに、今回《こんかい》の事件《じけん》で話《はな》したいことがあるんだって！」

スーツの上着《うわぎ》を着《き》て身支度《みじたく》を終《お》えた関根《せきね》は、入《い》り口《ぐち》に立《た》っている平次《へいじ》に迫《せま》った。

「さっさとどきや」

するとそこに、小五郎《こごろう》がずかずかと歩《あゆ》み寄《よ》ってきた。

「お待《ま》たせしました、関根《せきね》さん」

「は……はぁ……？」

「おい、お前《まえ》！　また探偵《たんてい》ごっこか⁉」

小五郎《こごろう》は関根《せきね》の前《まえ》に立《た》つ平次《へいじ》を指差《ゆびさ》した。

「う、いや……話《はなし》がある言《い》うてるだけで……」

平次《へいじ》はしどろもどろに答《こた》えながら、小五郎《こごろう》の足元《あしもと》にいるコナンをチラリと見《み》た。すばやく小五郎《こごろう》の背後《はいご》に回《まわ》ったコナンは、腕時計型麻酔銃《うでどけいがたますいじゅう》を構《かま》え、小五郎《こごろう》の首筋《くびすじ》に向《む》けて麻酔針《ますいばり》を発射《はっしゃ》した。

「×○△◎！　はぁ～ほんにゃあ～～～～」

関根《せきね》にもたれかかった小五郎《こごろう》は、そのまま関根《せきね》と一緒《いっしょ》に控《ひか》え室《しつ》へなだれ込《こ》み、ソファに突《つ》っ込《こ》んだ。

「うう、いたたた……」

床《ゆか》に転《ころ》げ落《お》ちた関根《せきね》が頭《あたま》を押《お》さえている隙《すき》に、コナンはすばやく控《ひか》え室《しつ》に入《はい》り、テーブルに足《あし》を投《な》げ出《だ》して寝《ね》ている小五郎《こごろう》に駆《か》け寄《よ》った。小五郎《こごろう》の体《からだ》を起《お》こして、ソファの後《うし》ろに回《まわ》り込《こ》む。

「毛利《もうり》さん、どないしたんですか⁉」

関根《せきね》が起《お》き上《あ》がると、ソファには目《め》を閉《と》じて腕《うで》を組《く》む小五郎《こごろう》が座《すわ》っていた。

「ガキの話《はなし》は聞《き》けないとのことだったので、大人《おとな》の私《わたし》が駆《か》けつけたってわけです」

コナンは蝶《ちょう》ネクタイ型変声機《がたへんせいき》を使《つか》い、眠《ねむ》っている小五郎《こごろう》の声色《こわいろ》で話《はな》した。すると、平次《へいじ》が控《ひか》え室《しつ》に入《はい》ってきて、小五郎《こごろう》の前《まえ》にドカッと座《すわ》り込《こ》んだ。

「ほな、話《はなし》を聞《き》いてもらおやないか。関根《せきね》さん」

と床《ゆか》に座《すわ》り込《こ》んだ関根《せきね》を見《み》て、ニヤリと笑《わら》う。

「まったく、もうすぐ移動《いどう》せなかんっちゅうのに……」

関根《せきね》はブツブツ文句《もんく》を言《い》いながら立《た》ち上《あ》がり、平次《へいじ》の隣《となり》に腰掛《こしか》けた。

「ほんで、何《なん》の用件《ようけん》や？」

「矢島《やじま》さんの殺害事件《さつがいじけん》についてです」

「あれは強盗《ごうとう》の仕業《しわざ》やろ」

あっさり返《かえ》す関根《せきね》に、小五郎《こごろう》は「そうでしょうか？」と訊《き》き返《かえ》した。

「私《わたし》の推理《すいり》では……あれは、冷酷《れいこく》な計画殺人《けいかくさつじん》です」

関根《せきね》は「アホな」とソファから身《み》を乗《の》り出《だ》した。

「確《たし》かに、矢島《やじま》は性格《せいかく》のええヤツではなかった。そやけど、殺《ころ》すほど恨《うら》んどったヤツがおったとは……」

「アンタはどうや？」

平次《へいじ》が訊《き》くと、関根《せきね》はムッと眉《まゆ》をひそめた。

「アホぬかせ！　なんで僕《ぼく》が――」

「関根《せきね》さん」

小五郎《こごろう》が名前《なまえ》を呼《よ》んだ。

「あなたは、ここ二年連続《にねんれんぞく》で皐月杯優勝《さつきはいゆうしょう》を逃《のが》している。二度《にど》とも決勝《けっしょう》で矢島《やじま》さんに敗《やぶ》れたからだ。もし矢島《やじま》さんがいなくなれば、あなたは……」

「ヤメヤメ、アホらしい！」

表情《ひょうじょう》を強張《こわば》らせた関根《せきね》はいきなり立《た》ち上《あ》がった。

「そら僕《ぼく》かて優勝《ゆうしょう》したいわ！　そやけど、ライバル殺《ころ》すなんて、そんなん無茶苦茶《むちゃくちゃ》や。そもそも警察《けいさつ》が強盗《ごうとう》や言《い》うてんのに、なんでや⁉」

「理由《りゆう》はいくつかあります」

小五郎《こごろう》の言葉《ことば》に、詰《つ》め寄《よ》ろうとした関根《せきね》はハッと目《め》を見開《みひら》いた。

「まず、強盗《ごうとう》にしては荒《あ》らし方《かた》にムラがあることです」

「犯人《はんにん》は、かるた関係《かんけい》のものには一切《いっさい》手《て》を触《ふ》れてへんかったっちゅうことや」

平次《へいじ》が言葉《ことば》を付《つ》け足《た》すと、関根《せきね》は小《こ》ばかにしたようにフッと息《いき》を吐《は》いた。

「人殺《ひところ》してもうて慌《あわ》てたんとちゃうか？」

小五郎《こごろう》は「なるほど……」と言《い》った。

「私《わたし》はてっきり、犯人《はんにん》がかるたの品々《しなじな》に愛着《あいちゃく》を覚《おぼ》えていたため、乱雑《らんざつ》に扱《あつか》うことができなかったのかと……」

関根《せきね》はやれやれと肩《かた》をすくめた。

「探偵《たんてい》っちゅうのは、けったいなこと考《かんが》えるんやなぁ。まぁ、どう推測《すいそく》しようとアンタらの勝手《かって》やけどな」

そう言《い》ってチラリと平次《へいじ》を見《み》ると、両手《りょうて》を上《うえ》に向《む》け、目《め》を閉《と》じたまま小五郎《こごろう》の背後《はいご》へと歩《ある》き出《だ》す。

（やっべ……！）

ソファの後《うし》ろに隠《かく》れているコナンのすぐそばで、関根《せきね》は立《た》ち止《ど》まった。

「何《なん》にせよ、僕《ぼく》には関係《かんけい》のないこっちゃ」

「そっ、そーいや！」

平次《へいじ》が大《おお》きな声《こえ》を出《だ》してガタッと立《た》ち上《あ》がった。

「ん？　何《なん》や？」

目《め》を開《あ》けた関根《せきね》が平次《へいじ》を振《ふ》り返《かえ》る。その隙《すき》にコナンはソファを回《まわ》り込《こ》み、平次《へいじ》の陰《かげ》に身《み》を潜《ひそ》めた。

「あの離《はな》れの廊下《ろうか》、床《ゆか》が軋《きし》むんや。ギシギシ言《い》うてな。覚《おぼ》えてるか？」

「それがどないした？」

関根《せきね》がたずねると、コナンは蝶《ちょう》ネクタイ型変声機《がたへんせいき》を口《くち》に当《あ》てた。

「あれだけの音《おと》だ、誰《だれ》かが離《はな》れに入《はい》ってきたらすぐに気《き》づくはずです。しかし、遺体《いたい》に争《あらそ》った形跡《けいせき》はなかった」

関根《せきね》は「なるほど」とあごに手《て》を当《あ》てた。

「侵入者《しんにゅうしゃ》は矢島《やじま》の顔見知《かおみし》りやと言《い》いたいようだが、そらちゃうで。練習《れんしゅう》とはいえ、かるたは相当《そうとう》な集中力《しゅうちゅうりょく》が必要《ひつよう》や。一度《いちど》集中《しゅうちゅう》したら、少々《しょうしょう》の物音《ものおと》がしても気《き》づかへん。せやから矢《や》島《じま》は、入《はい》ってきたモンに気《き》づかず殺《ころ》されたんや」

「それはあり得《え》ません」

小五郎《こごろう》は間髪《かんはつ》を入《い》れず否定《ひてい》した。

「矢島《やじま》さんの致命傷《ちめいしょう》は、頭《あたま》のど真《ま》ん中《なか》にあった。もし、彼《かれ》が侵入者《しんにゅうしゃ》に気《き》づかずかるたを続《つづ》けていたとしたら、傷《きず》は後頭部《こうとうぶ》もしくは側頭部《そくとうぶ》にあるはずです。つまり、矢島《やじま》さんと犯人《はんにん》は顔見知《かおみし》りでないと、あんな傷《きず》はつかないってことですよ」

「犯人《はんにん》はかるたに詳《くわ》しく、矢島《やじま》さんと顔見知《かおみし》りで、犯行時刻《はんこうじこく》にアリバイがない、そして彼《かれ》の死《し》によって得《とく》をする人物《じんぶつ》……」

平次《へいじ》が犯人像《はんにんぞう》を詳《くわ》しく推定《すいてい》すると、関根《せきね》は「ふむ」と腰《こし》に手《て》を当《あ》ててうなずいた。

「こら不思議《ふしぎ》やな。全部《ぜんぶ》、僕《ぼく》に当《あ》てはまる。しかしな」

関根《せきね》はソファに歩《あゆ》み寄《よ》り、小五郎《こごろう》のすぐ後《うし》ろで背《せ》もたれをつかんだ。

「アンタが今《いま》しゃべったんは、全部推測《ぜんぶすいそく》やろ。僕《ぼく》を犯人《はんにん》にしたいんやったら、証拠《しょうこ》を持《も》ってこなあかん」

そのとき、ドアをノックする音《おと》が聞《き》こえた。

「関根様《せきねさま》、お時間《じかん》です。お願《ねが》いします」

「おう、今《いま》行くで」

ドアに向《む》かって返事《へんじ》をした関根《せきね》は、うつむく小五郎《こごろう》を見《み》て勝《か》ち誇《ほこ》ったような笑《え》みを浮《う》かべた。

「残念《ざんねん》やったな。もう時間《じかん》や。ほなな」

「最後《さいご》にもう一《ひと》つだけ、聞《き》かせてください」

「しつこいな。何《なん》や!?」

ドアノブに手《て》をかけた関根《せきね》が、苛立《いらだ》ったように振《ふ》り返《かえ》る。

「あの日《ひ》、遅《おく》れて来《き》たあなたは、状況《じょうきょう》を確認《かくにん》するため、すぐに阿知波会長《あちわかいちょう》と話《はなし》を始《はじ》めましたね？」

「ああ、そうや。それがどないした？」

「一《ひと》つ気《き》になった会話《かいわ》がありましてね。覚《おぼ》えていらっしゃるかわかりませんが、『皐月杯《さつきはい》が中止《ちゅうし》になってしもたら、矢島《やじま》は無駄死《むだじ》にどころやない。殴《なぐ》られ損《ぞん》や!!』……確《たし》か、そうおっしゃたはずです。普通《ふつう》、凶器《きょうき》が刀《かたな》だと聞《き》けば、斬殺《ざんさつ》か刺殺《しさつ》と考《かんが》えるはずだ」

ソファのそばでコナンは話《はな》しながら、関根《せきね》を見《み》た。平次《へいじ》も視線《しせん》だけ動《うご》かして、関根《せきね》の表情《ひょうじょう》をうかがう。

「にもかかわらず、あなたは殴《なぐ》られたと言《い》った。凶器《きょうき》の刀《かたな》が錆《さ》び付《つ》いていて抜《ぬ》けなかったことは、犯人《はんにん》しか知《し》らないことだ。なぜ、あなたは撲殺《ぼくさつ》だと知《し》っていたんですか？」

「そ、それは……現場《げんば》で遺体《いたい》を見《み》たからや。もうええやろ！」

関根《せきね》がドアを開《あ》けて出《で》ていこうとして、コナンはすかさずたたみ掛《か》けた。

「あなたが来《く》る直前《ちょくぜん》、遺体《いたい》には覆《おお》いがかけられた。あなたが直接遺体《ちょくせついたい》を見《み》る機会《きかい》はなかったんですよ」

「うっ……」

関根《せきね》は思《おも》わず小《ちい》さく声《こえ》を上《あ》げた。その顔《かお》はあきらかに狼狽《ろうばい》している。

「そ、それは……何《なん》となくや。血《ち》の飛《と》び散《ち》り具合《ぐあい》とかで、何《なん》となく殴《なぐ》られたんやないかて思《おも》い込《こ》んだんや。とにかく、僕《ぼく》は殺《ころ》しとは無関係《むかんけい》や！」

関根《せきね》はそう言《い》い捨《す》てると、逃《に》げるように部屋《へや》を出《で》た。

「ったく、失礼《しつれい》なやっちゃ」

ネクタイを直《なお》しつつ、廊下《ろうか》で待《ま》っていたホテルのスタッフの前《まえ》を通《とお》り過《す》ぎていく。

開《ひら》いたドアから廊下《ろうか》に顔《かお》を出《だ》した平次《へいじ》とコナンは、歩《ある》いていく関根《せきね》の後《うし》ろ姿《すがた》を見送《みおく》った。

「今《いま》の揺《ゆ》さぶりで、ヤツがどう動《うご》くか……」

「ああ……」

コナンと平次《へいじ》が高校生皐月杯争奪戦《こうこうせいさつきはいそうだつせん》の抽選会場《ちゅうせんかいじょう》に行《い》くと、すでに抽選《ちゅうせん》が始《はじ》まっていた。

ステージには司会進行役《しかいしんこうやく》の関根《せきね》が立《た》ち、その背後《はいご》に設置《せっち》されたモニターにはトーナメント表《ひょう》が映《うつ》し出《だ》されていた。すでに何人《なんにん》もの名前《なまえ》が出《で》ていて、和葉《かずは》はD《ディー》ブロック、紅葉《もみじ》はA《エー》ブロックだった。二人《ふたり》が対決《たいけつ》するには、互《たが》いに決勝《けっしょう》まで勝《か》ち進《すす》まなければならない。

コナンと平次《へいじ》は、会場脇《かいじょうわき》に並《なら》ぶ撮影《さつえい》スタッフの後《うし》ろに潜《もぐ》り込《こ》んだ。ここからなら、壇上《だんじょう》に立《た》つ関根《せきね》の様子《ようす》がよく見《み》える。

「怪《あや》しい動《うご》きはなさそやな」

「となると、注意《ちゅうい》すべきは……」

コナンはスマホを取《と》り出《だ》して操作《そうさ》した。

「例《れい》の試合会場《しあいかいじょう》か？」

「ああ。さっき調《しら》べたんだが、厄介《やっかい》なことになりそうだぜ」

と、スマホに表示《ひょうじ》された試合会場《しあいかいじょう》の画像《がぞう》を見《み》せた。『阿知波会館《あちわかいかん》』と表示《ひょうじ》された画像《がぞう》をスワイプすると、会場《かいじょう》の全体図《ぜんたいず》や建物《たてもの》の中《なか》などの画像《がぞう》が次々《つぎつぎ》と現《あらわ》れた。森《もり》に囲《かこ》まれた広大《こうだい》な敷地《しきち》の中《なか》には、神社《じんじゃ》の社殿《しゃでん》のような建物《たてもの》がいくつもあり、湖《みずうみ》や滝《たき》まである。

「それにしてもえらい広《ひろ》さやなぁ。──ん？」

平次《へいじ》は、切《き》り立《た》った段崖《だんがい》の下《した》に建《た》つひときわ高《たか》い建物《たてもの》に目《め》を留《と》めた。

「崖《がけ》の途中《とちゅう》にあるこの建物《たてもの》は何《なん》や？」

と親指《おやゆび》と人差《ひとさ》し指《ゆび》で建物《たてもの》を拡大《かくだい》する。

「皐月堂《さつきどう》だ」

「皐月《さつき》って……」

「ああ。阿知波《あちわ》さんが奥《おく》さんの皐月《さつき》さんを想《おも》い建《た》てたことから、そう命名《めいめい》されたって話《はなし》だ。決勝戦専用《けっしょうせんせんよう》の会場《かいじょう》で、選手《せんしゅ》たちが最高《さいこう》のパフォーマンスを発揮《はっき》できるように設計《せっけい》されているらしい」

コナンに言《い》われて、平次《へいじ》はあらためて皐月堂《さつきどう》の画像《がぞう》を見《み》た。皐月堂《さつきどう》のそばには滝《たき》が流《なが》れ落《お》ち、その先《さき》の湖《みずうみ》には小船《こぶね》が浮《う》かんでいた。湖面《こめん》から立《た》ち上《のぼ》るもやの中《なか》にそびえ立《た》つ皐月《さつき》堂《どう》は、厳《おごそ》かで神秘的《しんぴてき》な雰囲気《ふんいき》を醸《かも》し出《だ》している。

「なるほど……。ここに登《のぼ》ることができるんは一年《いちねん》に一度《いちど》、それも読手《どくしゅ》の阿知波《あちわ》さんと、勝《か》ち残《のこ》った二名《にめい》だけっちゅうことか」

「ああ。試合《しあい》の動向《どうこう》は、会場《かいじょう》に設置《せっち》されたカメラとマイクによって、川《かわ》を隔《へだ》てた観戦専用《かんせんせんよう》の会場《かいじょう》に届《とど》けられるシステムだ」

「大層《たいそう》なこっちゃな……」

平次《へいじ》は半《なか》ばあきれたようにつぶやいた。

「競技場内《きょうぎじょうない》は、空調《くうちょう》システムによって温度湿度共《おんどしつどとも》に絶《た》えず一定《いってい》に保《たも》たれ、建物《たてもの》を取《と》り囲《かこ》む防音壁《ぼうおんへき》は外部《がいぶ》の音《おと》を完全《かんぜん》にシャットアウトする、最新《さいしん》システムが取《と》り入《い》れられてるそうだ……」

「まさにかるたのためだけに造《つく》られた、最高《さいこう》の競技会場《きょうぎかいじょう》っちゅうわけやな……」

建物《たてもの》の最上階《さいじょうかい》に位置《いち》する皐月堂《さつきどう》は、かるた競技者《きょうぎしゃ》が目指《めざ》す、まさに最高峰《さいこうほう》とも言《い》える場所《ばしょ》だった。


抽選会《ちゅうせんかい》も終《お》わりに差《さ》しかかった頃《ころ》。

ホテルの地下駐車場《ちかちゅうしゃじょう》に停《と》められた一台《いちだい》の車《くるま》の下《した》から、黒《くろ》い人物《じんぶつ》がゴソゴソと出《で》てきた。

その人物《じんぶつ》は潜《もぐ》っていた車《くるま》の前《まえ》に立《た》つと、不気味《ぶきみ》な笑《え》みを浮《う》かべ、静《しず》かに去《さ》っていった。

抽選会《ちゅうせんかい》が終《お》わり、未来子《みきこ》と一緒《いっしょ》に会場《かいじょう》から出《で》てきた和葉《かずは》は、大阪観光《おおさかかんこう》に行《い》く蘭《らん》と子供《こども》たちをロビーで見送《みおく》った。

「じゃあ、観光《かんこう》に行《い》ってくるね」

「うん。楽《たの》しんできてな！」

「気《き》ぃつけて～」

蘭《らん》たちが外《そと》に出《で》ていくと、和葉《かずは》は「おばちゃーん」と近《ちか》くにいた静華《しずか》に駆《か》け寄《よ》った。

「さあ、稽古再開《けいこさいかい》や！」

「ちょっと待《ま》ちなはれ。もう少《すこ》し寝《ね》とかんと本番《ほんばん》まで体力《たいりょく》がもちまへんで」

「アタシは大丈夫《だいじょうぶ》です！」

二人《ふたり》の会話《かいわ》を聞《き》いた未来子《みきこ》が驚《おどろ》いて走《はし》り寄《よ》ってきた。

「まっ、まさか和葉《かずは》！　元《もと》クイーンの静華《しずか》さんに稽古《けいこ》つけてもろてたんか？」

「そやで」

「すごーい！　これならひょっとするとひょっとするかも……」

期待《きたい》に目《め》を輝《かがや》かせる未来子《みきこ》の横《よこ》で、和葉《かずは》は「さあ！」と拳《こぶし》を握《にぎ》りしめた。

「早《は》よう部屋《へや》に戻《もど》って練習再開《れんしゅうさいかい》や!!」

「そんな練習《れんしゅう》したいんやったら、うちが相手致《あいていた》しましょうか？」

と現《あらわ》れたのは、紅葉《もみじ》だった。執事《しつじ》の伊織《いおり》を連《つ》れている。

「その子《こ》が決勝《けっしょう》まで勝《か》ち残《のこ》れるとは思《おも》えませんし」

嫌味《いやみ》たっぷりに言《い》って微笑《ほほえ》む紅葉《もみじ》に、和葉《かずは》は「くぅぅ〜〜」と体《からだ》から煙《けむり》を出《だ》さんばかりに顔《かお》を赤《あか》くした。

「何《なん》やとぉ!!」

紅葉《もみじ》につかみかかろうとした和葉《かずは》を、静華《しずか》が手《て》で制《せい》した。

「和葉《かずは》ちゃんは休《やす》んどき」

「おばちゃん……」

手《て》を下《お》ろした静華《しずか》は、小《こ》またで静々《しずしず》と紅葉《もみじ》に歩《あゆ》み寄《よ》った。

「私《わたし》がお相手《あいて》します。私《わたし》では不満《ふまん》ですか？」

紅葉《もみじ》は一瞬誰《いっしゅんだれ》だかわからなかった。が、すぐに静華《しずか》の正体《しょうたい》に気《き》づいて、あっと口《くち》を開《ひら》く。

「元《もと》クイーンの池波静華《いけなみしずか》さんが何《なん》でこんな素人《しろうと》のために……」

「それで、お手合《てあ》わせしてもらえるんやろか？」

紅葉《もみじ》の疑問《ぎもん》に答《こた》えることなく、静華《しずか》は繰《く》り返《かえ》したずねた。紅葉《もみじ》はクッと口《くち》をゆがめ、

「……そこまで言《い》わはるんなら、お願《ねが》いしますわ」

挑《いど》むような目《め》つきで笑《え》みを浮《う》かべた。


歩行者用《ほこうしゃよう》の信号《しんごう》が青《あお》に変《か》わり、コナンはホテルの前《まえ》の横断歩道《おうだんほどう》を渡《わた》った。すると、バイクに乗《の》った平次《へいじ》が左《ひだり》から現《あらわ》れて停《と》まった。

「阿知波《あちわ》さんと関根《せきね》は？」

「どうやらこの後《あと》、競技会場《きょうぎかいじょう》の阿知波会館《あちわかいかん》に行《い》って、明日《あした》のリハーサルを行《おこな》うらしい。移《い》動中《どうちゅう》は警察《けいさつ》の護衛《ごえい》が付《つ》くさかい、心配《しんぱい》なさそうやけど、問題《もんだい》はやっぱり阿知波会館《あちわかいかん》に入《はい》ってからやな」

「紅葉《もみじ》さんは？」

「安心《あんしん》せい。アイツん家《ち》も京都《きょうと》やから、みんな揃《そろ》っての移動《いどう》や」

平次《へいじ》が差《さ》し伸《の》べた手《て》につかまってバイクに乗《の》ろうとすると、ポケットのスマホが震《ふる》えた。灰原《はいばら》からだ。

「ワリィ、電話《でんわ》だ」

コナンはスマホの応答《おうとう》ボタンをタップした。

灰原《はいばら》は自分《じぶん》の部屋《へや》のパソコンを操作《そうさ》しながら、デスクに置《お》いたスマホでコナンに電話《でんわ》をかけていた。

「あなたに頼《たの》まれた例《れい》の写真《しゃしん》の男《おとこ》、身元《みもと》がわかったわよ」

『何《なに》？　本当《ほんとう》か⁉』

「ええ。ちょっと驚《おどろ》く内容《ないよう》よ」

灰原《はいばら》はそう言《い》うと、モニターに表示《ひょうじ》されたデータをメールで送信《そうしん》した。

「詳細《しょうさい》はメールで送《おく》ったから、後《あと》で確認《かくにん》して」

『サンキュ！　それと、かるた札《ふだ》の方《ほう》はどうなっている？』

「さっき解析《かいせき》ソフトに移行《いこう》したところよ」

モニターでは、灰原《はいばら》が補正《ほせい》した画像《がぞう》データが阿笠博士《あがさはかせ》の解析《かいせき》ソフトにかけられているところだった。

「さすが博士《はかせ》ね。早《はや》ければ一時間後《いちじかんご》には握《にぎ》られていた札《ふだ》を探《さが》し出《だ》せそうよ」

『よし！　そっちの方《ほう》も解析《かいせき》が終《お》わったらすぐに知《し》らせてくれ！』

「ええ。それより――」

灰原《はいばら》が言《い》い終《お》わらないうちに、電話《でんわ》が切《き》れた。

相変《あいか》わらず自分《じぶん》の用件《ようけん》が済《す》んだらさっさと切《き》るんだから――灰原《はいばら》はため息《いき》をついて、椅《い》子《す》の背《せ》もたれに寄《よ》りかかった。

「……まったく！」

電話《でんわ》を切《き》ったコナンは、すぐに灰原《はいばら》のメールに添付《てんぷ》されたファイルを開《ひら》いた。スマホの画面《がめん》には、紅葉《もみじ》のパスケースに入《はい》っていた写真《しゃしん》の男《おとこ》のデータが表示《ひょうじ》された。

「名頃鹿雄《なごろしかお》……」

男《おとこ》の名前《なまえ》を読《よ》み上《あ》げたコナンは、画面《がめん》をスクロールさせて、男《おとこ》の経歴《けいれき》に目《め》を通《とお》した。

「!!」

灰原《はいばら》が言《い》うとおり、それは驚《おどろ》く内容《ないよう》だった。

静華《しずか》と紅葉《もみじ》の対戦《たいせん》を間近《まぢか》で見《み》ていた和葉《かずは》は、そのレベルの高《たか》さに愕然《がくぜん》とした。しかも、紅葉《もみじ》が五枚差《ごまいさ》で静華《しずか》に勝《か》ったのだ。

「久《ひさ》しぶりに楽《たの》しませてもらいました。ありがとうございます」

紅葉《もみじ》は静華《しずか》に頭《あたま》を下《さ》げると、

「戻《もど》りましょか、伊織《いおり》」

「はい」

伊織《いおり》が襖《ふすま》を開《あ》けた。襖《ふすま》の前《まえ》で立《た》ち止《ど》まった紅葉《もみじ》は、静華《しずか》の後《うし》ろでうなだれている和葉《かずは》を振《ふ》り返《かえ》った。

「そやけどすごい度胸《どきょう》あらはるんやなぁ。この程度《ていど》で驚《おどろ》いてはって試合《しあい》に出《で》るやなんて……」

和葉《かずは》が顔《かお》を上《あ》げると、紅葉《もみじ》は「よう覚《おぼ》えとき」と自分《じぶん》の胸《むね》に手《て》を当《あ》てた。

「ウチの名前《なまえ》は紅葉《もみじ》!! アンタみたいなただの葉《は》っぱとは、ちゃいますから」

「は!? ハッパ……!?」

「もうそれくらいにしときよし!!」

静華《しずか》がたしなめると、紅葉《もみじ》はビシッと和葉《かずは》を指差《ゆびさ》した。

「いくら相手《あいて》がアンタのような素人《しろうと》でも、ウチは手《て》ぇ抜《ぬ》いたりしません。前《まえ》に素人相手《しろうとあいて》に油断《ゆだん》して、屈辱的《くつじょくてき》な負《ま》け方《かた》をしたことがありますから。あんな悔《くや》しい思《おも》い、金輪際《こんりんざい》したない！ せやから、やる限《かぎ》りは全力《ぜんりょく》でいかせてもらいます!!」

「の、望《のぞ》むところや！」

和葉《かずは》が立《た》ち上《あ》がろうとすると、静華《しずか》が「まぁ、かるたの話《はなし》はそれくらいにして」と二人《ふたり》を制《せい》した。

「アンタこんなところにいてええの？ 会長《かいちょう》も心配《しんぱい》してはるんちゃいます？」

「ご心配《しんぱい》おおきに」

紅葉《もみじ》は軽《かる》く頭《あたま》を下《さ》げた。

「そやけどウチは大丈夫《だいじょうぶ》です。何《なに》しろ、西《にし》の名探偵《めいたんてい》、服部平次君《はっとりへいじくん》が付《つ》いていてくれてはりますから」

「それ、どういうこと⁉」

驚《おどろ》いた和葉《かずは》が身《み》を乗《の》り出《だ》した。

「あら、何《なに》も聞《き》いてないんですか？　平次君《へいじくん》はウチのボディガードなんです」

「ええっ⁉」

「昨日《きのう》も一睡《いっすい》もせんと家《いえ》の前《まえ》で見張《みは》りしてくれはって……フフフ」

紅葉《もみじ》がこれ見《み》よがしに笑《わら》い、和葉《かずは》は唖然《あぜん》とした。

昨日《きのう》の夜電話《よるでんわ》したとき、平次《へいじ》は野暮用《やぼよう》で京都《きょうと》にいると言《い》っていたが、それは紅葉《もみじ》の家《いえ》だったのだ――……！

「ほな、そろそろ行《い》かせてもらいます。明日《あした》の試合《しあい》、楽《たの》しみにしてますわ」

紅葉《もみじ》はそう言《い》うと部屋《へや》を出《で》ていった。伊織《いおり》が静《しず》かに襖《ふすま》を閉《し》める。

「あら、平次《へいじ》も隅《すみ》に置《お》けまへんなぁ」

と笑《わら》う静華《しずか》の後《うし》ろで、和葉《かずは》はうつむいて肩《かた》を震《ふる》わせた。

「ちょっと和葉《かずは》……大丈夫《だいじょうぶ》？」

心配《しんぱい》した未来子《みきこ》が声《こえ》をかけると、

「平次《へいじ》!!」

和葉《かずは》はガバッと顔《かお》を上《あ》げて立《た》ち上《あ》がった。

「アンタがあの女《おんな》とどないな関係《かんけい》か知《し》らんけど……かるたの試合《しあい》でフルボッコにしたるさかい！　見《み》とけや平次《へいじ》いぃぃぃぃ!!」

気合十分《きあいじゅうぶん》に叫《さけ》ぶ和葉《かずは》を見《み》て、静華《しずか》は「うん、よう言《ゆ》うた！」とほめた。


「わあぁぁ〜〜〜」

コナンがヘルメットをかぶってバイクの後《うし》ろに乗《の》ると、突然《とつぜん》、平次《へいじ》がブルブルッと身震《みぶる》いした。

「どうした、服部《はっとり》？」

「いや、何《なん》かわからへんけど、今《いま》、背筋《せすじ》に冷《つめ》たいもんが走《はし》ったんや」

「風邪《かぜ》でもひいたか？」

「風邪《かぜ》？　そないなかわいいもんやないわ。もっと禍々《まがまが》しいもんや……」

平次《へいじ》が両腕《りょううで》をさすっていると、ホテルの地下駐車場《ちかちゅうしゃじょう》から覆面《ふくめん》パトカーが出《で》てきた。

「おい！　来《き》たぞ!!」

コナンに言《い》われて、平次《へいじ》はバイクのエンジンをかけた。

覆面《ふくめん》パトカーの後《あと》を車《くるま》が三台続《さんだいつづ》いて出《で》てきて、最後《さいご》に別《べつ》の覆面《ふくめん》パトカーがついていく。

「阿知波《あちわ》会長《かいちょう》……大岡《おおおか》紅葉《もみじ》……そして、関根《せきね》。全員《ぜんいん》、お揃《そろ》いやな」

平次《へいじ》はエンジンをふかし、ホテルの敷地《しきち》から出《で》ようとする車《くるま》の後《あと》を追《お》った。

覆面《ふくめん》パトカーたちが左《ひだり》に曲《ま》がって一般道路《いっぱんどうろ》に出《で》ると、先《さき》の信号《しんごう》が赤《あか》になった。前《まえ》の車《くるま》がスピードを緩《ゆる》めて次々《つぎつぎ》と停《と》まり、覆面《ふくめん》パトカーたちも順《じゅん》に停止《ていし》していく。

そのとき、道路脇《どうろわき》の街路樹《がいろじゅ》に身《み》を潜《ひそ》めていた黒《くろ》い人物《じんぶつ》が、持《も》っていた起爆《きばく》スイッチを押《お》した。


ドオオオオォォン!!


轟音《ごうおん》と共《とも》に関根《せきね》の車《くるま》の窓《まど》が吹《ふ》き飛《と》び、車体《しゃたい》が跳《は》ねた。前後《ぜんご》に停《と》まっていた車《くるま》も爆風《ばくふう》に煽《あお》られ、平次《へいじ》とコナンもバイクから吹《ふ》っ飛《と》ぶ。宙《ちゅう》に舞《ま》い上《あ》がった関根《せきね》の車《くるま》は、紅葉《もみじ》のロールスロイスの上《うえ》に落下《らっか》した。

「きゃあああ!」

強《つよ》い衝撃《しょうげき》が紅葉《もみじ》を襲《おそ》い、メキメキと音《おと》を立《た》てて車《くるま》の天井《てんじょう》が潰《つぶ》れていく。

地面《じめん》に倒《たお》れたコナンと平次《へいじ》は、すぐに起《お》き上《あ》がって爆発《ばくはつ》した車《くるま》の方《ほう》を振《ふ》り返《かえ》った。

「関根《せきね》の車《くるま》が……」

紅葉《もみじ》の車《くるま》のそばで横転《おうてん》した関根《せきね》の車《くるま》は炎《ほのお》に包《つつ》まれ、黒煙《こくえん》がもうもうと上《あ》がっていた——。

7

車爆破事件《くるまばくはじけん》の後《あと》、コナンと平次《へいじ》は阿知波《あちわ》と共《とも》に大阪府警本部《おおさかふけいほんぶ》の会議室《かいぎしつ》に来《き》ていた。会議《かいぎ》用《よう》テーブルの奥《おく》に平蔵《へいぞう》と遠山《とおやま》が座《すわ》り、ホワイトボードの前《まえ》に大滝《おおたき》が立《た》っている。

「で、関根《せきね》さんの容態《ようだい》は？」

平蔵《へいぞう》がたずねると、大滝《おおたき》は険《けわ》しい表情《ひょうじょう》で答《こた》えた。

「病院《びょういん》からの連絡《れんらく》やと、まだ意識《いしき》が戻《もど》らんようです。助《たす》かるかどうか五分五分《ごぶごぶ》やそうで……」

コナンと向《む》かい合《あ》わせに座《すわ》った阿知波《あちわ》が顔《かお》を上《あ》げた。

「爆発《ばくはつ》に巻《ま》き込《こ》まれた大岡君《おおおかくん》は大丈夫《だいじょうぶ》やったんでしょうか？」

「ケガはなかったみたいですが、念《ねん》のため運転《うんてん》していた伊織《いおり》さんと一緒《いっしょ》に病院《びょういん》で検査《けんさ》を受《う》けてもろてます」

大滝《おおたき》が答《こた》えると、平蔵《へいぞう》は顔《かお》を上《あ》げて阿知波《あちわ》を見《み》た。

「こないなことになってしもた以上《いじょう》、きっちり事情《じじょう》を聞《き》かせてもらいましょうか、阿知波《あちわ》さん！」

「日売《にちうり》テレビの爆破《ばくは》……あれも皐月会《さつきかい》を狙《ねら》ったものやないかと、我々《われわれ》は見《み》てんのやけどなあ……」

平蔵《へいぞう》と遠山《とおやま》に険《けわ》しい目《め》を向《む》けられて、阿知波《あちわ》は顔《かお》を背《そむ》けた。コナンは「ねぇ、おじさん」とポケットからスマホを取《と》り出《だ》し、紅葉《もみじ》が持《も》っていた男《おとこ》の写真《しゃしん》を見《み》せた。

「この名頃鹿雄《なごろしかお》さんって誰《だれ》なの？」

「坊《ぼう》や！　その写真《しゃしん》をどこで!?」

阿知波《あちわ》は驚《おどろ》いて身《み》を乗《の》り出《だ》した。

「その動揺《どうよう》っぷり、心当《こころあ》たりがありそうや。知《し》っとることがあるんやったら、洗《あら》いざらい話《はな》してくれへんか？　阿知波《あちわ》さん!!」

コナンの隣《となり》に座《すわ》った平次《へいじ》が問《と》い詰《つ》めると、阿知波《あちわ》はテーブルの上《うえ》で組《く》んだ手《て》をギュッと握《にぎ》った。

「……京都《きょうと》に、名頃会《なごろかい》というかるた会《かい》があってな」

阿知波《あちわ》は下《した》を向《む》いたまま、ぽつりぽつりと話《はな》し始《はじ》めた。

「少数精鋭主義《しょうすうせいえいしゅぎ》っちゅうのか、二十人《にじゅうにん》足《た》らずの会員《かいいん》が毎日《まいにち》厳《きび》しい練習《れんしゅう》をしてたようで……名頃鹿雄君《なごろしかおくん》はそこのリーダーやったんや。技量《ぎりょう》はかなりのもんで、名人《めいじん》への挑戦権《ちょうせんけん》を得《え》るのも時間《じかん》の問題《もんだい》やと言《い》われてたんやが、勝負《しょうぶ》への執着《しゅうちゃく》が強《つよ》く、正直《しょうじき》そばで見《み》ていても美《うつく》しいかるたとは言《い》えへんかった……」

阿知波《あちわ》によると、名頃《なごろ》は札《ふだ》をめぐって対戦相手《たいせんあいて》や審判員《しんぱんいん》ともめることが多《おお》かったという。

「そんな名頃君《なごろくん》が……五年前《ごねんまえ》、当時会長《とうじかいちょう》だった皐月《さつき》に試合《しあい》を申《もう》し込《こ》んできたんや。負《ま》けたら会《かい》をたたむことを条件《じょうけん》にしてな」

「何《なん》やそら？　道場破《どうじょうやぶ》りやないか」

「でも皐月《さつき》さんからすれば、勝負《しょうぶ》を受《う》ける必要《ひつよう》ないよね」

平次《へいじ》とコナンが言《い》うと、阿知波《あちわ》は眉根《まゆね》を寄《よ》せて小《ちい》さく首《くび》を横《よこ》に振《ふ》った。

「名頃君《なごろくん》は皐月《さつき》が挑戦《ちょうせん》を断《ことわ》られへんように、マスコミに情報《じょうほう》を漏《も》らしてたんや。皐月会《さつきかい》は名頃会《なごろかい》を恐《おそ》れて対戦《たいせん》を避《さ》けるっちゅうて……」

平蔵《へいぞう》は「なるほど」と腕《うで》を組《く》んだ。

「試合《しあい》を受《う》けざるを得《え》ない状況《じょうきょう》に追《お》い込《こ》んだっちゅうわけか」

「ほんで、勝負《しょうぶ》はどないなったんや」

遠山《とおやま》がたずねると、阿知波《あちわ》は顔《かお》を上《あ》げて遠山《とおやま》を見《み》た。

「試合《しあい》は行《おこな》われへんかった……」

「!?」

一同《いちどう》は驚《おどろ》いて目《め》を見張《みは》った。

「名頃君《なごろくん》は、試合開始時刻《しあいかいしじこく》になっても現《あらわ》れへんかった。結局《けっきょく》、試合放棄《しあいほうき》とみなされ、皐月《さつき》が勝者《しょうしゃ》となった。名頃君《なごろくん》はマスコミを巻《ま》き込《こ》む騒《さわ》ぎを起《お》こしたにもかかわらず、試合当日《しあいとうじつ》に逃走《とうそう》したかるた界《かい》の面汚《つらよご》しと言《い》われるようになって、表舞台《おもてぶたい》から姿《すがた》を消《け》したんや……」

コナンはテーブルに置《お》いたスマホを取《と》り、名頃《なごろ》の写真《しゃしん》を見《み》つめた。

「それで今《いま》、名頃《なごろ》さんと名頃会《なごろかい》はどうなってるの？」

「名頃会《なごろかい》は会長不在《かいちょうふざい》のため解散《かいさん》し、名頃君本人《なごろくんほんにん》もいまだ消息不明《しょうそくふめい》や」

「まさか、今回《こんかい》の事件《じけん》は、その名頃《なごろ》が皐月会《さつきかい》への逆恨《さかうら》みから……」

遠山《とおやま》の推測《すいそく》に、阿知波《あちわ》は「わかりません」と首《くび》を横《よこ》に振《ふ》った。

「ただ……当時《とうじ》、名頃会《なごろかい》の解散《かいさん》を強硬《きょうこう》に主張《しゅちょう》してたんは、殺《ころ》された矢島君《やじまくん》やったんです」

「なんやて⁉」

大滝《おおたき》が思《おも》わず声《こえ》を上《あ》げた。コナンたちも驚《おどろ》いて阿知波《あちわ》に注目《ちゅうもく》する。

「我々《われわれ》皐月会《さつきかい》としては、事《こと》を荒立《あらだ》てず、穏便《おんびん》に済《す》ますつもりやったんですが、それも叶《かな》わず……」

「ほんで、解散《かいさん》した名頃会《なごろかい》のメンバーは？」

平次《へいじ》がたずねると、阿知波《あちわ》は前《まえ》を向《む》いた。

「もちろん、希望《きぼう》すれば皐月会《さつきかい》に入《はい》れるようにしたよ。もっとも、入会《にゅうかい》したのは二人《ふたり》だけやったがね……」

「ひょっとして、その二人《ふたり》っちゅうんは……」

「ああ。大岡君《おおおかくん》と関根君《せきねくん》や」

「さっき爆破事件《ばくはじけん》に巻《ま》き込《こ》まれた二人《ふたり》か⁉」

遠山《とおやま》の言葉《ことば》に、阿知波《あちわ》は「ええ」とうなずいた。

「特《とく》に大岡君《おおおかくん》は、名頃君《なごろくん》のテクニックを徹底的《てっていてき》に教《おし》え込《こ》まれて腕《うで》を上《あ》げていき、数《かず》ある得《とく》意札《いふだ》もまったく同《おな》じ。しかも歌《うた》に紅葉《もみじ》の情景《じょうけい》を詠《うた》った六枚《ろくまい》の札《ふだ》は逃《のが》したことがない。まさに一番弟子《いちばんでし》と言《い》える存在《そんざい》やった……」

平次《へいじ》がたずねる。

「なぜ名頃《なごろ》の得意札《とくいふだ》は歌《うた》に『紅葉《もみじ》』が含《ふく》まれてるんや？」

「名頃君《なごろくん》の名前《なまえ》が『鹿雄《しかお》』だからと聞《き》いとるよ」

「鹿肉《しかにく》か……」

コナンがつぶやくと、阿知波《あちわ》は少《すこ》し驚《おどろ》いて「そうや」と言《い》った。

「鹿《しか》の肉《にく》を『モミジ』と言《い》うやろ」

ホワイトボードの前《まえ》に立《た》った大滝《おおたき》は、腕《うで》を組《く》んで考《かんが》え込《こ》んだ。

「一番弟子《いちばんでし》やった彼女《かのじょ》が皐月会《さつきかい》に入《はい》って活躍《かつやく》してるちゅうんは、名頃《なごろ》にしたら面白《おもろ》ないやろうなぁ」

「そやけどなんで今《いま》になって……それにわざわざ爆破予告《ばくはよこく》のメールを送《おく》ってきた理由《りゆう》は何《なん》や？」

遠山《とおやま》が疑問《ぎもん》を口《くち》にすると、平次《へいじ》はうつむいて考《かんが》えた。

「五年《ごねん》もの間《あいだ》、沈黙《ちんもく》しとった理由《りゆう》はまだわからんけど……あの予告《よこく》メールは、自分《じぶん》が戻《もど》ってきたっちゅうことをアピールしてるんとちゃうか？」

「ちゅうことは……一連《いちれん》の事件《じけん》は、名頃鹿雄《なごろしかお》による皐月会《さつきかい》への復讐《ふくしゅう》とみて捜査《そうさ》すべきか……」

平蔵《へいぞう》が腕《うで》を組《く》んで捜査方針《そうさほうしん》を考《かんが》えていると、大滝《おおたき》のスマホが震《ふる》えた。大滝《おおたき》は胸《むね》ポケットからスマホを取《と》り出《だ》しながら、ホワイトボードの後《うし》ろへ駆《か》け込《こ》んでいく。

「京都府警《きょうとふけい》との合同捜査本部《ごうどうそうさほんぶ》を立《た》ち上《あ》げた方《ほう》が良《よ》さそうやな」

「ああ」

遠山《とおやま》と平蔵《へいぞう》が相談《そうだん》していると、

「何《なん》やて!!」

大滝《おおたき》の声《こえ》が響《ひび》き渡《わた》った。すぐに「本部長《ほんぶちょう》！」とホワイトボードの後《うし》ろから出《で》てくる。

「関根《せきね》さんのスマホを調《しら》べたところ、爆発《ばくはつ》の直前《ちょくぜん》に妙《みょう》なメールが入《はい》っていたようです！」

「妙《みょう》なメール!?」

「差出人《さしだしにん》は不明《ふめい》で、ただかるた札《ふだ》の添付《てんぷ》ファイルが送《おく》られて来《き》とったそうです」

「そのかるた札《ふだ》には何《なん》て!?」

コナンがたずねると、大滝《おおたき》はスマホを操作《そうさ》してかるた札《ふだ》の画像《がぞう》を開《ひら》いた。

「『此《こ》の度《たび》は　幣《ぬさ》もとりあへず　手向山《たむけやま》　紅葉《もみぢ》の錦《にしき》　神《かみ》のまにまに』……」

「名頃《なごろ》の得意札《とくいふだ》や!!」

阿知波《あちわ》が立《た》ち上《あ》がって叫《さけ》んだ。平次《へいじ》はすぐにスマホを取《と》り出《だ》して電話《でんわ》をかけた。

「どないした？　平《へい》ちゃん」

「今《いま》すぐ確認《かくにん》せなアカン！　紅葉《もみじ》が危《あぶ》ないんや!!」


検査《けんさ》を終《お》えた紅葉《もみじ》と伊織《いおり》がロビーにいると、伊織《いおり》のスマホが震《ふる》えて、伊織《いおり》は周囲《しゅうい》を気《き》にしながら電話《でんわ》に出《で》た。

『伊織《いおり》さんか？』

「その声《こえ》は服部様《はっとりさま》ですね」

『ああ。急《いそ》いで紅葉《もみじ》のスマホに差出人不明《さしだしにんふめい》のメールが届《とど》いてへんか、調《しら》べてくれ！』

「メールですか？」

ソファに座《すわ》っていた紅葉《もみじ》に「どないしたん？」と訊《き》かれて、伊織《いおり》はスマホのマイク部分《ぶぶん》を押《お》さえながら振《ふ》り返《かえ》った。

「服部様《はっとりさま》よりのお電話《でんわ》で」

「平次君《へいじくん》から!?　代《か》わりなさい!!」

パッと顔《かお》を明《あか》るくした紅葉《もみじ》は、伊織《いおり》からスマホを受《う》け取《と》った。

『紅葉《もみじ》か？　すぐにメールを確認《かくにん》してくれ』

「メールて……どしたん急《きゅう》に……そんなことより、平次《へいじ》くんから連絡《れんらく》くれるなんて、うれしいわあ……」

平次《へいじ》の緊迫《きんぱく》した声《こえ》を不思議《ふしぎ》に思《おも》いながらも、ソファに置《お》いたバッグからスマホを取《と》り出《だ》してメールをチェックした。

「あ？　何《なん》やの、このメール……」

メールボックスには知《し》らないアドレスからメールが一通届《いっつうとど》いていた。件名《けんめい》も本文《ほんぶん》もなく、添付《てんぷ》ファイルがあるだけだ。

「添付《てんぷ》ファイルだけ……」

それは、同《おな》じ歌《うた》の取《と》り札《ふだ》と読《よ》み札《ふだ》だった。

『かるた札《ふだ》の写真《しゃしん》か!?』

「すごーい！　何《なん》でわかったんです？」

『どんな歌《うた》や!?　読《よ》み上《あ》げてくれ!!』

「え？　うん……」

紅葉《もみじ》は自分《じぶん》のスマホを見《み》ながら、伊織《いおり》のスマホを耳《みみ》に当《あ》てて読《よ》み上《あ》げた。

「『嵐吹《あらしふ》く　三室《みむろ》の山《やま》の　もみぢ葉《ば》は』……」

『紅葉《もみじ》っ！　よう聞《き》け!!』

紅葉《もみじ》が読《よ》み終《お》わらないうちに、平次《へいじ》が叫《さけ》んだ。

『今夜《こんや》は絶対《ぜったい》に一人《ひとり》になったらあかんぞ！　自宅《じたく》にも帰《かえ》るな！　今《いま》すぐ大阪府警《おおさかふけい》に来《く》るん

や！　ええな⁉』

「なんぼ平次君《へいじくん》の頼《たの》みでも、そら聞《き》けません」

紅葉《もみじ》は毅然《きぜん》とした態度《たいど》できっぱりと断《ことわ》った。

「明日《あした》の皐月杯《さつきはい》に備《そな》えなあきませんから」

『そんなこと言《い》うとる場合《ばあい》か！　お前《まえ》、狙《ねら》われてるかもしれんのやぞ‼』

「ウチは大丈夫《だいじょうぶ》です。平次君《へいじくん》が守《まも》ってくれますんやろ？　ウチのこと」

『はぁ⁉』

紅葉《もみじ》はフッと頬《ほお》を緩《ゆる》ませて微笑《ほほえ》んだ。

「あの約束《やくそく》、忘《わす》れてませんから……」

『約束《やくそく》⁉』

「ほなまた」

と紅葉《もみじ》は電話《でんわ》を切《き》った。


「あのアホ、切《き》りよった……」

ツーツーツー……と終話信号《しゅうわしんごう》が流《なが》れて、平次《へいじ》はスマホを耳《みみ》から外《はず》した。

「どうやらかるたのメールが届《とど》いとったようやな」

平蔵《へいぞう》に言《い》われて平次《へいじ》が「ああ」とうなずくと、遠山《とおやま》が「大滝《おおたき》‼」と呼《よ》んだ。

「すぐに大岡紅葉《おおおかもみじ》の警護《けいご》を強化《きょうか》するんや！」

「はい!!」

大滝《おおたき》はすぐに扉《とびら》を開《あ》けて出《で》て行《い》った。平蔵《へいぞう》がうつむいて何《なに》か考《かんが》え込《こ》む。

「しかし……こうなると矢島《やじま》さんにだけかるたが送《おく》られてへんかったちゅーことに……」

殺《ころ》された関根《せきね》に続《つづ》いて、紅葉《もみじ》にもかるた札《ふだ》の添付《てんぷ》ファイルが送《おく》られてきた。こうなると、矢島《やじま》だけが予告《よこく》なしに殺害《さつがい》されたことになってしまう――腑《ふ》に落《お》ちない平蔵《へいぞう》に、コナンが言《い》った。

「矢島《やじま》さんの殺害現場《さつがいげんば》にも、かるた札《ふだ》のメッセージはちゃんとあったんじゃない？」

平次《へいじ》が「つまりや」と後《あと》を続《つづ》ける。

「真犯人《しんはんにん》の名頃《なごろ》は矢島《やじま》さんを殺害《さつがい》した後《あと》、自分《じぶん》の得意札《とくいふだ》を残《のこ》し、現場《げんば》を後《あと》にした。けど、後《あと》から来《き》た関根《せきね》がその工作《こうさく》をさらに偽装《ぎそう》してしもたっちゅうこっちゃ！」

「なるほど……現場《げんば》に残《のこ》されたメッセージで名頃《なごろ》が矢島《やじま》を殺害《さつがい》したと確認《かくにん》した関根《せきね》は、かつての師匠《ししょう》の犯行《はんこう》を隠《かく》すため、家中《いえじゅう》を荒《あ》らし、強盗《ごうとう》に見《み》せかける偽装《ぎそう》をしたわけやな」

平蔵《へいぞう》の解釈《かいしゃく》に、平次《へいじ》がうなずく。すると、阿知波《あちわ》が驚《おどろ》いた顔《かお》でたずねた。

「警察《けいさつ》より先《さき》に関根君《せきねくん》があの殺害現場《さつがいげんば》にいた、言《い》うんですか？」

「ええ。その可能性《かのうせい》は非常《ひじょう》に高《たか》い」

遠山《とおやま》はそう答《こた》えると、平次《へいじ》とコナンを見《み》た。

「実《じつ》はある人《ひと》に現場《げんば》の写真《しゃしん》を分析《ぶんせき》してもろたんや」

平次《へいじ》は立《た》ち上《あ》がると、リモコンを持《も》ってそばにあったテレビを点《つ》けた。コナンはスマホを操作《そうさ》し、スマホにある画像《がぞう》をテレビで見《み》られるように設定《せってい》した。

「かるたに付着《ふちゃく》した血《ち》しぶきの向《む》きや形状《けいじょう》なんかから、殺害時《さつがいじ》、どんなふうに並《なら》べられてたんかが割《わ》り出《だ》せてるはずや」

「テレビを見《み》て」

コナンが言《い》うと、テレビにはかるたの取《と》り札《ふだ》がずらりと並《なら》んだ画像《がぞう》が映《うつ》し出《だ》された。

「右側《みぎがわ》は、床《ゆか》に置《お》かれていたため矢島《やじま》さんの血液《けつえき》が付着《ふちゃく》した札《ふだ》。そして左側《ひだりがわ》は、キレイな札《ふだ》と後《あと》で紛《まぎ》れ込《こ》ませたことにより血液《けつえき》が付着《ふちゃく》した札《ふだ》だよ」

左側《ひだりがわ》の札《ふだ》が全《すべ》て消《き》え、続《つづ》いて右側《みぎがわ》の札《ふだ》も一枚《いちまい》を残《のこ》して上《うえ》から一枚《いちまい》ずつ消《き》えていく。

「そして、血《ち》の付《つ》き方《かた》がかすかな札《ふだ》の歪《ゆが》みなどから判断《はんだん》して、矢島《やじま》さんが握《にぎ》らされていた札《ふだ》は……」

残《のこ》った一枚《いちまい》が拡大《かくだい》され、同《おな》じ歌《うた》の読《よ》み札《ふだ》も一緒《いっしょ》に表示《ひょうじ》された。

「三十二番《さんじゅうにばん》、春道列樹《はるみちのつらき》……」

阿知波《あちわ》が歌人《かじん》の名前《なまえ》をつぶやく。

「『山《やま》がはに　風《かぜ》のかけたる　しがらみは　流《なが》れもあへぬ　紅葉《もみじ》なりけり』……」

歌《うた》を読《よ》み上《あ》げた平蔵《へいぞう》は、『紅葉《もみじ》』のところで目《め》を見開《みひら》いた。

「やっぱり、矢島《やじま》さんのところにも名頃《なごろ》の得意札《とくいふだ》があったんや」

平次《へいじ》が振《ふ》り返《かえ》ると、コナンはスマホを操作《そうさ》をして画像《がぞう》を切《き》り替《か》えた。画面《がめん》が縦横《たてよこ》に四分《よんぶん》割《かつ》され、読《よ》み札《ふだ》と取《と》り札《ふだ》のセットが四組《よんくみ》現《あらわ》れた。

「これを見《み》て。今《いま》まで犯行《はんこう》に使《つか》われた札《ふだ》だよ。左上《ひだりうえ》から日売《にちうり》テレビ、矢島《やじま》さん、関根《せきね》さん、そしてさっき判明《はんめい》した紅葉《もみじ》さん。これらの札《ふだ》は共通《きょうつう》して『紅葉《もみじ》』が読《よ》み込《こ》まれている」

日売《にちうり》テレビ　《奥山《おくやま》に　紅葉《もみじ》ふみ分《わ》け　なく鹿《しか》の　聲《こえ》きく時《とき》ぞ　秋《あき》は悲《かな》しき》
矢島《やじま》　《山《やま》がはに　風《かぜ》のかけたる　しがらみは　流《なが》れもあへぬ　紅葉《もみじ》なりけり》
関根《せきね》　《此《こ》の度《たび》は　幣《ぬさ》もとりあへず　手向山《たむけやま》　紅葉《もみじ》の錦《にしき》　神《かみ》のまにまに》
紅葉《もみじ》　《嵐《あらし》ふく　三室《みむろ》の山《やま》の　もみぢ葉《ば》は　龍田《たつた》の川《かわ》の　錦《にしき》なりけり》

「やはり、全《すべ》てが名頃《なごろ》の得意札《とくいふだ》っちゅうわけか……」

四組《よんくみ》の札《ふだ》を読《よ》んだ遠山《とおやま》が言《い》うと、平蔵《へいぞう》が「うむ」と険《けわ》しい表情《ひょうじょう》でうなずいた。

「真犯人《しんはんにん》は、名頃鹿雄《なごろしかお》とみて間違《まちが》いなさそうやな!!」

会議《かいぎ》が終《お》わり、コナン、平次《へいじ》、阿知波《あちわ》は大阪府警《おおさかふけい》の正面玄関《しょうめんげんかん》から出《で》てきた。

「まさかとは思《おも》うとったが……ホンマに名頃《なごろ》の仕業《しわざ》やったとは……」

肩《かた》を落《お》とす阿《あ》知《ち》波《わ》の背後《はいご》で、平次《へいじ》は口《くち》を開《ひら》いた。

「心配《しんぱい》なんは、一回《いっかい》も逃《のが》したことのない紅葉《もみじ》の情景《じょうけい》を詠《うた》った札《ふだ》が、全部《ぜんぶ》で六枚《ろくまい》もあるっちゅうことやな」

「どういうことや？」

驚《おどろ》いた阿《あ》知《ち》波《わ》が振《ふ》り返《かえ》る。

「まだ二枚残《にまいのこ》ってるってことだよ」

コナンの言葉《ことば》に、阿《あ》知《ち》波《わ》は「えっ⁉」と目《め》を丸《まる》くした。

「もしも、名頃《なごろ》が自分《じぶん》の仕業《しわざ》やとアピールするためにかるた札《ふだ》を使《つか》ってるんやとしたら、中途半端《ちゅうとはんぱ》に二枚《にまい》だけ残《のこ》すようなことはせえへんやろ？」

「まさか……大岡君《おおおかくん》の他《ほか》にも……」

「問題《もんだい》は残《のこ》る二枚《にまい》の該当《がいとう》するターゲットや。早《は》よ特定《とくてい》せな、名頃《なごろ》の犯行《はんこう》を防《ふせ》ぐんは難《むずか》しやろな……」

と考《かんが》え込《こ》む平次《へいじ》に、阿《あ》知《ち》波《わ》は「さすがや」と平次《へいじ》とコナンを見《み》た。

「君《きみ》たちなら、警察《けいさつ》より早《はや》く名頃《なごろ》を止《と》めることができそうや」

コナンは「うん」とうなずいた。

「でもそのためには、もっと情報《じょうほう》が必要《ひつよう》なんだ。――ねえ、五年前《ごねんまえ》、名頃《なごろ》さんとの間《あいだ》で何《なに》があったの？」

「そ、それは……」

阿知波《あちわ》が迷《まよ》っていると、平次《へいじ》がズイッと詰《つ》め寄《よ》った。

「何《なに》かあったんやろ？　何《なに》もなかったとは言《い》わせへんで」

「……せやな……」

阿知波《あちわ》は観念《かんねん》したように息《いき》をついた。

「さっきは言《い》えへんかったが、君《きみ》たちなら大丈夫《だいじょうぶ》やろ。この後《あと》、ホテルの私《わたし》の部屋《へや》に来《き》てくれ。あの日《ひ》、何《なに》があったのか詳《くわ》しく話《はな》そうやないか」

心《こころ》を固《かた》めた阿知波《あちわ》は、コナンと平次《へいじ》をまっすぐ見《み》つめて言《い》った。


大阪観光《おおさかかんこう》を終《お》えてタクシーに乗《の》った蘭《らん》は、ホテルに戻《もど》る前《まえ》に紅葉《もみじ》がいる病院《びょういん》に寄《よ》った。

「じゃあみんな、ちょっと待《ま》っててね。これ、紅葉《もみじ》さんに届《とど》けてくるから」

助手席《じょしゅせき》に座《すわ》った蘭《らん》がパスケースを出《だ》して後部座席《こうぶざせき》を振《ふ》り返《かえ》ると、

「はぁ〜い」「待《ま》ってまーす」「オー！」

たくさんのお土産《みやげ》を抱《かか》えた子供《こども》たちは元気《げんき》に返事《へんじ》をした。

「すみません、運転手《うんてんしゅ》さん。ここで待《ま》っててください」

蘭《らん》は運転手《うんてんしゅ》に声《こえ》をかけてタクシーから降《お》りると、ロビーに向《む》かった。

紅葉《もみじ》がロビーのソファに腰掛《こしか》けてスマホを見《み》ていると、電話《でんわ》をしていた伊織《いおり》が戻《もど》ってきた。

「お嬢様《じょうさま》。警察《けいさつ》から連絡《れんらく》がありまして、自宅《じたく》の警護《けいご》を強化《きょうか》したいとのことです」

「ええ。構《かま》へんよ」

すると、伊織《いおり》の背後《はいご》から蘭《らん》が近《ちか》づいてきた。

「すみません。紅葉《もみじ》さんですよね？　先《さき》ほど連絡《れんらく》した毛利《もうり》です」

「ああ……あなたでしたか」

紅葉《もみじ》はパスケースを拾《ひろ》って連絡《れんらく》してくれたのが和葉《かずは》と一緒《いっしょ》にいた蘭《らん》だとわかり、ニコリと微笑《ほほえ》んだ。

「わざわざ届《とど》けに来《き》てくださって、ホンマありがとうございます」

立《た》ち上《あ》がって丁寧《ていねい》にお辞儀《じぎ》をする紅葉《もみじ》に、蘭《らん》は「いえ、そんな」と手《て》を振《ふ》った。

「これ、紅葉《もみじ》さんのですよね」

「ああ、おおきに！」

パスケースを受《う》け取《と》った紅葉《もみじ》は、大事《だいじ》そうに両手《りょうて》で握《にぎ》りしめた。

「これ、ウチのお守《まも》りみたいなもんなんです。これなしで明日《あした》の試合《しあい》どないしようと思《おも》ってたけど、これでなんとかなります」

嬉《うれ》しそうに微笑《ほほえ》む紅葉《もみじ》を見《み》て、蘭《らん》も自然《しぜん》に笑《え》みがこぼれる。

「そちらとしては、敵《てき》に塩《しお》を送《おく》るみたいな格好《かっこう》になってしまいましたやろか？」

「いえ……」

蘭《らん》は首《くび》を横《よこ》に振《ふ》った。

「あの子《こ》、練習《れんしゅう》しすぎて指痛《ゆびいた》めんとええけどなぁ」

「キレイなネイル……」

蘭《らん》はパスケースを持《も》つ紅葉《もみじ》の爪《つめ》を覗《のぞ》き込《こ》んだ。ラインストーンをちりばめた付《つ》け爪《づめ》がキレイに付《つ》けられている。

「ああ、このネイルは指先《ゆびさき》を守《まも》るためのモンです。かるたは指先《ゆびさき》が命《いのち》やから、練習以外《れんしゅういがい》のときはいつも付《つ》けてます」

「そうだったんですね」

上体《じょうたい》を起《お》こした蘭《らん》は、「あ、あと……」とためらいがちに切《き》り出《だ》した。

「連絡先《れんらくさき》を知《し》りたくて、パスケースの中見《なかみ》ちゃって……それで、写真《しゃしん》に……」

「ああ、もしかしてこの写真《しゃしん》のことですか？」

紅葉《もみじ》はパスケースから写真《しゃしん》を取《と》り出《だ》して見《み》せた。幼《おさな》い頃《ころ》の紅葉《もみじ》が男《おとこ》の子《こ》と指切《ゆびき》りをしている写真《しゃしん》。

「ここに写《うつ》ってるのって……」

「平次君《へいじくん》です」

「やっぱり……」

「これは子供《こども》のころに出《で》たかるた大会《たいかい》で、平次君《へいじくん》に負《ま》けてしもたときの写真《しゃしん》ですけど、平《へい》次君《じくん》は、負《ま》けて泣《な》いてたウチに言《い》うたんです。『泣《な》くなや。今度会《こんどお》うたら、嫁《よめ》にとったるさかい。待《ま》っとれや！』って……」

紅葉《もみじ》は蘭《らん》に話《はな》しながら、そのときのことを振《ふ》り返《かえ》った。

突然《とつぜん》のプロポーズにビックリした紅葉《もみじ》が『ホ、ホンマ？』と泣《な》きながら訊《き》くと、平次《へいじ》は『ああ、約束《やくそく》やで』と小指《こゆび》を突《つ》き出《だ》して指切《ゆびき》りをしたのだ――。

衝撃《しょうげき》の事実《じじつ》を聞《き》いた蘭《らん》は「ええ～っ!!」と思《おも》わず大声《おおごえ》を上《あ》げた。

（ほんとにプロポーズだったの～～～！）

「せやから、平次君《へいじくん》はウチの未来《みらい》の旦那《だんな》さんです」

「で、でも、子供《こども》の頃《ころ》の約束《やくそく》だから……」

「子供《こども》も大人《おとな》もあらへん！」

紅葉《もみじ》がピシャリと言《い》った。

「男《おとこ》が一度口《いちどくち》にしたことは、そう簡単《かんたん》に曲《ま》げたらあきません。ちゃいますか？」

「え……」

（男《おとこ》が一度口《いちどくち》にしたこと……）

そう言《い》われて蘭《らん》の頭《あたま》に浮《う》かんだのは、イギリスのビッグベンの前《まえ》で言《い》われた新一《しんいち》の言葉《ことば》だった。

『余計《よけい》な感情《かんじょう》が入《はい》りまくって、たとえオレがホームズでも解《と》くのは無理《むり》だろーぜ！

好《す》きな女《おんな》の心《こころ》を正確《せいかく》に読《よ》み取《と》るなんてことはな！』

あのとき。新一《しんいち》は蘭《らん》の腕《うで》をつかみ、まっすぐ見《み》つめて確《たし》かに言《い》ったのだ。

『好《す》きな女《おんな》』って——……。

「で、ですよね!!」

蘭《らん》は拳《こぶし》を握《にぎ》り、紅葉《もみじ》の言葉《ことば》に思《おも》いっきり同意《どうい》した。すると、紅葉《もみじ》は写真《しゃしん》を見《み》ながら、歌《うた》を詠《よ》み出《だ》した。

「『瀬《せ》をはやみ　岩《いわ》にせかるる　滝川《たきがわ》の　われても末《すえ》に　あはむとぞ思《おも》ふ』……」

それは、紅葉《もみじ》の好《す》きな歌《うた》だった。

川《かわ》の瀬《せ》の流《なが》れが速《はや》く、岩《いわ》にせき止《と》められた急流《きゅうりゅう》が二《ふた》つに分《わ》かれても、いずれはまた一《ひと》つの流《なが》れになる。恋《こい》しいあの人《ひと》と今《いま》は別《わか》れても、いつかきっとまた会《あ》える——。

「身《み》は離《はな》れていても心《こころ》は繋《つな》がっていると、信《しん》じてましたのに……」

平次《へいじ》の横《よこ》にいる和葉《かずは》を思《おも》い出《だ》した紅葉《もみじ》の瞳《ひとみ》に、涙《なみだ》が浮《う》かぶ。

「も、紅葉《もみじ》さん……」

蘭《らん》が驚《おどろ》くと、紅葉《もみじ》は涙《なみだ》を拭《ぬぐ》った。

「葉《は》っぱちゃんに伝《つた》えといてください」

「は、葉《は》っぱちゃん？」

「ウチは狙《ねら》った札《ふだ》は誰《だれ》にも取《と》らせへん。そう先生《せんせい》に教《おそ》わってきたと……」

紅葉《もみじ》はそう言《い》うと、お辞儀《じぎ》をして伊織《いおり》と共《とも》に去《さ》っていった。


ホテルに戻《もど》ってからも、紅葉《もみじ》の涙《なみだ》ぐむ顔《かお》と言葉《ことば》が蘭《らん》の頭《あたま》から離《はな》れなかった。

「……ちゃん……蘭《らん》ちゃん!!」

和葉《かずは》に何度《なんど》も名前《なまえ》を呼《よ》ばれて、蘭《らん》はハッと顔《かお》を上《あ》げた。かるたの読《よ》み札《ふだ》をズラリと畳《たたみ》に並《なら》べた和葉《かずは》が怪訝《けげん》そうに蘭《らん》を見上《みあ》げている。

「何《なに》ボーッとしてんのん？　大阪見物《おおさかけんぶつ》から帰《かえ》ってきた後《あと》、蘭《らん》ちゃん変《へん》やで」

「ご、ごめん。それより調子《ちょうし》はどう？」

蘭《らん》がたずねると、和葉《かずは》は「それがな～」と並《なら》べたかるた札《ふだ》を悩《なや》ましげに見《み》つめた。

「静華《しずか》さんに『試合《しあい》に勝《か》つんは得意《とくい》な札《ふだ》を選《えら》ばなアカン』て宿題《しゅくだい》出《だ》されてんねんけど、これぞって札《ふだ》が決《き》まらへんねん……」

「そんなに悩《なや》むことかなぁ」

蘭《らん》はかるた札《ふだ》をはさんで向《む》かい合《あ》わせに座《すわ》った。

「え!?」

「百人一首《ひゃくにんいっしゅ》って、恋《こい》の歌《うた》が多《おお》いでしょ。勝負《しょうぶ》とかそんなこと考《かんが》えないで、ピンとくる好《す》きな歌《うた》を選《えら》べばいい、と思《おも》うけどな」

「恋《こい》かぁ～……」

和葉《かずは》が悩《なや》んでいると、蘭《らん》は一枚《いちまい》の札《ふだ》を指《さ》した。

「私《わたし》なら、これかな……」

《めぐりあひて　見《み》しやそれとも　わかぬ間《ま》に　雲《くも》がくれにし　夜半《よわ》の月《つき》かな》

「紫式部《むらさきしきぶ》やな」

札《ふだ》を覗《のぞ》き込《こ》んだ和葉《かずは》は、顔《かお》を上《あ》げて蘭《らん》を見《み》た。

「せっかく会《あ》えた友達《ともだち》があっちゅう間《ま》に帰《かえ》ってもうたって歌《うた》やけど……」

「うん。アイツ、やっと会《あ》えたと思《おも》ったらすぐどっか行《い》っちゃうから……こっちは話《はな》したいことがいっぱいあるのにさ」

不満《ふまん》をこぼしつつも、新一《しんいち》を想《おも》う蘭《らん》の顔《かお》はどこか嬉《うれ》しそうだ。

「そやね。アタシは……」

和葉《かずは》は並《なら》べられた札《ふだ》を見《み》つめ、一枚《いちまい》の札《ふだ》に触《ふ》れた。

「『しのぶれど　色《いろ》に出《い》でにけり　わが恋《こい》は　ものや思《おも》ふと　人《ひと》の問《と》ふまで』……」

誰《だれ》にも知《し》られまいと隠《かく》してきた恋心《こいごころ》は、とうとう顔色《かおいろ》に出《で》るまでになってしまった。何《なに》か物思《ものおも》いをしているのではと人《ひと》にたずねられてしまうほどに――。

「隠《かく》して隠《かく》し切《き》れない恋《こい》の歌《うた》……和葉《かずは》ちゃんにピッタリかも」

蘭《らん》に言《い》われて、和葉《かずは》は照《て》れくさそうに札《ふだ》を取《と》った。

「紅葉《もみじ》さんにもバレバレだったしね」

「せやかて、何《なん》であの人《ひと》あない自信《じしん》たっぷりなんやろ？　まるで平次《へいじ》の婚約者《こんやくしゃ》きどりや。なぁ、蘭《らん》ちゃんもそう思《おも》うやろ？」

「そっ、そだね」

蘭《らん》は内心《ないしん》ギクリとしながら答《こた》えた。

（い、言《い》えない。服部君《はっとりくん》が子供《こども》の頃《ころ》、紅葉《もみじ》さんにプロポーズしてたなんて……）


ホテルに戻《もど》ってきたコナンと平次《へいじ》は、阿知波《あちわ》がホテル住《ず》まいをしている最上階《さいじょうかい》のスイートルームでスクラップブックを手渡《てわた》された。そして、実《じつ》は試合前日《しあいぜんじつ》に名頃《なごろ》が皐月《さつき》と勝負《しょうぶ》をしに阿知波《あちわ》の自宅《じたく》を訪《おとず》れていたことを告《つ》げられた。

「何《なに》ぃ？　ホンマかそれ⁉」

「ああ……私《わたし》が留守《るす》にしてた間《あいだ》にな。その記事《きじ》には、名頃《なごろ》は皐月《さつき》との試合《しあい》が怖《こわ》くなって逃《に》げたと書《か》かれているが、実《じつ》は前日《ぜんじつ》に来《き》てたんや」

記事《きじ》には『阿知波皐月《あちわさつき》　不戦勝《ふせんしょう》！』や『名頃《なごろ》　試合放棄《しあいほうき》』の見出《みだ》しがつけられていた。

「けど、何《なん》で前《まえ》の日《ひ》に？」

平次《へいじ》がたずねると、阿知波《あちわ》は「さぁ……」とあごに手《て》を当《あ》てた。

「名頃《なごろ》に訊《き》かんとそのわけはわからへんけど……もしかしたら、皐月会《さつきかい》のかるた札《ふだ》を使《つこ》て倒《たお》すことが目的《もくてき》やったかもしれんと皐月《さつき》は言《い》うとった」

「あのかるた、使《つこ》たんか？」

「でも、皐月会《さつきかい》のかるた札《ふだ》って、普段《ふだん》は博物館《はくぶつかん》に保管《ほかん》してあるんだよね？」

平次《へいじ》とコナンが立《た》て続《つづ》けにたずねる。

「その当時《とうじ》は窃盗《せっとう》に遭《あ》うこともあらへんかったし、ウチで預《あず》かってたんや」

「けど、読手《どくしゅ》がおらんと試合《しあい》でけへんとちゃうか？」

平次《へいじ》に訊《き》かれて、阿知波《あちわ》は棚《たな》に並《なら》んだカセットテープを見《み》た。

「棚《たな》にぎょうさんカセットテープが並《なら》んでるやろ？　一昔前《ひとむかしまえ》は、アレ使《つこ》てかるたの練習《れんしゅう》してたんや」

「ほんで、試合《しあい》はどうなったんや」

「結果《けっか》は皐月《さつき》の圧勝《あっしょう》やった。名頃《なごろ》は手《て》も足《あし》も出《で》なんだそうや。私《わたし》が帰宅《きたく》したとき、ちょうど彼《かれ》が真《ま》っ青《さお》な顔《かお》で玄関《げんかん》から逃《に》げるように去《さ》っていったのを覚《おぼ》えてる。彼《かれ》の姿《すがた》を見《み》たんは、それが最後《さいご》……」

「そのことを何《なん》で警察《けいさつ》に言《い》わへんかったんや？」

平次《へいじ》の問《と》いに、阿知波《あちわ》は険《けわ》しい表情《ひょうじょう》でうつむいた。

「言《い》えば、マスコミや会員《かいいん》たちに漏《も》れる恐《おそ》れがある。あの由緒《ゆいしょ》あるかるたを個人的《こじんてき》な勝負《しょうぶ》に使《つか》ったとわかれば、会員《かいいん》たちの反発《はんぱつ》も起《お》こるやろう」

「まぁ、その言《い》い分《ぶん》もわからんではないけど……」

阿知波《あちわ》の気持《きも》ちを汲《く》み取《と》る平次《へいじ》の横《よこ》で、コナンはテーブルに広《ひろ》げたスクラップブックを見《み》つめた。

試合放棄《しあいほうき》した名頃《なごろ》の記事《きじ》には、車《くるま》に乗《の》り込《こ》もうとする皐月《さつき》と阿知波《あちわ》の写真《しゃしん》も載《の》っていた。足回《あしまわ》りが泥《どろ》で汚《よご》れた車《くるま》の前《まえ》では、押《お》し寄《よ》せるマスコミから守《まも》ろうとしているのか、海江田《かいえだ》が手《て》を広《ひろ》げている。

(……何《なん》だ……この写真《しゃしん》の違和感《いわかん》……)

試合当日《しあいとうじつ》の何《なん》てことのない写真《しゃしん》なのに、妙《みょう》に引《ひ》っかかった。

(阿知波《あちわ》さんの車《くるま》が今《いま》の物《もの》と違《ちが》うからか……)

「どうやら名頃《なごろ》の方《ほう》が一枚上手《いちまいうわて》のようや。今《いま》、頼《たの》めるんは君《きみ》らしかおらん。これ以上《いじょう》被害者《ひがいしゃ》が出《で》んように、一刻《いっこく》もはよう名頃《なごろ》の犯行《はんこう》を止《と》めてくれ」

スクラップブックを見《み》つめるコナンの隣《となり》で、平次《へいじ》は「ああ、まかしとき!」と自分《じぶん》の胸《むね》を叩《たた》いた。

得意札《とくいふだ》を決《き》めた和葉《かずは》はその後《ご》、一人《ひとり》で黙々《もくもく》とかるたの練習《れんしゅう》を続《つづ》けた。百人一首《ひゃくにんいっしゅ》読《よ》み上《あ》げ機《き》から流《なが》れる声《こえ》と、札《ふだ》を払《はら》う音《おと》だけが、部屋《へや》の中《なか》に響《ひび》く。

蘭《らん》は隣《となり》の部屋《へや》で紅茶《こうちゃ》をいれていた。襖《ふすま》を少《すこ》しだけ開《あ》けて、和葉《かずは》の練習《れんしゅう》の邪魔《じゃま》にならないように、そっとティーカップに角砂糖《かくざとう》を二《ふた》つ入《い》れる。

すると、隣《となり》の間《ま》で背中《せなか》を向《む》けて座《すわ》っていた和葉《かずは》が「蘭《らん》ちゃん」と言《い》った。

「二《ふた》つじゃ足《た》りひん。あと二《ふた》つ入《い》れてくれへん？　アタシの脳《のう》みそが甘《あま》いモン欲《ほ》しがってんねん」

「う、うん」

蘭《らん》は驚《おどろ》いて振《ふ》り返《かえ》った。

(今《いま》の音《おと》……聞《き》こえたの？)

襖《ふすま》が少《すこ》し開《あ》いているとはいえ、隣《となり》の部屋《へや》で角砂糖《かくざとう》を入《い》れる音《おと》が聞《き》こえるとは。しかも、何個《なんこ》入《い》れたかも正確《せいかく》に聞《き》き分《わ》けるなんて——……。

蘭《らん》と一緒《いっしょ》にいた静華《しずか》も和葉《かずは》を振《ふ》り返《かえ》り、フッと微笑《ほほえ》んだ。

夜《よる》になり、予選会《よせんかい》が迫《せま》るにつれて、練習《れんしゅう》を続《つづ》ける和葉《かずは》の心《こころ》に焦《あせ》りが出《で》てきた。

覚《おぼ》えることは山《やま》ほどあった。札《ふだ》を一《ひと》つ取《と》るにしても、払《はら》い手《て》、押《お》さえ手《て》、突《つ》き手《て》、囲《かこ》い手《て》、渡《わた》り手《て》などいろいろな取《と》り方《かた》がある。札《ふだ》の配置《はいち》、決《き》まり字《じ》、空札《からふだ》——いろんなものを頭《あたま》に置《お》きながら、試合《しあい》の流《なが》れを読《よ》んで、札《ふだ》を取《と》らなければいけない。

それら全《すべ》てを習得《しゅうとく》するには、とてもじゃないけれど時間《じかん》が足《た》りなかった。

(アカン、アカン)

和葉《かずは》は焦《あせ》る気持《きも》ちを抑《おさ》えて、素振《すぶ》りをした。

(でもこのままやったら……平次《へいじ》が……平次《へいじ》があの子《こ》に取《と》られてしまう……!!)

「何《なん》や和葉《かずは》。怖《こわ》い顔《かお》して」

突然《とつぜん》、頭《あたま》の上《うえ》で平次《へいじ》の声《こえ》が聞《き》こえた。ビックリして顔《かお》を上《あ》げると、目《め》の前《まえ》に平次《へいじ》が座《すわ》ってこっちを見《み》ていた。

「へっ、平次《へいじ》!!」

和葉《かずは》は思《おも》わずのけぞり、尻餅《しりもち》をついた。

「誰《だれ》かとケンカしとんのか?」

「うるさいわ、アホ!!」

顔《かお》を真《ま》っ赤《か》にした和葉《かずは》は、平次《へいじ》が来《き》てくれて嬉《うれ》しいはずなのに、つい憎《にく》まれ口《ぐち》を叩《たた》いた。

「アンタはあの子《こ》のボディガードなんやろ? 早《は》よ向《む》こうに帰《かえ》りぃ!」

「何《なん》や、せっかくあの疲《つか》れ果《は》てたオバハンに替《か》わって、お前《まえ》の相手《あいて》したろ思《おも》て来《き》たのに」

隣《となり》の部屋《へや》で紅茶《こうちゃ》を飲《の》んでいた静華《しずか》がジロリとにらむ。

「オレ、かるたでお前《まえ》に負《ま》けたことあらへんしな」

「そら小学校《しょうがっこう》の頃《ころ》の話《はなし》や! 今《いま》やったら相手《あいて》にならんわ!」

襖《ふすま》から顔《かお》を覗《のぞ》かせて二人《ふたり》の様子《ようす》をうかがっていた蘭《らん》は、「ねえねえ、服部君《はっとりくん》」と口《くち》をはさんだ。

「その小学校《しょうがっこう》の頃《ころ》に出《で》たかるた大会《たいかい》のこと、何《なに》も覚《おぼ》えてないの？　その大会《たいかい》で負《ま》かした女《おんな》の子《こ》のこととか……」

大会《たいかい》で負《ま》かした女《おんな》の子《こ》――蘭《らん》に言《い》われて、平次《へいじ》はかるた大会《たいかい》のことを思《おも》い返《かえ》した。そういえば確《たし》か、決勝戦《けっしょうせん》の相手《あいて》は女《おんな》の子《こ》だったような……。

「そうか！」

平次《へいじ》はポンッと手《て》を打《う》った。

「そうやったんや！　和葉《かずは》、あんときのかるた大会《たいかい》や！」

「え？　平次《へいじ》が飛《と》び入《い》りで出《で》て優勝《ゆうしょう》したヤツか？」

「ああ。あんとき勝負《しょうぶ》に負《ま》けて大泣《おおな》きしとった女《おんな》がおったやろ！　あれが大岡紅葉《おおおかもみじ》やったんや!!」

平次《へいじ》に言《い》われて、和葉《かずは》も思《おも》い出《だ》した。賞状《しょうじょう》を掲《かか》げて大喜《おおよろこ》びしている平次《へいじ》の後《うし》ろで、女《おんな》の子《こ》が大泣《おおな》きして母親《ははおや》になぐさめられていたのを覚《おぼ》えている。

「そっか……あの子《こ》が……」

和葉《かずは》は二人《ふたり》が出会《であ》った経緯《けいい》を知《し》ってスッキリしたと同時《どうじ》に、紅葉《もみじ》も幼《おさな》い頃《ころ》からの知《し》り合《あ》いだったと知《し》って、胸《むね》がチクリと痛《いた》んだ。

紅葉《もみじ》も自分《じぶん》と同《おな》じように、幼《おさな》い頃《ころ》からずっと平次《へいじ》を想《おも》っていたのだ――……。

「それで……服部君《はっとりくん》、覚《おぼ》えてない？」

遠慮《えんりょ》がちにたずねる蘭《らん》に、平次《へいじ》はきょとんとした。

「何《なに》をや？」

「そのとき、紅葉《もみじ》さんと何《なに》か約束《やくそく》したとか……」

平次《へいじ》はう〜ん、と天井《てんじょう》を見上《みあ》げて考《かんが》えた。

「次《つぎ》はガンバリや〜みたいなこと、言《い》うた気《き》はするけど……」

「とにかく平次《へいじ》は早《はよ》戻《もど》って!!」

二人《ふたり》の間《あいだ》で正座《せいざ》してうつむいていた和葉《かずは》が叫《さけ》んだ。

「あの子《こ》のこと、守《まも》らんとあかんのやろ？」

「いや、それは警察《けいさつ》が――」

「いいから行《い》き!!」

和葉《かずは》はうつむいたまま言《い》った。今《いま》の自分《じぶん》の顔《かお》を平次《へいじ》には見《み》られたくなかった。

「試合前《しあいまえ》にケガでもされたら、勝負《しょうぶ》できひんし」

うっすら笑《え》みを浮《う》かべて言《い》うのが、精一杯《せいいっぱい》だった。

しばし沈黙《ちんもく》の後《あと》、平次《へいじ》が「……そか」とぽつり言《い》った。

「ほなら、そうするわ。――オカン、後《あと》はまかしたで」

隣《となり》の部屋《へや》の静華《しずか》に声《こえ》をかけると、そのまま部屋《へや》を出《で》ていった。パタン、と襖《ふすま》が閉《し》まる。

和葉《かずは》は振《ふ》り返《かえ》らなかった。うつむいたまま、畳《たたみ》に並《なら》べられたかるた札《ふだ》をじっと見《み》つめる。

《ものやおもふとひとのとふまて》

それは、和葉《かずは》が得意札《とくいふだ》として選《えら》んだ歌《うた》の取《と》り札《ふだ》だった。

「『しのぶれど　色《いろ》に出《い》でにけり　わが恋《こい》は　ものや思《おも》ふと　人《ひと》の問《と》ふまで』……」

和葉《かずは》はぽつりと歌《うた》を詠《よ》んだ。

8

翌日《よくじつ》。

『高校生皐月杯争奪戦《こうこうせいさつきはいそうだつせん》』と書《か》かれた大《おお》きな看板《かんばん》を掲《かか》げた阿知波会館《あちわかいかん》の前《まえ》にはたくさんのパトカーが停《と》まり、厳重《げんじゅう》な警戒態勢《けいかいたいせい》が敷《し》かれた。入《はい》ってくる車《くるま》は全《すべ》て検問《けんもん》を受《う》け、会館《かいかん》の入《い》り口《ぐち》ではボディチェックが行《おこな》われている。

蘭《らん》や子供《こど》たち、静華《しずか》、未来子《みきこ》は満員《まんいん》の観戦会場《かんせんかいじょう》に来《き》ていた。会場《かいじょう》には大《おお》きなモニターがいくつも掲《かか》げられていて、別《べつ》の建物《たてもの》で行《おこな》われている予選会《よせんかい》を見《み》ることができるのだ。

モニターには、畳《たたみ》を敷《し》き詰《つ》めた広《ひろ》い部屋《へや》でかるた札《ふだ》をはさんで向《む》かい合《あ》わせに正座《せいざ》する人々《ひとびと》がズラリと並《なら》ぶ光景《こうけい》が映《うつ》し出《だ》された。

十五分間《じゅうごふんかん》の暗記時間《あんきじかん》の後《あと》、第一回戦《だいいっかいせん》を始《はじ》めるアナウンスが流《なが》れると、

『よろしくお願《ねが》いします』

対戦相手《たいせんあいて》と読手《どくしゅ》に向《む》けられた挨拶《あいさつ》が響《ひび》いた。そして、壇上《だんじょう》に立《た》つ読手《どくしゅ》が序歌《じょか》を読《よ》む。

〈難波津《なにわづ》に　咲《さ》くやこの花《はな》　冬《ふゆ》ごもり～　今《いま》を春《はる》べと　咲《さ》くやこの花《はな》～～～〉

観客席《かんきゃくせき》に並《なら》んで座《すわ》った蘭《らん》たちは、モニターに映《うつ》る和葉《かずは》の姿《すがた》をじっと見《み》つめた。

〈今《いま》を春《はる》べと　咲《さ》くやこの花《はな》～～～〉

下《しも》の句《く》が二度《にど》読《よ》まれて、選手全員《せんしゅぜんいん》が身構《みがま》えた。そして、一秒《いちびょう》の間《ま》を置《お》いて、

〈みよ――〉

ババババン!!

選手《せんしゅ》たちが一斉《いっせい》に動《うご》き、札《ふだ》が宙《ちゅう》を舞《ま》った。

観客《かんきゃく》からワア～ッと歓声《かんせい》がわき上《あ》がる。

モニターに札《ふだ》を持《も》っている和葉《かずは》が映《うつ》り、子供《こども》たちは「おぉ～！」と声《こえ》を上《あ》げた。

「和葉《かずは》お姉《ねえ》さん取《と》った～!!」

「他《ほか》の選手《せんしゅ》と違《ちが》う格好《かっこう》ですから、すぐにわかりますね～」

喜《よろこ》んでいる子供《こども》たちの後《うし》ろで、蘭《らん》は和葉《かずは》の服《ふく》をじっと見《み》つめた。

(アレって……合気道《あいきどう》の道着《どうぎ》だよね？)

左胸《ひだりむね》に『改方《かいほう》』と刺繍《ししゅう》された合気道着《あいきどうぎ》に袴《はかま》をはいている和葉《かずは》は、動《うご》きやすいジャージを着《き》ている選手《せんしゅ》が多《おお》い中《なか》、否応《いやおう》なしに目立《めだ》った。

「コナンも見《み》に来《く》ればよかったのになぁ～」

残念《ざんねん》がる元太《げんた》に、光彦《みつひこ》は「仕方《しかた》ないですよ」と言《い》った。

「平次《へいじ》さんと行《い》きたいところがあるらしいですし……」

すると、歩美《あゆみ》が「あ、そうだ！」と何《なに》かを思《おも》いついた。

「コナン君《くん》にさっきお土産屋《みやげや》で撮《と》った元太君《げんたくん》の写真《しゃしん》、送《おく》ってあげようよ」

「あ、あの怒《おこ》られたやつ」

光彦《みつひこ》はスマホを取《と》り出《だ》すと、コナン宛《あ》てのメールを打《う》ち始《はじ》めた。

阿知波会館《あちわかいかん》の入《い》り口《ぐち》に設《もう》けられた検問所《けんもんじょ》には、大滝《おおたき》や綾小路《あやのこうじ》など警察関係者《けいさつかんけいしゃ》をはじめ、小五郎《こごろう》、平次《へいじ》、コナンが立《た》っていた。観戦会場《かんせんかいじょう》の方《ほう》からワアアッと歓声《かんせい》が聞《き》こえてくる。

「始《はじ》まったようやな」

大滝《おおたき》は会場《かいじょう》の方《ほう》を見《み》た。

「まぁ、これだけ警備《けいび》が万全《ばんぜん》なら、名頃《なごろ》も入《はい》ってこられねぇだろ?」

小五郎《こごろう》の言葉《ことば》に、綾小路《あやのこうじ》は自信《じしん》に満《み》ちた顔《かお》で「ええ」とうなずいた。

「名頃《なごろ》どころか、あらかじめスタッフ登録《とうろく》していない者《もの》は誰一人《だれひとり》として入《はい》れません」

検問所《けんもんじょ》には指紋認証機《しもんにんしょうき》があり、事前《じぜん》に指紋登録《しもんとうろく》をしていない者《もの》は入《はい》れないのだ。

「事前《じぜん》の捜査《そうさ》も万全《ばんぜん》やしな」

「ええ。名頃《なごろ》の好《す》きにはさせませんよ」

綾小路《あやのこうじ》たちが話《はな》している横《よこ》を、スタッフ用《よう》の帽子《ぼうし》とジャンパーを着《き》た男《おとこ》が通《とお》り過《す》ぎた。係員《かかりいん》による金属《きんぞく》チェックを受《う》け、指紋認証機《しもんにんしょうき》の前《まえ》に立《た》つ。男《おとこ》はためらうことなく、親指《おやゆび》にごつい指輪《ゆびわ》をはめた手《て》を読《よ》み取《と》りセンサーに押《お》し当《あ》てた。

『ＰＡＳＳ《パス》　ＳＴＡＦＦ《スタッフ》』と表示《ひょうじ》されて、係員《かかりいん》が「どうぞ」と通《とお》す。

男《おとこ》は平次《へいじ》とコナンの前《まえ》を通《とお》り、奥《おく》へと進《すす》んでいった。その姿《すがた》に見覚《みおぼ》えがあるような気《き》がして、平次《へいじ》は眉《まゆ》をひそめた。

「アイツ……どっかで……」

「どうした、服部《はっとり》？」

「いや、何《なん》でもない」

思《おも》い違《ちが》いか——と平次《へいじ》が思《おも》ったとき、コナンのポケットでスマホが震《ふる》えた。画面《がめん》を見《み》ると、光彦《みつひこ》からメールが届《とど》いていた。

「何《なん》だ、光彦《みつひこ》からか」

メールには写真《しゃしん》が添付《てんぷ》されていた。歩美《あゆみ》が持《も》っている『千枚漬《せんまいづ》け』を元太《げんた》がわしづかみで食《た》べている写真《しゃしん》だ。大口《おおぐち》を開《あ》けた元太《げんた》の間抜《まぬ》けな顔《かお》に、コナンはプッと笑《わら》った。

「つたく、何《なに》やってんだ元太《げんた》のヤツ……」

千枚漬《せんまいづ》けをわしづかみで食《た》べるヤツがいるかよ——と心《こころ》の中《なか》で突《つ》っ込《こ》んだとき、コナンの頭《あたま》に何《なに》かがひらめいた。

(そうか……千枚漬《せんまいづ》けか……!!)

阿知波会館《あちわかいかん》・防災《ぼうさい》システムルーム——。

スタッフジャンパーを着《き》た男《おとこ》——海江田藤伍《かいえだとうご》は、モニターの前《まえ》に座《すわ》っていた警官《けいかん》を気絶《きぜつ》させると、手元《てもと》のタッチパネルでパスコードを入力《にゅうりょく》した。

『PASS《パス》 OK《オーケー》』の文字《もじ》が出《で》て、海江田《かいえだ》はニヤリと笑《わら》う。

すると、モニターの最前面《さいぜんめん》に『システムがオフラインです』と書《か》かれたウインドウが飛《と》び出《だ》すように現《あらわ》れ、各建物《かくたてもの》に設置《せっち》された防災設備《ぼうさいせつび》が次々《つぎつぎ》にシャットダウンされていく。

海江田《かいえだ》はごつい指輪《ゆびわ》をはめた左拳《ひだりこぶし》をタッチパネルに向《む》かって勢《いきお》いよく振《ふ》り下《お》ろし、粉々《こなごな》に砕《くだ》いた。


試合《しあい》が進《すす》み、全《ぜん》ブロックの中《なか》で最初《さいしょ》に勝《か》ち抜《ぬ》けたのは、優勝候補《ゆうしょうこうほ》の紅葉《もみじ》だった。圧倒的《あっとうてき》な強《つよ》さで束勝《たばが》ち——十枚以上《じゅうまいいじょう》の差《さ》をつけて勝《か》ったのだ。

札《ふだ》をまとめた紅葉《もみじ》が立《た》ち上《あ》がると、モニターを見《み》ていた観客《かんきゃく》から歓声《かんせい》が湧《わ》いた。

その後《ご》も歌《うた》が読《よ》まれるにつれて、続々《ぞくぞく》と勝敗《しょうはい》がつき始《はじ》めた。勝《か》った選手《せんしゅ》が札《ふだ》をまとめて審査員《しんさいん》のところへ返《かえ》しに行《い》く姿《すがた》がモニターに映《うつ》し出《だ》される。

しだいに心配《しんぱい》になってきた子供《こども》たちは、D《ディー》ブロックを映《うつ》すモニターから和葉《かずは》の姿《すがた》を捜《さが》した。

「和葉《かずは》お姉《ねえ》さんは？」

「まだみたいですね……」

「あ！　アレじゃねーか？」

元太《げんた》が立《た》ち上《あ》がった選手《せんしゅ》を指差《ゆびさ》した。

「ホントだ、和葉《かずは》お姉《ねえ》さんだ！」

その手《て》にはまとめた札《ふだ》があり、審査員《しんさいん》のところへ歩《ある》いていく。

「おっしゃ！」

「やった！　和葉《かずは》ちゃん！」

未来子《みきこ》と蘭《らん》が大喜《おおよろこ》びするそばで、静華《しずか》は笑《え》みを浮《う》かべた。

（一回戦突破《いっかいせんとっぱ》、なかなかええ滑《すべ》り出《だ》しですなぁ……）


その頃《ころ》。関根《せきね》の病室《びょうしつ》に看護師《かんごし》が入《はい》ってきた。心電図《しんでんず》や点滴《てんてき》のチェックをして、毛布《もうふ》を直《なお》そうと関根《せきね》の体《からだ》に手《て》を伸《の》ばす。

すると、関根《せきね》のまぶたがピクリと動《うご》いた。ゆっくりと目《め》が開《あ》く。

「うっ、うう……」

看護師《かんごし》は目《め》を見張《みは》った。

「関根《せきね》さん？　関根《せきね》さん!!」

看護師《かんごし》の声《こえ》を聞《き》いて、病室《びょうしつ》の前《まえ》に立《た》っていた警官《けいかん》が扉《とびら》を開《あ》けた。

「どないしました？」

「関根《せきね》さんが意識《いしき》を取《と》り戻《もど》しました！」

二回戦《にかいせん》、三回戦《さんかいせん》……と順調《じゅんちょう》に勝《か》ち進《すす》み、ついに和葉《かずは》は準決勝《じゅんけっしょう》――予選《よせん》の最終戦《さいしゅうせん》まで来《き》た。Dブロック《ディー》代表《だいひょう》の和葉《かずは》は、Cブロック《シー》の代表《だいひょう》・和智佐余子《わちさよこ》選手《せんしゅ》と対戦《たいせん》する。和智《わち》に勝《か》てば、決勝戦《けっしょうせん》で紅葉《もみじ》と対戦《たいせん》することができるのだ。

しかし、和智《わち》は昨年《さくねん》の準優勝者《じゅんゆうしょうしゃ》で、今《いま》までの対戦者《たいせんしゃ》とはさすがにレベルが違《ちが》った。互《たが》いに一進一退《いっしんいったい》を繰《く》り返《かえ》し、ついに残《のこ》る札《ふだ》は共《とも》に二枚《にまい》ずつとなった。

和葉《かずは》の額《ひたい》に、じわりと汗《あせ》が浮《う》かんだ。

ここからはもう一《ひと》つのミスも許《ゆる》されない。和葉《かずは》の陣地《じんち》にある札《ふだ》が読《よ》まれたとき、和智《わち》に札《ふだ》を取《と》られて和葉《かずは》が敵陣《てきじん》でお手《て》つきをしたら、札《ふだ》を二枚送《にまいおく》られて、和葉《かずは》の負《ま》けになる。

そう考《かんが》えたら、札《ふだ》を取《と》りにいくのが、急《きゅう》に怖《こわ》くなった。でも、一瞬《いっしゅん》でも躊躇《ちゅうちょ》したら、負《ま》けてしまう――。

和葉《かずは》はふと気配《けはい》を感《かん》じて、横《よこ》を見《み》た。すると、自分《じぶん》の手元《てもと》に隣《となり》の試合《しあい》の札《ふだ》が飛《と》んできていた。すっと誰《だれ》かの手《て》が札《ふだ》に伸《の》びて、拾《ひろ》い上《あ》げる。その手《て》を見上《みあ》げると、紅葉《もみじ》が立《た》っていた。札《ふだ》を手《て》にした紅葉《もみじ》と目《め》が合《あ》う。

紅葉《もみじ》はすぐに後《うし》ろを向《む》いて、戻《もど》っていった。紅葉《もみじ》の陣地《じんち》にもう札《ふだ》はなく、対戦相手《たいせんあいて》がガツクリと肩《かた》を落《お》としている。

(すごい……さすがチャンピオン。もう決《き》めよったんか……)

和葉《かずは》は前《まえ》を向《む》いた。和智《わち》が鋭《するど》い眼光《がんこう》で和葉《かずは》を見《み》つめる。

(そうや。今《いま》の相手《あいて》は、この和智《わち》さん。集中《しゅうちゅう》するんや、和葉《かずは》!)

ここで負《ま》けたら、紅葉《もみじ》とは対戦《たいせん》できないのだ。ミスなんか恐《おそ》れている場合《ばあい》じゃない。何《なに》が何《なん》でも取《と》りにいかなければ……!

〈おとめのすがた　しばしとどめん〰〰〉

前《まえ》の歌《うた》の下《しも》の句《く》が読《よ》まれて、一秒《いちびょう》の間合《まあ》い。

〈うか――〉

和葉《かずは》は大《おお》きく身《み》を乗《の》り出《だ》し、和智《わち》の陣地《じんち》から札《ふだ》を弾《はじ》き飛《と》ばした。

和葉《かずは》の陣地《じんち》の札《ふだ》がゼロになり、和葉《かずは》と和智《わち》は互《たが》いに礼《れい》をした。

「ありがとうございました」

読手《どくしゅ》にも礼《れい》をする。

試合場《しあいじょう》の役員《やくいん》たちは、初出場《はつしゅつじょう》で決勝進出《けっしょうしんしゅつ》を果《は》たした和葉《かずは》に驚《おどろ》いていた。

「まさか、あの子《こ》が決勝進出《けっしょうしんしゅつ》とは……」

「ええ、驚《おどろ》きですなぁ。あんな実力者《じつりょくしゃ》がまだおったとは」

ざわつく役員《やくいん》たちの横《よこ》で、阿知波《あちわ》は手元《てもと》にあった和葉《かずは》のプロフィールを見《み》た。

和葉《かずは》の勝利《しょうり》が決《き》まった瞬間《しゅんかん》、観戦会場《かんせんかいじょう》から大《おお》きな歓声《かんせい》が湧《わ》き立《た》った。

「スゲー!!」

「イエーイ!!」

子供《こども》たちも席《せき》から立《た》ち上《あ》がって大喜《おおよろこ》びし、

「さすが和葉《かずは》！　このまま優勝《ゆうしょう》もいただきや!!」

未来子《みきこ》も声《こえ》を張《は》り上《あ》げる。

大《おお》いに盛《も》り上《あ》がる中《なか》、蘭《らん》だけが一人《ひとり》、複雑《ふくざつ》な顔《かお》をしていた。

(和葉《かずは》ちゃん、わかってるのかなぁ。もし紅葉《もみじ》さんに勝《か》てたら、服部君《はっとりくん》に告《こく》んなきゃいけないんだよ……)

検問所《けんもんじょ》のテント内《ない》で、平次《へいじ》とコナンは試合場《しあいじょう》の監視《かんし》カメラの映像《えいぞう》を見《み》ていた。試合《しあい》が終《お》わり、和葉《かずは》と和智《わち》が握手《あくしゅ》をしている。

「いよいよ紅葉《もみじ》さんと対決《たいけつ》だな」

「ああ……」

平次《へいじ》がうなずいたとき――テントの外《そと》で電話《でんわ》をしていた大滝《おおたき》が「何《なに》!?」と声《こえ》を上《あ》げた。

「関根《せきね》さんが意識《いしき》を取《と》り戻《もど》した⁉」

平次《へいじ》とコナンは大滝《おおたき》に駆《か》け寄《よ》った。

「おお、ほんで……やはりそのとおりやったんやな。……わかった。こっちは京都府警《きょうとふけい》に任《まか》せてすぐ戻《もど》る」

電話《でんわ》を切《き》るなり、そばにいた小五郎《こごろう》が「関根《せきね》さんが目《め》を覚《さ》ましたんですか？」と訊《き》いた。

「ええ。どうやら、ほぼ平《へい》ちゃんの推理《すいり》どおりだったようです」

「しかし、なぜ関根《せきね》さんは矢島《やじま》さんのところに？」

「ここ最近《さいきん》、矢島《やじま》さんは名頃《なごろ》のことを探《さぐ》り回《まわ》っとったらしいです。関根《せきね》さんはそれに気《き》づき、元師匠《もとししょう》の消息《しょうそく》がつかめるんやないかと、矢島《やじま》さんを見張《みは》っとったそうなんです」

大滝《おおたき》の説明《せつめい》を聞《き》いて、綾小路《あやのこうじ》は「それで……」とあごに手《て》を当《あ》てた。

「様子《ようす》がおかしいことに気《き》づいて、遺体《いたい》を発見《はっけん》したと……」

「おそらく。詳《くわ》しいことは大阪《おおさか》に戻《もど》って、直接関根《ちょくせつせきね》さんから聞《き》こうと思《おも》います」

「ええ。こちらは京都府警《きょうとふけい》に任《まか》せてください」

大滝《おおたき》はうなずき、駐車場《ちゅうしゃじょう》へと走《はし》った。

「あ！　待《ま》ってください！　私《わたし》も一緒《いっしょ》に……！」

と小五郎《こごろう》も慌《あわ》ててついていく。綾小路《あやのこうじ》は残《のこ》っているコナンと平次《へいじ》を見《み》た。

「あんさんたちは、行《い》かなくてよろしいのですか？」

平次《へいじ》は「ああ」とうなずいた。

「あれだけの犯行《はんこう》を行《おこな》ってきた犯人《はんにん》や。この機《き》を逃《のが》すとは思《おも》えんからな」

コナンも同《おな》じ考《かんが》えだった。

(ヤツは必《かなら》ずここで仕掛《しか》けてくるに違《ちが》いねぇ……)


防災《ぼうさい》システムルームをあとにした海江田《かいえだ》は、西側《にしがわ》の森《もり》に向《む》かった。茂《しげ》みをかきわけていくと、木々《きぎ》の向《む》こうに古《ふる》い小屋《こや》が見《み》えた。木造《もくぞう》にトタン屋根《やね》の粗末《そまつ》な小屋《こや》だ。

入《い》り口《ぐち》には南京錠《なんきんじょう》がかかっていて、海江田《かいえだ》は窓《まど》から小屋《こや》に入《はい》った。箒《ほうき》や肥料《ひりょう》の袋《ふくろ》が雑然《ざつぜん》と置《お》かれた棚《たな》に持《も》っていた箱《はこ》を置《お》き、フタを取《と》る。

「これで終《お》わりだ……」

ニヤリと笑《わら》った海江田《かいえだ》は、起爆装置《きばくそうち》のスイッチを入《い》れた。緑《みどり》のランプが点灯《てんとう》する。

「だが、なぜこんなところにダイナマイトを……?」

海江田《かいえだ》がふと疑問《ぎもん》を抱《いだ》いたそのとき——起爆装置《きばくそうち》のランプが緑《みどり》から赤《あか》に切《き》り替《か》わった。

「なっ……アホな⁉」

壁《かべ》の隙間《すきま》から閃光《せんこう》がもれたかと思《おも》うと——ドオォオン! と爆音《ばくおん》が轟《とどろ》いて物置小屋《ものおきごや》が吹《ふ》っ飛《と》んだ。

「おい、何《なん》だあの煙《けむり》」

検問所《けんもんじょ》にいた警官《けいかん》が、西側《にしがわ》の森《もり》を指差《ゆびさ》した。森《もり》から細《ほそ》い煙《けむり》が上《あ》がっているのだ。

「火事《かじ》か？」

「いや、それなら防災《ぼうさい》システムが働《はたら》くはずだ」

そばにいた綾小路《あやのこうじ》は煙《けむり》を見《み》て、すぐにテントへ走《はし》った。

「おい！　西側《にしがわ》の森《もり》には何《なに》があるんや⁉」

綾小路《あやのこうじ》が入《い》り口部分《ぐちぶぶん》を勢《いきお》いよく開《あ》けて顔《かお》を出《だ》すと、モニタリングしていた警官《けいかん》が驚《おどろ》いて振《ふ》り返《かえ》った。

「あ、あそこには、古《ふる》い物置小屋《ものおきごや》があるだけですが……」

「監視《かんし》カメラはどうなっとんのや⁉」

「あそこは施設外《しせつがい》なので、カメラはありません」

「何《なん》やて⁉」

目《め》を丸《まる》くする綾小路《あやのこうじ》の横《よこ》を抜《ぬ》けて、コナンと平次《へいじ》はテントの外《そと》に飛《と》び出《だ》した。

西側《にしがわ》の森《もり》から確《たし》かに煙《けむり》が上《あ》がっている――。

「おいっ、あの煙《けむり》ってまさか……」

「ああ。行《い》くで‼」

二人《ふたり》は煙《けむり》が上《のぼ》る方《ほう》へと走《はし》り出《だ》した。

決勝進出《けっしょうしんしゅつ》を決《き》めた和葉《かずは》と紅葉《もみじ》は、阿知波《あちわ》に連《つ》れられて湖《みずうみ》の船着《ふなつ》き場《ば》に来《き》ていた。決勝戦《けっしょうせん》が行《おこな》われる皐月堂《さつきどう》は湖《みずうみ》の先《さき》にあり、船《ふね》でないと行《い》けないのだ。

三人《さんにん》を乗《の》せた船《ふね》は、静《しず》かに湖面《こめん》を進《すす》み出《だ》した。エンジンが付《つ》いているのだが、電動《でんどう》なのか、ほとんど音《おと》がしない。

湖《みずうみ》の周辺《しゅうへん》には葉《は》を赤《あか》く染《そ》めた木々《きぎ》が並《なら》び、ひらひらと舞《ま》い落《お》ちた葉《は》が湖面《こめん》に浮《う》かんでいた。やがて船《ふね》は切《き》り立《た》った崖《がけ》から流《なが》れ落《お》ちる滝《たき》のそばを通《とお》った。ドドド……と低《ひく》い音《おと》を立《た》てながら勢《いきお》いよく流《なが》れる滝《たき》の向《む》こうに、楼閣《ろうかく》が見《み》えてくる。

「あれが、これから我々《われわれ》が向《む》かう皐月堂《さつきどう》や」

ひときわ高《たか》く築《きず》かれた鉄組《てつぐみ》の上《うえ》に二層《にそう》の楼《ろう》が建《た》てられ、その屋根《やね》の天辺《てっぺん》は崖《がけ》の高《たか》さに迫《せま》るほどだ。

あれが皐月堂《さつきどう》——その趣深《おもむきぶか》い厳《おごそ》かなたたずまいに、和葉《かずは》は思《おも》わず見《み》とれた。すると、どこからか風《かぜ》に乗《の》って油《あぶら》のような臭《にお》いがした。

「ん？　何《なん》やこの臭《にお》い」

船尾《せんび》で操舵《そうだ》する阿知波《あちわ》が「ああ……」と気《き》づいた。

「最近《さいきん》エレベーターを点検《てんけん》したからね……そのとき使《つか》った潤滑油《じゅんかつゆ》の臭《にお》いだろう。気《き》になるか？」

「いえ、そういうワケやないです。気《き》ぃが高《たか》ぶってんのかも」

和葉《かずは》が言《い》うと、船首《せんしゅ》で向《む》かい合《あ》って座《すわ》った紅葉《もみじ》が口《くち》を開《ひら》いた。

「ドキドキしますなぁ～。アンタはどないです？」

「……そら、まさかホンマにここまで来《こ》られるなんて思《おも》ってへんかったからドッキドキやけど、アンタはちゃうんやろ？」

「いえ、口《くち》から心臓《しんぞう》が飛《と》び出《で》そうです」

「え⁉」

和葉《かずは》が驚《おどろ》くと、紅葉《もみじ》は対峙《たいじ》する和葉《かずは》をまっすぐ見《み》つめた。

「ウチの告白《こくはく》を受《う》けて、平次君《へいじくん》がどない顔《かお》をするかどうかが気《き》になって……」

不敵《ふてき》な笑《え》みを浮《う》かべる紅葉《もみじ》に、和葉《かずは》も強《つよ》い眼差《まなざ》しを向《む》けた。

(負《ま》けへん。負《ま》けられへん、絶対《ぜったい》に……‼)

コナンたちが煙《けむり》が上《あ》がる森《もり》に入《はい》っていくと、半壊《はんかい》した小屋《こや》を警官《けいかん》たちが調《しら》べていた。

「一体何事《いったいなにごと》や？」

遅《おく》れてやってきた綾小路《あやのこうじ》に、警官《けいかん》が「警部《けいぶ》！」と敬礼《けいれい》する。

「まさか、爆破《ばくは》されたんか？」

「はい。被害者《ひがいしゃ》は一名《いちめい》。遺体《いたい》は激《はげ》しく損壊《そんかい》しており、すぐに身元《みもと》を確認《かくにん》できる状態《じょうたい》ではありません」

「なるほど。問題《もんだい》はいつどうやってここに爆弾《ばくだん》を仕掛《しか》けたかですな」

「それが、状況《じょうきょう》から見《み》て、被害者《ひがいしゃ》が爆弾《ばくだん》を持《も》ち込《こ》んだ可能性《かのうせい》も……」

「なに⁉」

綾小路《あやのこうじ》は目《め》を丸《まる》くした。

「すぐに検視《けんし》を始《はじ》めるんや」

「はい‼」

そばで話《はなし》を聞《き》いていた平次《へいじ》は、眉《まゆ》をひそめた。

(名頃《なごろ》が誤爆《ごばく》したいうんか……？)

すると、近《ちか》くにいたはずのコナンが、いつの間《ま》にかいなくなっていた。小屋《こや》の方《ほう》を見《み》ると、コナンが残《のこ》った壁《かべ》に近《ちか》づいていた。壁《かべ》に触《ふ》れると後《うし》ろを振《ふ》り返《かえ》り、樹木《じゅもく》へ走《はし》っていく。

「どないした？　工藤《くどう》」

平次《へいじ》が駆《か》けつけると、コナンは木《き》の幹《みき》を指差《ゆびさ》した。

「服部《はっとり》、アレを見《み》てくれ」

「……何《なん》や、コレ」

それは、指輪《ゆびわ》だった。木《き》の幹《みき》に突《つ》き刺《さ》さっている。

「指輪《ゆびわ》か？」

「ああ、おそらく被害者《ひがいしゃ》の……」

コナンは小屋《こや》の壁《かべ》を振《ふ》り返《かえ》った。壁《かべ》には中《なか》から突《つ》き破《やぶ》ったような穴《あな》が開《あ》いていて、そこから一直線《いっちょくせん》に延《の》びた位置《いち》にある幹《みき》に、指輪《ゆびわ》が突《つ》き刺《さ》さっていたのだ。

「どないされました？　お二人《ふたり》さん」

綾小路《あやのこうじ》が二人《ふたり》に駆《か》け寄《よ》ってきて、平次《へいじ》は幹《みき》に刺《さ》さった指輪《ゆびわ》を指差《ゆびさ》した。

「見《み》てくれ、この指輪《ゆびわ》。遺留品《いりゅうひん》かもしれん」

「えらいゴツイ指輪《ゆびわ》ですな」

「ああ。この大《おお》きさはそうはないで」

平次《へいじ》の横《よこ》で指輪《ゆびわ》を見《み》ていたコナンは、その指輪《ゆびわ》をどこかで見《み》たような気《き》がした。

(大《おお》きな指輪《ゆびわ》……待《ま》てよ……)

コナンの頭《あたま》に、日売《にちうり》テレビで見《み》た皐月会《さつきかい》のパンフレットが浮《う》かんだ。阿知波《あちわ》のそばに必《かなら》ず写《うつ》っていた目《め》つきの鋭《するど》い男《おとこ》が、ごつい指輪《ゆびわ》をしていた——！

「海江田藤伍《かいえだとうご》……！」

コナンが男《おとこ》の名前《なまえ》をつぶやくと、平次《へいじ》と綾小路《あやのこうじ》は目《め》を見張《みは》った。

「海江田《かいえだ》って……阿知波《あちわ》さんの秘書《ひしょ》やった男《おとこ》か？」

「ああ、間違《まちが》いねえ。この指輪《ゆびわ》、海江田《かいえだ》さんが親指《おやゆび》につけていた物《もの》だ」

「すると、その海江田《かいえだ》っちゅうのが……真犯人《しんはんにん》!!」

綾小路《あやのこうじ》の言葉《ことば》を、平次《へいじ》は「いや」と否定《ひてい》した。

「この指輪《ゆびわ》が見《み》つからんかったら、あそこの遺体《いたい》は名頃《なごろ》ちゅうことになってたのかもしれんのや」

半壊《はんかい》した小屋《こや》を親指《おやゆび》で指《さ》す平次《へいじ》の横《よこ》で、コナンは「つまり」とあごに手《て》を当《あ》てた。

「この爆発《ばくはつ》は、名頃《なごろ》さんが死《し》んだように見《み》せかけるための偽装《ぎそう》……」

海江田《かいえだ》はそれに利用《りよう》されたのだ――。

ふと、平次《へいじ》の頭《あたま》に疑問《ぎもん》が浮《う》かんだ。

「待《ま》てよ。今《いま》の時点《じてん》で名頃《なごろ》が死《し》んだことにするっちゅうことは、残《のこ》っとった例《れい》の二枚《にまい》のかるた札《ふだ》は、もう誰《だれ》かに送《おく》られてるんとちゃうか!?」

「二枚《にまい》やない」

綾小路《あやのこうじ》は首《くび》を横《よこ》に振《ふ》った。

「今《いま》、大滝《おおたき》さんから連絡《れんらく》がありましてな。あらためて阿知波会長《あちわかいちょう》のメール履歴《りれき》を秘書《ひしょ》に調《しら》べてもらったところ、今朝《けさ》『小倉山《おぐらやま》　峰《みね》のもみぢ葉《ば》……』のかるた札《ふだ》のメールが届《とど》いとったそうです」

「ちゅーことは、残《のこ》る札《ふだ》は一枚《いちまい》か……」

平次《へいじ》の言葉《ことば》に、綾小路《あやのこうじ》は「まさか⁉」と目《め》を見開《みひら》いた。

「あとは決勝戦《けっしょうせん》を残《のこ》すのみですよ。これからまだ何《なん》か起《お》こる言《い》うんですか⁉」

(残《のこ》るは一枚《いちまい》……決勝戦《けっしょうせん》のみ……)

コナンは考《かんが》えた。犯人《はんにん》が最後《さいご》の一枚《いちまい》だけ使《つか》わないとはとても思《おも》えない。だとしたら、なぜ犯人《はんにん》は一枚《いちまい》だけ残《のこ》したんだ——。

「……そうか‼」

コナンはハッと顔《かお》を上《あ》げた。

「すでに阿知波《あちわ》さんにかるた札《ふだ》が届《とど》いていたってことは残《のこ》るは一枚《いちまい》……そして、その一枚《いちまい》を送《おく》る相手《あいて》は、まだ決《き》まっていなかったんだ‼」

ということは、まさか——平次《へいじ》の頭《あたま》に、和葉《かずは》が浮《う》かんだ。

「警部《けいぶ》‼　すぐに遠山和葉《とおやまかずは》のスマホを調《しら》べてくれ‼」

「え？　ええ……しかし、どういうことです？」

「なんで最後《さいご》の一枚《いちまい》が残《のこ》されていたんか……それは決勝戦《けっしょうせん》に誰《だれ》が進《すす》むのかわからんかったからや！」

スマホを取《と》り出《だ》した綾小路《あやのこうじ》は、まさか、と青《あお》ざめた。

「……ということは、ターゲットは……皐月堂《さつきどう》に集《あつ》まってる三人《さんにん》‼」

9

湖《みずうみ》の対岸《たいがん》に着《つ》いた和葉《かずは》たちは、皐月堂《さつきどう》の一階《いっかい》に停《と》まっていた直通《ちょくつう》エレベーターで一気《いっき》に最上階《さいじょうかい》まで上《あ》がった。

外側《そとがわ》の回廊《かいろう》から階段《かいだん》を上《あ》がって寄棟造《よせむねづくり》の建物《たてもの》に入《はい》ると、そこは畳《たたみ》が敷《し》き詰《つ》められた二十畳《にじゅうじょう》ほどの部屋《へや》だった。奥《おく》には読手《どくしゅ》のための台《だい》があり、中央《ちゅうおう》にはケースに入《はい》ったかるた札《ふだ》が置《お》かれ、部屋の四方《しほう》の窓《まど》は全《すべ》て障子《しょうじ》が閉《と》じられていた。

和葉《かずは》と紅葉《もみじ》は阿知波《あちわ》が立《た》つ台《だい》に向《む》かって正座《せいざ》した。

「……二人《ふたり》とも、すまないね」

阿知波《あちわ》がぽつりとつぶやき、和葉《かずは》と紅葉《もみじ》は「え？」と声《こえ》を上《あ》げた。すると、阿知波《あちわ》は何《なに》事《ごと》もなかったように、きりりと表情《ひょうじょう》を引《ひ》き締《し》めた。

「両者最大限《りょうしゃさいだいげん》の力《ちから》を発揮《はっき》し、素晴《すば》らしい試合《しあい》を見《み》せてくれ」

「よろしくお願《ねが》いします」

二人《ふたり》は阿知波《あちわ》に礼《れい》をすると、向《む》き合《あ》わせになって頭《あたま》を下《さ》げた。

決勝戦《けっしょうせん》が中継《ちゅうけい》される観戦会場《かんせんかいじょう》は、試合《しあい》を前《まえ》に大《おお》いに盛《も》り上《あ》がっていた。

「せーの、頑張《がんば》れ〰〰っ!!」

子供《こども》たちは声《こえ》を合《あ》わせ、大声《おおごえ》で和葉《かずは》を応援《おうえん》した。蘭《らん》の隣《となり》では、未来子《みきこ》が祈《いの》るように目《め》を閉《と》じている。

その隣《となり》で、静華《しずか》は無言《むごん》でモニターを見《み》つめていた。

(和葉《かずは》ちゃん、アンタの実力《じつりょく》見《み》せたり……!)


コナン、平次《へいじ》、綾小路《あやのこうじ》が森《もり》の中《なか》を走《はし》っていると、綾小路《あやのこうじ》のスマホが鳴《な》った。手荷物預《てにもつあず》かり所《じょ》にある和葉《かずは》のスマホを調《しら》べるよう頼《たの》んだのだ。綾小路《あやのこうじ》は立《た》ち止《ど》まり、スマホの応答《おうとう》ボタンをタップした。

「どうやった? かるた札《ふだ》のメールは?」

『はい。十五分《じゅうごふん》ほど前《まえ》に、名頃《なごろ》の得意札《とくいふだ》が』

和葉《かずは》に届《とど》いたのは、最後《さいご》の一枚《いちまい》――在原業平朝臣《ありわらのなりひらあそん》の歌《うた》だった。

《ちはやぶる　神代《かみよ》も聞《き》かず　竜田川《たつたがわ》　からくれなゐに　水《みず》くくるとは》

一見《いっけん》、歌《うた》に『紅葉《もみじ》』が入《はい》っていないように思《おも》えるが、この歌《うた》は竜田川《たつたがわ》の水面《みなも》が紅葉《もみじ》でいっぱいになる情景《じょうけい》を詠《よ》んだ歌《うた》で、『からくれなゐに』が紅葉《もみじ》を表《あらわ》しているのだ。

「やはり、届《とど》いてたか……。すぐに決勝戦《けっしょうせん》を中止《ちゅうし》させるんや! ええな!!」

スマホに向《む》かって叫《さけ》ぶ綾小路《あやのこうじ》のそばで、平次《へいじ》は「くっそぉ!」と歯噛《はが》みした。

和葉《かずは》が……和葉《かずは》が危《あぶ》ない――……!!

「こっちや工藤《くどう》!」

平次《へいじ》は走《はし》り出《だ》した。

「おいっ、どこに!?」

「バイクの方《ほう》が早《はや》い!!」


皐月堂《さつきどう》と内線電話《ないせんでんわ》で繋《つな》がっているのは、湖《みずうみ》の船着《ふなつ》き場《ば》の近《ちか》くにある管理小屋《かんりごや》だけだった。

「え? 決勝戦《けっしょうせん》を中止《ちゅうし》させる……!?」

管理小屋《かんりごや》にいた警官《けいかん》は、綾小路《あやのこうじ》からの電話《でんわ》を受《う》けて驚《おどろ》いた。

「は、はい、わかりました。すぐに会場《かいじょう》に連絡《れんらく》します」

とスマホを耳《みみ》に当《あ》てながら、壁《かべ》に掛《か》けられた内線電話《ないせんでんわ》に向《む》かう。警官《けいかん》が受話器《じゅわき》に手《て》を掛《か》け、フックが上《あ》がると――。

ドオオォオン!!

小屋《こや》の外《そと》から強烈《きょうれつ》な光《ひかり》が飛《と》び込《こ》むと同時《どうじ》に爆音《ばくおん》が轟《とどろ》いた。

警官《けいかん》が驚《おどろ》いて小屋《こや》から飛《と》び出《だ》すと――池《いけ》の向《む》こう側《がわ》に建《た》つ皐月堂《さつきどう》の根元《ねもと》から黒煙《こくえん》が上《あ》がっていた。

突然《とつぜん》、部屋《へや》がギシギシと揺《ゆ》れ出《だ》して、かるた札《ふだ》をはさんで身構《みがま》えていた和葉《かずは》と紅葉《もみじ》は顔《かお》を上《あ》げた。

「え⁉」「何《なに》⁉」

天井《てんじょう》を見上《みあ》げると、まだ梁《はり》が揺《ゆ》れている。けれど、阿知波《あちわ》は慌《あわ》てることなく「地震《じしん》でしょう」と言《い》った。

「これくらいなら心配《しんぱい》いりません。試合《しあい》を続《つづ》けます」

観戦会場《かんせんかいじょう》では、突然《とつぜん》、決勝戦《けっしょうせん》を中継《ちゅうけい》していたモニターの画面《がめん》が真《ま》っ黒《くろ》になった。観客《かんきゃく》たちがざわつき、子供《こども》たちも顔《かお》を見合《みあ》わせる。

「あれ？　どうしちゃったんでしょう？」

「壊《こわ》れちゃったのかなぁ？」

「なんだよ。せっかくいいところだったのによ」

未来子《みきこ》が「停電《ていでん》？」と会場《かいじょう》を見回《みまわ》すと、静華《しずか》が「いや」と否定《ひてい》した。

「照明《しょうめい》はついとる」

モニターはいっこうに復活《ふっかつ》することなく、しびれを切《き》らした観客《かんきゃく》が席《せき》を立《た》ち、出入《でい》り口《ぐち》に向《む》かい出《だ》した。

停電《ていでん》じゃなかったらどうして——胸騒《むなさわ》ぎがして、蘭《らん》は席《せき》を立《た》った。

駐車場《ちゅうしゃじょう》にバイクを取《と》りに来《き》ていた平次《へいじ》とコナンは、爆音《ばくおん》に気《き》づいた。皐月堂《さつきどう》がある方向《ほうこう》から黒煙《こくえん》が上《あ》がっているのが見《み》える。

「やっべぇ、始《はじ》まったぞ！」

「ああ。しっかりつかまっとれ！」

バイクを急発進《きゅうはっしん》させた平次《へいじ》は、駐車場《ちゅうしゃじょう》から飛《と》び出《だ》し、検問所《けんもんじょ》に続《つづ》く階段《かいだん》を一気《いっき》に駆《か》け上《あ》がった。そして上《のぼ》りきったところでジャンプし、検問所《けんもんじょ》の前《まえ》を飛《と》び越《こ》えていく。

着地《ちゃくち》したバイクが横滑《よこすべ》りして停《と》まると、コナンは落《お》ちそうになるのをこらえて「オイ!! 服部《はっとり》!!」と叫《さけ》んだ。

「どうやって皐月堂《さつきどう》まで……」

皐月堂《さつきどう》へ行《い》くには湖《みずうみ》を船《ふね》で渡《わた》らなければいけないのだ。

「まかしとき！　考《かんが》えがある!!」

平次《へいじ》は言《い》うやいなや、バイクを急発進《きゅうはっしん》させた。庭園《ていえん》の壁《かべ》に向《む》かってグングン加速《かそく》していく。

「オイッ！　まさか!?」

壁際《かべぎわ》にあった岩《いわ》に乗《の》り上《あ》げたバイクは、大《おお》きくジャンプして壁《かべ》を乗《の》り越《こ》えた。

皐月堂《さつきどう》では、阿知波《あちわ》が下《しも》の句《く》の語尾《ごび》を三秒伸《さんびょうの》ばして読唱《どくしょう》、一秒空《いちびょうあ》けて、次《つぎ》の札《ふだ》の上《かみ》の句《く》を読《よ》んでいた。

〈ちは――〉

二文字《にもじ》を読《よ》んだ瞬間《しゅんかん》――バンッ！　紅葉《もみじ》が自陣《じじん》にある札《ふだ》を押《お》さえた。

〈――やぶる　神代《かみよ》も聞《き》かず　竜田川《たつたがわ》～〉

札《ふだ》を押《お》さえたまま、紅葉《もみじ》はサッと和葉《かずは》を見《み》た。まったく動《うご》いた様子《ようす》はなく、じっと畳《たたみ》の上《うえ》の札《ふだ》を見《み》つめている。

やっぱりや――紅葉《もみじ》は確信《かくしん》した。

（葉《は》っぱちゃん、動《うご》きもせんかった。ウチの得意札《とくいふだ》は捨《す》ててきてるゆうことなんか……）

そんな戦法《せんぽう》を取《と》る相手《あいて》は、初《はじ》めてだった。おそらく和葉《かずは》は紅葉《もみじ》の得意札《とくいふだ》を捨《す》てて、自分《じぶん》の得意札《とくいふだ》に集中《しゅうちゅう》して全部取《ぜんぶと》るつもりなのだ。まさか、和葉《かずは》が自分《じぶん》と同《おな》じ『攻《せ》めかるた』で挑《いど》んでくるとは――……。

〈わび――〉

阿知波《あちわ》が二文字《にもじ》を読《よ》んだ瞬間《しゅんかん》――二人《ふたり》が動《うご》いた。しかし、和葉《かずは》の方《ほう》が一瞬早《いっしゅんはや》かった。和《かず》葉《は》の手《て》が札《ふだ》ギリギリのところを這《は》うように動《うご》き、紅葉《もみじ》より早《はや》く札《ふだ》を弾《はじ》いた。

庭園《ていえん》の壁《かべ》を飛《と》び越《こ》えた平次《へいじ》のバイクは、森《もり》の山道《やまみち》を走《はし》っていった。コナンは振動《しんどう》に耐《た》えながら「服部《はっとり》！」と呼《よ》びかけた。

「まだ名頃《なごろ》さんが犯人《はんにん》だと思《おも》うか？」

「いや、すでに皐月会《さつきかい》を去《さ》っていた海江田《かいえだ》をスタッフとして再登録《さいとうろく》して、爆弾《ばくだん》を渡《わた》せるのはあの男《おとこ》しかおらへんやろ」

コナンと平次《へいじ》の頭《あたま》には、同《おな》じ人物《じんぶつ》が浮《う》かんでいた。

それは、阿知波研介《あちわけんすけ》だった。彼《かれ》が、真犯人《しんはんにん》だったのだ――。

「このまま二人《ふたり》を道連《みちづ》れに自《みずか》らも死《し》ぬ気《き》なんじゃ……」

「そないなことは絶対《ぜったい》させるかあ!!」

平次《へいじ》はスピードを上《あ》げ、急勾配《きゅうこうばい》を駆《か》け上《あ》がった。

和葉《かずは》が札《ふだ》を取《と》って流《なが》れが変《か》わったのもつかの間《ま》、紅葉《もみじ》はすぐに持《も》ち前《まえ》の集中力《しゅうちゅうりょく》と反射神経《はんしゃしんけい》で攻《せ》めていき、じりじりと本来《ほんらい》の流《なが》れを取《と》り戻《もど》していった。

〈おも――〉

和葉《かずは》が動《うご》いたが、紅葉《もみじ》の方《ほう》が一瞬早《いっしゅんはや》かった。紅葉《もみじ》の右腕《みぎうで》が振《ふ》り抜《ぬ》かれて、札《ふだ》が飛《と》ぶ。

その後《ご》も激《はげ》しい攻防《こうぼう》が続《つづ》き、畳《たたみ》に並《なら》べられた札《ふだ》がどんどん減《へ》っていった。

和葉《かずは》は汗《あせ》だくだった。序盤《じょばん》は息一《いきひと》つ乱《みだ》していなかった紅葉《もみじ》にも、疲労《ひろう》が見《み》える。

〈たち――〉

阿知波《あちわ》が読《よ》んだが、それは双方《そうほう》の陣地《じんち》にない空札《からふだ》だった。二人《ふたり》とも動《うご》かない。

和葉《かずは》は、紅葉《もみじ》の右手近《みぎてちか》くに置《お》かれた札《ふだ》をじっと見《み》つめた。

《ものやおもふとひとのとふまで》

和葉《かずは》が得意札《とくいふだ》に選《えら》んだ《しのぶれど……》の取《と》り札《ふだ》だ。和葉《かずは》が一番取《いちばんと》りにくいところに置《お》いてある。

(紅葉《もみじ》さんもわかってるんや。アレがアタシの得意札《とくいふだ》やいうこと……)

和葉《かずは》と向《む》かい合《あ》った紅葉《もみじ》は、右手《みぎて》のすぐ近《ちか》くに置《お》いた札《ふだ》をチラリと見《み》て、笑《え》みを浮《う》かべた。

(この札《ふだ》が取《と》りたいんやろ？　そやけど渡《わた》さへんで。これを守《まも》りきったらウチの勝《か》ちや)

この試合《しあい》には、改方学園《かいほうがくえん》かるた部《ぶ》の未来《みらい》がかかっている。そして、紅葉《もみじ》との賭《か》けも。

だから、取《と》る。絶対取《ぜったいと》る。あの札《ふだ》は絶対取《ぜったいと》らなアカンのや――!!

和葉《かずは》の緊張《きんちょう》が最高潮《さいこうちょう》に達《たっ》したとき――突然《とつぜん》、いろんな音《おと》が一気《いっき》に耳《みみ》に飛《と》び込《こ》んできた。

エアコンの音《おと》。畳《たたみ》の擦《こす》れる音《おと》。呼吸《こきゅう》する音《おと》。そして、ドクンドクンと脈《みゃく》を打《う》つ音《おと》まで。耳《みみ》の中《なか》でいろんな音《おと》が入《い》り混《ま》じる。

（うるさい！　うるさい！　うるさい!!）

和葉《かずは》は思《おも》わず頭《あたま》をブンブン振《ふ》った。けれど、耳《みみ》からノイズが離《はな》れない。

（余計《よけい》な音《おと》はアタシの耳《みみ》から出《で》ていって――!!）

そのとき、ふとどこからか平次《へいじ》の声《こえ》がした。

『なんや和葉《かずは》。えらい怖《こわ》い顔《かお》して。誰《だれ》かとケンカしとんのか？』

和葉《かずは》はハッと目《め》を開《あ》けた。

あのときだ。ホテルでかるたの練習《れんしゅう》をしていたときに、平次《へいじ》がやってきて、かけてきた言葉《ことば》だ――。

「失礼《しつれい》します」

和葉《かずは》はスッと手《て》を上《あ》げて、立《た》ち上《あ》がった。目《め》を閉《と》じ、大《おお》きく深呼吸《しんこきゅう》する。

（そうや。ケンカしたらアカン。アカンねん！）

目《め》を閉《と》じた和葉《かずは》は上《うえ》を向《む》き、肩《かた》の力《ちから》を抜《ぬ》いた。

（エアコンの音《おと》。着物《きもの》の擦《こす》れる音《おと》。札《ふだ》に触《さわ》る音《おと》。かすかな息《いき》づかい。そして胸《むね》の鼓動《こどう》……

みんな仲間《なかま》や。アタシの中《なか》に入《はい》ってきてええよ)

和葉《かずは》はゆっくりと目《め》を開《あ》けた。すると、耳障《みみざわ》りだった音《おと》が、少《すこ》しだけ和《やわ》らいだ気《き》がする。

「失礼《しつれい》しました」

和葉《かずは》は正座《せいざ》して、姿勢《しせい》を正《ただ》した。

どんなに音《おと》がしようと構《かま》わない。その中《なか》から一《ひと》つだけ、聞《き》き分《わ》ければいいのだ。

(ホンマの音《おと》をつかまえたる!!)

キリッと表情《ひょうじょう》を引《ひ》き締《し》めた和葉《かずは》は、目《め》の前《まえ》の札《ふだ》に全身全霊《ぜんしんぜんれい》を傾《かたむ》けた。

〈まつとしきかば　いまかえりこん〜〜〜〜〉

前《まえ》の歌《うた》の下《しも》の句《く》が読《よ》まれ、一秒《いちびょう》の間《ま》。

阿知波《あちわ》の唇《くちびる》が『し』の形《かたち》になった瞬間《しゅんかん》――和葉《かずは》は飛《と》び出《だ》した。その目《め》には『しのぶれど』の札《ふだ》しか見《み》えていない――。

紅葉《もみじ》が反応《はんのう》したときには、すでに和葉《かずは》が敵陣《てきじん》に切《き》り込《こ》んで札《ふだ》を取《と》っていた。

〈――のぶれど　色《いろ》に出《い》でにけり　わが恋《こい》は〜〉

紅葉《もみじ》は愕然《がくぜん》とした。

自分《じぶん》が取《と》りやすい右下一列目《みぎしたいちれつめ》に置《お》いた札《ふだ》なのに、反応《はんのう》する前《まえ》に取《と》られてしまったのだ
――。

平次《へいじ》のバイクは生《お》い茂《しげ》る森《もり》の中《なか》を突《つ》き進《すす》んでいった。道《みち》はしだいに険《けわ》しくなっていき、岩《いわ》だらけの狭《せま》い勾配《こうばい》をガンガン登《のぼ》っていく。

二人《ふたり》は山道《やまみち》を登《のぼ》るバイクの上《うえ》で、事件《じけん》の真相《しんそう》について話《はな》し始《はじ》めた。

「一連《いちれん》の事件《じけん》は全《すべ》て、名頃《なごろ》さんによる皐月会《さつきかい》への復讐《ふくしゅう》だと思《おも》わせるのが、阿知波《あちわ》さんの描《えが》いたシナリオだ」

「五年前《ごねんまえ》、皐月《さつき》さんと試合《しあい》を行《おこな》う予定《よてい》やった名頃《なごろ》さんは、なぜかその前《まえ》の晩《ばん》に現《あらわ》れ、前哨《ぜんしょう》戦《せん》が行《おこな》われた」

「結果《けっか》、皐月《さつき》さんが勝利《しょうり》したと阿知波《あちわ》さんは言《い》ってたけど……それには妙《みょう》な点《てん》がある」

「ホテルで見《み》た記事《きじ》の写真《しゃしん》やろ？」

平次《へいじ》に言《い》われて、コナンは阿知波《あちわ》の部屋《へや》で見《み》たスクラップブックの記事《きじ》の写真《しゃしん》を思《おも》い浮《う》かべた。妙《みょう》な違和感《いわかん》を覚《おぼ》えた、阿知波《あちわ》と皐月《さつき》が車《くるま》に乗《の》り込《こ》もうとする写真《しゃしん》だ。

「ああ。阿知波《あちわ》さんの紹介記事《しょうかいきじ》に、皐月《さつき》さんの試合前日《しあいぜんじつ》にはいつも車《くるま》をピカピカに磨《みが》くって書《か》いてあったのに、あの写真《しゃしん》では汚《よご》れていた。大切《たいせつ》な試合《しあい》の前日《ぜんじつ》に洗車《せんしゃ》しなかったのは、名頃《なごろ》さんが来《こ》ないことがわかっていたからだ！」

残《のこ》る札《ふだ》は紅葉《もみじ》が一枚《いちまい》、和葉《かずは》が二枚《にまい》になっていた。

〈ありあ――〉

阿知波《あちわ》が三文字目《さんもじめ》を発音《はつおん》するやいなや、和葉《かずは》と紅葉《もみじ》が同時《どうじ》に動《うご》いた。

バンッ！

二人《ふたり》は同《おな》じ札《ふだ》に手《て》を置《お》いた。紅葉《もみじ》が和葉《かずは》をにらみつける。

「ウチの方《ほう》が早《はや》い気《き》ぃがしましたけどなぁ」

「いや、早《はや》かったんはアタシの方《ほう》や」

和葉《かずは》も負《ま》けじと言《い》い返《かえ》した。そして、

「どっちが早《はや》かったか一番《いちばん》ようわかってんのは、自分《じぶん》ちゃうの？」

射抜《いぬ》くような目《め》で紅葉《もみじ》を見《み》つめる。

紅葉《もみじ》は、クッと歯噛《はが》みし、札《ふだ》から手《て》を離《はな》した。

これで残《のこ》る札《ふだ》は、互《たが》いに一枚《いちまい》となった。

「まさか、運命戦《うんめいせん》にまでもつれこむとは……」

阿知波《あちわ》は驚《おどろ》いた。初出場《はつしゅつじょう》の和葉《かずは》が、高校生《こうこうせい》チャンピオンの紅葉《もみじ》を相手《あいて》にここまで接戦《せっせん》を演《えん》じるとは思《おも》ってもいなかった。


山《やま》の岸壁《がんぺき》に沿《そ》うようにある山道《やまみち》を登《のぼ》った平次《へいじ》のバイクは、倒木《とうぼく》を渡《わた》り、ジャンプした。

もはや道《みち》ではなくなり、平次《へいじ》は木々《きぎ》の間《あいだ》を縫《ぬ》うように蛇行《だこう》しながら斜面《しゃめん》を登《のぼ》った。

「五年前行《ごねんまえおこな》われた前哨戦《ぜんしょうせん》……もし皐月《さつき》さんが負《ま》けていたとしたら、それは動機《どうき》になるんと違《ちが》うか？」

平次《へいじ》の腰《こし》にしっかりつかまったコナンは「ああ」とあごを引《ひ》いた。

「皐月会《さつきかい》の名誉《めいよ》を守《まも》るため、名頃《なごろ》さんの口《くち》を封《ふう》じたんだ。そして、その証拠《しょうこ》の残《のこ》ったかるたの映像《えいぞう》を見《み》て、矢島《やじま》さんは気《き》づいてしまったんだ。阿知波《あちわ》さんの犯行《はんこう》を!!」

「しかし、あのかるたにはどんな証拠《しょうこ》が……」

平次《へいじ》の疑問《ぎもん》に、コナンは光彦《みつひこ》が送《おく》ってきた元太《げんた》の写真《しゃしん》を思《おも》い浮《う》かべた。千枚漬《せんまいづ》けをわしづかみして食《た》べている写真《しゃしん》を見《み》たとき、かるたの束《たば》が頭《あたま》に浮《う》かんだのだ。

「名頃《なごろ》さんの血《ち》がついたかるたの束《たば》を、うっかりわしづかみしていたとしたら……」

コナンの言葉《ことば》に、平次《へいじ》は「そうか！　指紋《しもん》か!!」と叫《さけ》んだ。

「オレもある写真《しゃしん》を見《み》るまで気《き》づかなかったが、おそらくあのかるたには阿知波《あちわ》さんの指《し》紋《もん》が残《のこ》っている」

「そやから矢島《やじま》さんは、皐月会特集《さつきかいとくしゅう》の企画《きかく》をテレビ局《きょく》に持《も》ち込《こ》んで、証拠《しょうこ》となる皐月会《さつきかい》のかるたを映像《えいぞう》として記録《きろく》させたんやな！」

「ああ。だから、テレビ局爆破《きょくばくは》と矢島《やじま》さん殺害《さつがい》が同時《どうじ》に行《おこな》われたんだ」

斜面《しゃめん》を駆《か》け上《のぼ》ると、やがて川《かわ》が見《み》えてきた。皐月堂《さつきどう》のそばを流《なが》れる滝《たき》につながる川《かわ》だ。平次《へいじ》は川《かわ》に沿《そ》って河原《かわら》を走《はし》り出《だ》した。

平次《へいじ》は川《かわ》に大《おお》きな岩《いわ》がいくつか並《なら》んでいるのを見《み》つけると、川《かわ》に入《はい》っていき、岩《いわ》を使《つか》ってジャンプしながら川《かわ》を渡《わた》った。そしてまた木々《きぎ》の間《あいだ》を抜《ぬ》けていく。

「せやな！　せやけどなんでや!!　この阿知波会館《あちわかいかん》で、それも決勝戦《けっしょうせん》まで犯行《はんこう》を引《ひ》っ張《ぱ》る理由《りゆう》がどこにあるんや？」

「決勝戦《けっしょうせん》の行《おこな》われている皐月堂《さつきどう》に、名頃《なごろ》さんの遺体《いたい》があるとしたら……」

コナンの推理《すいり》に、平次《へいじ》は「確《たし》かに……」と同調《どうちょう》した。

「絶好《ぜっこう》の隠《かく》し場所《ばしょ》やな。始《はじ》めから全《すべ》て計画《けいかく》されてた犯行《はんこう》っちゅうわけか」

「完璧《かんぺき》な計画《けいかく》で名頃《なごろ》さんを犯人《はんにん》に仕立《した》て上《あ》げたとしても、後々《のちのち》遺体《いたい》が発見《はっけん》されたら元《もと》も子《こ》もねぇからな」

ようやく森《もり》を抜《ぬ》けると、崖《がけ》が現《あらわ》れた。大《おお》きく湾曲《わんきょく》した崖《がけ》の先《さき》に、皐月堂《さつきどう》と滝《たき》がある。

「見《み》えたぞ！」

「ああ！」

自陣《じじん》・敵陣《てきじん》ともに残《のこ》りの札《ふだ》が一枚《いちまい》になった『運命戦《うんめいせん》』。二枚《にまい》の札《ふだ》を間《あいだ》に向《む》き合《あ》う二人《ふたり》は、意外《いがい》なほど平静《へいせい》だった。

互《たが》いの札《ふだ》が一枚《いちまい》になった運命戦《うんめいせん》では、敵陣《てきじん》の札《ふだ》を取《と》るのは不可能《ふかのう》に近《ちか》く、自陣《じじん》の札《ふだ》を読《よ》まれた方《ほう》が勝《か》つといっても過言《かごん》ではない。どちらの札《ふだ》が先《さき》に読《よ》まれるか――運命《うんめい》に勝敗《しょうはい》が左右《さゆう》されるから『運命戦《うんめいせん》』と呼《よ》ばれるのだ。

和葉《かずは》の札《ふだ》は《みたれてけさはものをこそおもへ》。

対《たい》する紅葉《もみじ》の札《ふだ》は《よをおもふゆゑにものおもふみは》。

《ながからむ》なら和葉《かずは》が勝《か》ち、《ひともをし》なら紅葉《もみじ》が勝《か》つ。

〈あかつきばかり　憂《う》きものはなし～～～〉

前《まえ》の歌《うた》の下《しも》の句《く》が読《よ》まれ、一秒《いちびょう》の間《ま》。

〈ひ――〉

紅葉《もみじ》がピクリと動《うご》いた。

〈――とはいさ　こころもしらず〉

空札《からふだ》だ――。

和葉《かずは》は大《おお》きく息《いき》を吐《は》き出《だ》して、膝《ひざ》の上《うえ》の両手《りょうて》を握《にぎ》りしめた。

平次《へいじ》のバイクは崖沿《がけぞ》いの道《みち》を走《はし》った。

爆発《ばくはつ》によってもたらされた火《ひ》は皐月堂《さつきどう》の鉄組《てつぐみ》を昇《のぼ》り、和葉《かずは》たちがいる最上階《さいじょうかい》へと迫《せま》っている。

「マズイ！　炎《ほのお》があんなとこまで……！」

「急《いそ》いで降《お》りんと!!」

「だけどどうする⁉　それにあれを消《け》さねぇと――」

「迷《まよ》ってる時間《じかん》はない！　お前《まえ》は火《ひ》を消《け》す方法《ほうほう》だけを考《かんが》えといてくれ！」

平次《へいじ》はそう言《い》うとスピードを上《あ》げ、バイクの車体《しゃたい》を傾《かたむ》けながら、カーブする崖《がけ》の上《うえ》を突《つ》っ走《ぱし》った。

「オイッ、まさか嘘《うそ》だろ⁉」

「行《い》くで！　工藤《くどう》!!」

ブオオォン!!

スロットルを全開《ぜんかい》にしたバイクが崖《がけ》から飛《と》び出《だ》した。崖《がけ》から生《は》えた木《き》に激突《げきとつ》し、回転《かいてん》しながら、煙《けむり》を巻《ま》き上《あ》げる皐月堂《さつきどう》に向《む》かって落《お》ちていく――。

皐月堂《さつきどう》の瓦《かわら》をぶち破《やぶ》って最上階《さいじょうかい》の回廊《かいろう》に落《お》ちたバイクから、コナンと平次《へいじ》は振《ふ》り落《お》とされた。

「工藤《くどう》――!!」

ガレキに埋《う》もれた平次《へいじ》が叫《さけ》ぶ。コナンはヘルメットを脱《ぬ》いで走《はし》り出《だ》していた。回廊《かいろう》の手《て》すりに引《ひ》っかかって倒《たお》れていたバイクに飛《と》び乗《の》ってさらにジャンプし、手《て》すりを越《こ》えて下《した》の回廊《かいろう》に着地《ちゃくち》する。そして、滝《たき》がある側《がわ》に走《はし》ると、腰《こし》からベルトを引《ひ》き抜《ぬ》いて手《て》すりに巻《ま》きつけた。バックルを滝《たき》に向《む》けながら、射出《しゃしゅつ》ボタンを押《お》す。

「よし、膨《ふく》らめぇ～!!」

バックルから出《で》てきたサッカーボールがどんどん膨《ふく》らんで滝《たき》に到達《とうたつ》すると、ボールの上《うえ》に落《お》ちた水《みず》が皐月堂《さつきどう》の方《ほう》に流《なが》れてきた。噴《ふ》き上《あ》がる黒煙《こくえん》の中《なか》をどんどん流《なが》れ落《お》ちていく。

「急《いそ》げ！　間《ま》に合《あ》ってくれ……!!」

コナンはベルトを持《も》ちながら、火《ひ》が消《き》えるのを祈《いの》った。


読《よ》み札《ふだ》を持《も》った阿知波《あちわ》が口《くち》を開《ひら》いた刹那《せつな》、札《ふだ》が宙《ちゅう》を舞《ま》った。

と同時《どうじ》に部屋《へや》の外《そと》でものすごい音《おと》がして、割《わ》れた窓《まど》ガラスが障子《しょうじ》を突《つ》き破《やぶ》ってきた。さらに破《やぶ》れた障子《しょうじ》が倒《たお》れて、火《ひ》の粉《こ》が吹《ふ》き込《こ》んでくる。

「何《なん》や!?　火事《かじ》……!?」

和葉《かずは》たちが驚《おどろ》いて外《そと》を覗《のぞ》きこもうとすると、

「来《く》んな！　中《なか》に入《はい》っとれ!!」

ヘルメットを被《かぶ》った平次《へいじ》が顔《かお》を出《だ》した。

「平次《へいじ》！　何《なん》でここにおんのん!?」「平次君《へいじくん》!?」

平次《へいじ》の背後《はいご》にはガレキが散乱《さんらん》し、バイクが倒《たお》れていた。和葉《かずは》と紅葉《もみじ》は何《なに》が起《お》きているのかわからず、ただただ目《め》を丸《まる》くした。

「おい！　滝《たき》の流《なが》れが変《か》わったぞ！」

「奇跡《きせき》だ！」

「火《ひ》が消《き》えていくぞ！」

湖《みずうみ》の船着《ふなつ》き場《ば》に駆《か》けつけた綾小路《あやのこうじ》や消防隊員《しょうぼうたいいん》は、突然《とつぜん》流《なが》れが変《か》わった滝《たき》の水《みず》が炎《ほのお》にかかっていくのを呆然《ぼうぜん》と見《み》つめていた。

「な、何《なん》や……何《なに》が起《お》こってるんや？」

蘭《らん》が観戦会場《かんせんかいじょう》の外《そと》に出《で》ると、集《あつ》まっていた関係者《かんけいしゃ》たちが湖《みずうみ》の方《ほう》を向《む》いて騒《さわ》いでいた。

何《なん》だろう、と思《おも》い、人波《ひとなみ》をかき分《わ》けて湖《みずうみ》の方《ほう》へと進《すす》んでいく。船着《ふなつ》き場《ば》の手前《てまえ》にやってくると、黒煙《こくえん》を上《あ》げている皐月堂《さつきどう》が見《み》えた。

「え……？」

蘭《らん》は皐月堂《さつきどう》の横《よこ》を流《なが》れる滝《たき》を見《み》て驚《おどろ》いた。滝《たき》の途中《とちゅう》に巨大《きょだい》な球《たま》が浮《う》かび、それが水《みず》の流《なが》れを変《か》えているのだ。

「あれって、まさか……サッカーボール……？」

やがてサッカーボールが縮《ちぢ》むと、コナンは手《て》すりから下《した》を覗《のぞ》きこんだ。

「ふー、何《なん》とか間《ま》に合《あ》ったみたいだな……」

「さすがやな、工藤《くどう》」

声《こえ》に振《ふ》り返《かえ》ると、平次《へいじ》がヘルメットを脱《ぬ》ぎながら歩《あゆ》み寄《よ》ってきた。向《む》かい合《あ》った二人《ふたり》は互《たが》いにニヤリと微笑《ほほえ》む。すると、

「平次《へいじ》！」

和葉《かずは》が階段《かいだん》を下《お》りてきた。その後《うし》ろには紅葉《もみじ》もいる。

「平次君《へいじくん》、何《なに》が起《お》こってるんです？」

「危《あぶ》ないから中《なか》に入《はい》っとれ言《い》うたやろ！」

二人《ふたり》に注意《ちゅうい》する平次《へいじ》の背後《はいご》で、コナンは部屋《へや》から出《で》てきた阿知波《あちわ》に気《き》づいた。平次《へいじ》の横《よこ》を通《とお》り、和葉《かずは》と紅葉《もみじ》の間《あいだ》をすりぬけて、階段《かいだん》を上《のぼ》っていく。

「え？　コナン君《くん》まで、一体《いったい》なんなん？　二人《ふたり》ともどうしたん？」

驚《おどろ》いている和葉《かずは》に、平次《へいじ》は阿知波《あちわ》を見上《みあ》げて言《い》った。

「それは、阿知波《あちわ》さんに訊《き》いた方《ほう》が早《はや》いんとちゃうか？」

平次《へいじ》に向《む》き直《なお》った阿知波《あちわ》は、ゆっくりと階段《かいだん》を下《お》り始《はじ》めた。平次《へいじ》も階段《かいだん》に駆《か》け寄《よ》り、和《かず》葉《は》と紅葉《もみじ》の前《まえ》に立《た》つ。

「二人《ふたり》ともオレの後《うし》ろに下《さ》がっとき」

「え？　何《なん》で下《さ》がる必要《ひつよう》があんの？」

「どういうことです？」

和葉《かずは》たちが不思議《ふしぎ》がっていると、部屋《へや》に入《はい》っていったコナンが戻《もど》ってきた。

「ねえ、阿知波《あちわ》さん。このかるた札《ふだ》、調《しら》べられたらまずいんじゃないの？」

「!!」

振《ふ》り返《かえ》った阿知波《あちわ》は、コナンが持《も》っている皐月会《さつきかい》のかるた札《ふだ》に目《め》を見張《みは》った。ますますわけがわからない和葉《かずは》が「なぁ、平次《へいじ》」と声《こえ》をかける。

「アンタらさっきから何言《なにい》うてんの？」

「今回《こんかい》の事件《じけん》の答《こた》え合《あ》わせを、あのオッサンとしようと思《おも》うてな」

「え!?」

驚《おどろ》く二人《ふたり》の前《まえ》で、平次《へいじ》は阿知波《あちわ》を見上《みあ》げながら話《はな》し出《だ》した。

「事件《じけん》の発端《ほったん》は……ちょうど一年前《いちねんまえ》。この場所《ばしょ》で紅葉《もみじ》が優勝《ゆうしょう》したときなんや。そんとき、紅葉《もみじ》の取《と》った札《ふだ》の重《かさ》ねが、師匠《ししょう》の名頃《なごろ》さんが取《と》ったある試合《しあい》の札《ふだ》の重《かさ》なり方《かた》とよぉ似《に》とった」

紅葉《もみじ》は眉《まゆ》をひそめた。試合《しあい》で取《と》った札《ふだ》は、伏《ふ》せた状態《じょうたい》で重《かさ》ねていく。その重《かさ》なり方《かた》が似《に》ていた……？

「確《たし》かにウチは名頃先生《なごろせんせい》に教《おそ》わった『攻《せ》めがるた』で、得意札《とくいふだ》も一緒《いっしょ》や。せやけど、よほどの偶然《ぐうぜん》がない限《かぎ》りそんなこと……」

「ところが、その偶然《ぐうぜん》が起《お》きちゃったんだよ」

コナンはケースから束《たば》になった札《ふだ》を取《と》り出《だ》すと、傾《かたむ》けてかるたの側面《そくめん》を見《み》せた。側面《そくめん》にはところどころに汚《よご》れたような黒《くろ》いシミがついている。

「この皐月会《さつきかい》のかるたの側面《そくめん》についた黒《くろ》ずみ。殺害《さつがい》された矢島《やじま》さんは、このシミが五年前《ごねんまえ》、突然現《とつぜんあらわ》れたことに気《き》づいたんだ」

「その黒《くろ》ずみは、一体何《いったいなん》なんです？」

紅葉《もみじ》がたずねると、平次《へいじ》が答《こた》えた。

「名頃《なごろ》さんの返《かえ》り血《ち》がついた手《て》でかるたをつかんだ人物《じんぶつ》の指紋《しもん》や」

「名頃先生《なごろせんせい》の返《かえ》り血《ち》……!?」

「五年前《ごねんまえ》に失踪《しっそう》したと思《おも》われてた名頃《なごろ》さんは、そのとき殺《ころ》されとったんや」

紅葉《もみじ》は息《いき》もつけないほど驚《おどろ》いた。

「そっ、そんな……」

と後《あと》ずさり、まさかという顔《かお》で、平次《へいじ》と共《とも》に阿知波《あちわ》を見上《みあ》げる。

「そして、その指紋《しもん》の主《ぬし》こそ、名頃《なごろ》さん殺《ごろ》しの真犯人《しんはんにん》――」

すると、それまで険《けわ》しい顔《かお》で無言《むごん》を貫《つらぬ》いていた阿知波《あちわ》が、観念《かんねん》したようにフッと息《いき》を吐《は》き、微《かす》かに笑《え》みをもらした。

「私《わたし》の負《ま》けや、全《すべ》て自供《じきょう》しよう……その代《か》わり」

阿知波《あちわ》はコナンの方《ほう》を振《ふ》り向《む》いた。

「皐月会《さつきかい》のかるたを証拠《しょうこ》とするのは、やめてくれないか。それは皐月会《さつきかい》にとって――」

「なーんだ。そういうことか」

阿知波《あちわ》が言《い》い終《お》わらないうちに、コナンが言《い》った。

「どうしても理解《りかい》できないことがあったんだけど、その態度《たいど》でよくわかったよ。このかるたについてる指紋《しもん》って、阿知波《あちわ》さんのじゃないよね？」

「いや、私《わたし》だ。私《わたし》の指紋《しもん》に間違《まちが》いない‼」

突然《とつぜん》、阿知波《あちわ》が声《こえ》を荒《あら》らげた。明《あき》らかに狼狽《ろうばい》している様子《ようす》を見《み》て、平次《へいじ》は「確《たし》かに……」と口《くち》を開《ひら》いた。

「今回起《こんかいお》きた一連《いちれん》の事件《じけん》は、アンタと海江田《かいえだ》の仕業《しわざ》や。けど、全《すべ》ての発端《ほったん》となった五年前《ごねんまえ》の名頃《なごろ》さん殺《ごろ》しは、アンタやない」

「皐月《さつき》さんだよね？」

コナンの言葉《ことば》に、阿知波《あちわ》はハッと目《め》を見開《みひら》いた。そして階段《かいだん》の手《て》すりに手《て》をかけてうつむくと、目《め》をつぶり、ぽつりと話《はな》し出《だ》した。

「……五年前《ごねんまえ》のあの日《ひ》。私《わたし》が帰《かえ》ると、皐月《さつき》は名頃《なごろ》の返《かえ》り血《ち》を浴《あ》びて立《た》っておった。その光《こう》景《けい》を見《み》て、私《わたし》は全《すべ》てを悟《さと》った。名頃《なごろ》が勝負《しょうぶ》を挑《いど》み、皐月《さつき》が破《やぶ》れたことを……」

あの日《ひ》の光景《こうけい》は、今《いま》も阿知波《あちわ》の目《め》に焼《や》きついて忘《わす》れられなかった。

襖《ふすま》を開《あ》けた瞬間《しゅんかん》、飛《と》び込《こ》んできたのは——肩《かた》を上下《じょうげ》させてハァハァと荒《あら》い呼吸《こきゅう》をする皐《さ》月《つき》の後《うし》ろ姿《すがた》と、床《ゆか》で頭《あたま》から血《ち》を流《なが》して死《し》んでいた名頃《なごろ》の顔《かお》だ。

そばには血《ち》がべったりと付《つ》いたカセットデッキがあり、座卓《ざたく》にはかるた札《ふだ》の束《たば》があった。放心状態《ほうしんじょうたい》の皐月《さつき》はゆっくりと振《ふ》り返《かえ》り、阿知波《あちわ》を見《み》たとたん、返《かえ》り血《ち》を浴《あ》びた顔《かお》を泣《な》き崩《くず》した。阿知波《あちわ》が駆《か》けよって皐月《さつき》を抱《だ》きしめる——。

「……読手《どくしゅ》には私《わたし》が保管《ほかん》していたカセットを使《つか》ったようだった。この意味《いみ》がわかるかね？」

顔《かお》を上《あ》げた阿知波《あちわ》の目《め》には涙《なみだ》が浮《う》かんでいた。

「それは、皐月《さつき》が練習《れんしゅう》するため何度《なんど》も聞《き》き込《こ》んだものだ。もちろん何《なん》パターンもあるうちの一《ひと》つやが、皐月《さつき》は読《よ》まれる札《ふだ》の順番《じゅんばん》をある程度記憶《ていどきおく》していた」

阿知波《あちわ》はドンッ、と手《て》すりを叩《たた》いた。

「圧倒的《あっとうてき》に有利《ゆうり》な状況《じょうきょう》やったんや。にもかかわらず、皐月《さつき》は敗《やぶ》れた……。名頃《なごろ》の実力《じつりょく》は私《わたし》たちの予想《よそう》を遥《はる》かに超《こ》えとった。皐月《さつき》の感《かん》じた恐怖《きょうふ》はどれほどやったろうか……」

阿知波《あちわ》の告白《こくはく》を聞《き》いていた紅葉《もみじ》は、皐月《さつき》が感《かん》じた恐怖《きょうふ》を想像《そうぞう》して、眉根《まゆね》を寄《よ》せた。心《こころ》がこわれてしまうほどの、恐怖《きょうふ》と絶望《ぜつぼう》——。

阿知波《あちわ》は崩《くず》れるように階段《かいだん》に座《すわ》った。

「翌日《よくじつ》の試合《しあい》で屈辱的《くつじょくてき》な大敗《たいはい》をすることは確実《かくじつ》だった。その恐怖《きょうふ》が彼女《かのじょ》を犯行《はんこう》に走《はし》らせてしもうた……皐月《さつき》はそれ以来《いらい》、人《ひと》としての感情《かんじょう》を失《うしな》い、皐月会《さつきかい》の運営《うんえい》からも次第《しだい》に遠《とお》ざかっていった。そして、二年後《にねんご》に病気《びょうき》で死《し》んでしまったんだよ……」

阿知波《あちわ》は話《はな》し終《お》えると、着物《きもの》の袖《そで》に手《て》を入《い》れた。取《と》り出《だ》したのは起爆《きばく》スイッチだった。

「これが真実《しんじつ》だ。なぁ、わかってくれ」

「よせ!!」

「やめるんや!!」

うなだれた阿知波《あちわ》は、起爆装置《きばくそうち》に親指《おやゆび》を添《そ》えた。

「みんな名頃《なごろ》のせいだ。あの男《おとこ》が皐月《さつき》を辱《はずかし》めなければ、こんなことには……」

そのとき、紅葉《もみじ》が一歩《いっぽ》前《まえ》に出《で》た。

「辱《はずかし》めたくなかったから、前《まえ》の日《ひ》に名頃先生《なごろせんせい》は行《い》ったんやと思《おも》いますけど」

「え……?」

阿知波《あちわ》が驚《おどろ》いて顔《かお》を上《あ》げた。

「以前《いぜん》、名頃先生《なごろせんせい》に訊《き》いたことがあるんです。何《なん》でそんなに皐月会《さつきかい》を目《め》の敵《かたき》にしてはるんですか、って」

あれはいつだっただろうか。まだ小学生《しょうがくせい》だった頃《ころ》だ。かるたの練習《れんしゅう》が終《お》わった後《あと》、名頃《なごろ》と二人《ふたり》っきりになったことがあって、訊《き》いてみたのだ。

すると、名頃《なごろ》はちょっと悲《かな》しそうな顔《かお》をした。

「目《め》の敵《かたき》か……やっぱり端《はた》から見《み》たったらそう見《み》えてまうよなぁ。そやかてこうでもせんと、彼女《かのじょ》と勝負《しょうぶ》できひんし。ただ勝《か》って、『すごいなぁ』ってほめられたいだけなんやけど……初恋《はつこい》の相手《あいて》になぁ」

そう言《い》って恥《は》ずかしそうに微笑《ほほえ》んだ名頃《なごろ》は、いつもの厳《きび》しい先生《せんせい》の顔《かお》ではなく、まるで少年《しょうねん》のようだった――。

「は……初恋《はつこい》……」

思《おも》いもよらない言葉《ことば》に、阿知波《あちわ》は愕然《がくぜん》とした。

「そうです。名頃先生《なごろせんせい》は皐月《さつき》さんにあこがれてかるた始《はじ》めはったそうですから。けど……」

紅葉《もみじ》はうつむいて目《め》を伏《ふ》せた。

「目《め》ぇの病《やまい》で、あと一年《いちねん》しかかるたできひんってお医者様《いしゃさま》に言《い》われて……。そやから、あんな強引《ごういん》なかるたにならはったんやと思《おも》います。先生《せんせい》には、時間《じかん》があらへんかったから……」

「じゃあ、前日《ぜんじつ》の勝負《しょうぶ》で実力《じつりょく》を見《み》せて、みんなの前《まえ》では皐月《さつき》さんに勝《か》ちをゆずるつもりだったと」

コナンの言葉《ことば》に、紅葉《もみじ》は無言《むごん》でうなずいた。

「面倒《めんどう》を見《み》られへんようになってしまうウチを含《ふく》めた自分《じぶん》の弟子《でし》たちを、皐月会《さつきかい》に引《ひ》き取《と》ってもらう理由付《りゆうづ》けをするために……」

「そうとは知《し》らず、皐月《さつき》さんは名頃《なごろ》を殺《ころ》してしもたっちゅうわけか……」

涙《なみだ》ぐむ紅葉《もみじ》のそばで、平次《へいじ》がつぶやく。

「……そっ……そんな……」

阿知波《あちわ》は手《て》をだらりと下《さ》げ、起爆装置《きばくそうち》を力《ちから》なく離《はな》した。そして、う、うぅ、とすすり泣《な》く。

「……わっ……私《わたし》は、何《なん》てことを……」

平次《へいじ》は階段《かいだん》から転《ころ》がった起爆装置《きばくそうち》を拾《ひろ》い上《あ》げ、泣《な》き崩《くず》れる阿知波《あちわ》を見上《みあ》げた。コナンも階段《かいだん》の上《うえ》から阿知波《あちわ》を見《み》つめ、持《も》っていたかるた札《ふだ》に目《め》を落《お》とした。

百人《ひゃくにん》の歌人《かじん》の和歌《わか》を一人一首《ひとりいっしゅ》ずつ選《えら》んでつくった歌集《かしゅう》『百人一首《ひゃくにんいっしゅ》』。札一枚一枚《ふだいちまいいちまい》に込《こ》められた想《おも》いがあるように、このかるた札《ふだ》を巡《めぐ》っていろいろな人《ひと》の想《おも》いが交差《こうさ》し、ときには衝突《しょうとつ》し、ときにはすれ違《ちが》い、悲劇《ひげき》を引《ひ》き起《お》こしてしまったのだ——。

コナンたちがいる皐月堂最上階《さつきどうさいじょうかい》の下《した》では、支柱《しちゅう》にどんどんヒビが走《はし》り、破片《はへん》がパラパラと落下《らっか》していた。柱《はしら》の繋《つな》ぎ目《め》がところどころ崩《くず》れている。

耐《た》え切《き》れなくなった柱《はしら》がメキメキメキ……と嫌《いや》な音《おと》を立《た》てて、ついに折《お》れた。

柱《はしら》がガラガラと崩《くず》れ落《お》ち、皐月堂《さつきどう》が大《おお》きく傾《かたむ》く。

「うわぁ!!」

平次《へいじ》は階段《かいだん》から落《お》ちてきた阿知波《あちわ》を支《ささ》えると同時《どうじ》に、階段《かいだん》の手《て》すりに寄《よ》りかかった。紅葉《もみじ》もとっさに手《て》すりをつかむ。しかし、

「がはっ！」「きゃあああ！」

コナンと和葉《かずは》が回廊《かいろう》を滑《すべ》り落《お》ちていった。

「和葉《かずは》あぁぁ――!!」

崩《くず》れてきたガレキと共《とも》に滑《すべ》り落《お》ちた和葉《かずは》は、回廊《かいろう》の手《て》すりにぶつかって止《と》まった。

「和葉《かずは》！　大丈夫《だいじょうぶ》か!?」

「うん。でも、うまく立《た》てへん……」

一方《いっぽう》、かるたの箱《はこ》を抱《かか》えながら回廊《かいろう》を転《ころ》げていったコナンは、倒《たお》れていたバイクにぶつかり、手《て》すりまで滑《すべ》り落《お》ちた。手《て》すりの間《あいだ》をすり抜《ぬ》けて落《お》ちそうになったコナンは、とっさに縁《ふち》に片手《かたて》をかけてぶら下《さ》がった。すると、縁《ふち》の下《した》にエレベーターが見《み》えた。

コナンは体《からだ》を振《ふ》り子《こ》のように大《おお》きく揺《ゆ》らし、反動《はんどう》をつけてエレベーターシャフトの壁《かべ》に飛《と》び移《うつ》った。

「みんな、早《はや》く！　エレベーターに!!」

コナンの声《こえ》を聞《き》いた平次《へいじ》は、手《て》すりにつかまる紅葉《もみじ》に声《こえ》をかけた。

「紅葉《もみじ》！　早《は》よ行《い》け!!」

「え、ええ」

階段《かいだん》でうなだれている阿知波《あちわ》にも声《こえ》をかける。

「早《は》よ立《た》ちぃ、行《い》くで!!」

「……私《わたし》はいい。置《お》いていけ」

「アホ抜《ぬ》かせ！　まだアンタを死《し》なせるわけにはいかんのや!!」

平次《へいじ》の言葉《ことば》に、阿知波《あちわ》はハッと顔《かお》を上《あ》げた。

平次《へいじ》と阿知波《あちわ》は手《て》すりにつかまって階段《かいだん》を下《お》りると、柱《はしら》につかまりながらエレベーターへと近《ちか》づいていった。

「和葉《かずは》！　こっちに登《のぼ》ってくるんや!!」

平次《へいじ》は柱《はしら》につかまりながら、回廊《かいろう》の手《て》すりの前《まえ》で座《すわ》り込《こ》んでいる和葉《かずは》に手《て》を伸《の》ばした。

「う、うん」

「早《は》よせえ！」

和葉《かずは》も手《て》すりにつかまりながら、手《て》を伸《の》ばした。

「くそぉ、もう少《すこ》し……」

平次《へいじ》は身《み》を乗《の》り出《だ》し、さらに手《て》を伸《の》ばした。和葉《かずは》の指先《ゆびさき》に触《ふ》れると、手首《てくび》をガッチリとつかむ。

「よっしゃ!!」

そのとき——皐月堂《さつきどう》が大《おお》きく揺《ゆ》れて、さらに傾《かたむ》きが大《おお》きくなった。ガガガガ……と床《ゆか》を擦《こす》るような音《おと》がして平次《へいじ》が見上《みあ》げると——ガレキと共《とも》にバイクが落《お》ちてきた。

コナンはエレベーターに乗《の》り込《こ》む紅葉《もみじ》にかるたを預《あず》け、阿知波《あちわ》がやってくるとエレベーターシャフトの中《なか》に入《はい》り、エレベーターのカゴの上《うえ》に飛《と》び降《お》りた。そしてカゴの中央《ちゅうおう》にサスペンダーを取《と》り付《つ》けた。このエレベーターは三人《さんにん》乗《の》りで、全員《ぜんいん》が乗《の》ると重量《じゅうりょう》オーバーになってしまう。だからサスペンダーでサポートするのだ。

すると突然《とつぜん》、エレベーターシャフトが大《おお》きく揺《ゆ》れてカゴがズルリと下《さ》がった。さらにググ……と落《お》ちていき、エレベーターのドアが閉《し》まる。

「頼《たの》む……まだ落《お》ちないでくれ!!」

コナンが天井《てんじょう》を通《とお》る鉄骨《てっこつ》にサスペンダーを掛《か》けようとした瞬間《しゅんかん》——ガレキがガラガラと落《お》ちてきた。

「ぐはっ」「きゃああ!」

エレベーターのカゴが激《はげ》しく揺《ゆ》れて、一気《いっき》に落下《らっか》した。鉄骨《てっこつ》に掛《か》けられたサスペンダーがどんどん伸《の》びていく。

「もってくれよ……!!」

しかしサスペンダーを支《ささ》えていた鉄骨《てっこつ》がひしゃげ、さらに右側《みぎがわ》のワイヤーが滑車《かっしゃ》ごと崩《くず》れた。途中《とちゅう》でゆがんでいるエレベーターシャフトの壁《かべ》に衝突《しょうとつ》しながら、カゴは火花《ひばな》を散《ち》らして落《お》ちていく。

「くっそぉ〜!!」

エレベーターシャフトを塞《ふさ》いでいたガレキに激突《げきとつ》したカゴは、壁《かべ》を破壊《はかい》しながら落下《らっか》し、
ズガガァアン!!

柱《はしら》を突《つ》き破《やぶ》って飛《と》び出《だ》した。

湖《みずうみ》に向《む》かって落《お》ちていくカゴの上《うえ》で、コナンは伸《の》びたサスペンダーを見上《みあ》げた。すると、サスペンダーに引《ひ》っ張《ぱ》られた金属《きんぞく》の塊《かたまり》がカゴに向《む》かって落《お》ちてくる——!!

「なっ、何《なに》!?」

コナンはすばやくキック力増強《りょくぞうきょう》シューズのダイヤルを回《まわ》した。最大《さいだい》パワーになったシューズで大《おお》きくジャンプし、金属《きんぞく》の塊《かたまり》を蹴《け》り上《あ》げる——!!

「させるかぁぁぁぁ!!」

サスペンダーを付《つ》けた金属《きんぞく》の塊《かたまり》は一直線《いっちょくせん》に進《すす》み、崖《がけ》の側面《そくめん》に突《つ》き刺《さ》さった。コナンはガレキと共《とも》に湖《みずうみ》に落《お》ちていった。

ぶはっ、と湖面《こめん》から顔《かお》を出《だ》すと——皐月堂《さつきどう》から伸《の》びたワイヤーと崖《がけ》から伸《の》びたサスペンダーに引《ひ》っ張《ぱ》られたエレベーターのカゴが、湖《みずうみ》の上《うえ》で宙吊《ちゅうづ》りになっていた。

「無事《ぶじ》か〜!」「今行《いまい》くぞ——!!」

消防隊員《しょうぼうたいいん》の乗《の》ったボートがボロボロになったカゴに近《ちか》づいていく。

「あっぶねぇ～……」

コナンは湖面《こめん》ぎりぎりで浮《う》かぶカゴを見《み》て、つぶやいた。全員乗《ぜんいんの》っていたら助《たす》からなかったかもしれない――。コナンはハッとして皐月堂《さつきどう》を見上《みあ》げた。

「服部《はっとり》……!!」

まだ平次《へいじ》と和葉《かずは》が最上階《さいじょうかい》に残《のこ》っているのだ。


突然上《とつぜんうえ》から強《つよ》い光《ひかり》に照《て》らされて、気《き》を失《うしな》っていた和葉《かずは》は目《め》を覚《さ》ました。

「う、うう……」

体《からだ》を起《お》こして上《うえ》を見《み》ると、強《つよ》い光《ひかり》はヘリコプターのサーチライトだった。けれど、ヘリコプターはどんどん離《はな》れていく。

「え⁉　ちょっ、なんで？　行《い》かんといて!!」

手《て》を伸《の》ばした和葉《かずは》の背後《はいご》で、ブォンブォンと低《ひく》いエンジン音《おん》がした。振《ふ》り返《かえ》ると、平次《へいじ》がバイクにまたがっていた。

「平次《へいじ》!!」

「乗《の》れ!!」

「え、でも今救助《いまきゅうじょ》ヘリが――」

「無理《むり》や。あれ以上近《いじょうちか》づいたら崩《くず》れてまう」

「そ、そんな……」

和葉《かずは》は目の前《めのまえ》のガレキに埋《う》もれた建物《たてもの》を見《み》た。一階部分《いっかいぶぶん》は潰《つぶ》れて跡形《あとかた》もなく、二階《にかい》と一《いっ》階《かい》を繋《つな》いでいた階段《かいだん》はガレキの上《うえ》で水平《すいへい》になっていた。

宙吊《ちゅうづ》りになったエレベーターのカゴから阿知波《あちわ》と紅葉《もみじ》が出《で》てきて、ボートに乗《の》せられた。コナンも湖《みずうみ》から引《ひ》き上《あ》げられて、ボートに乗《の》る。

「大丈夫《だいじょうぶ》かい、ボウヤ」

「うん」

コナンはボートの上《うえ》から皐月堂《さつきどう》を見上《みあ》げた。一旦《いったん》は皐月堂《さつきどう》に近《ちか》づいた救助《きゅうじょ》ヘリが、どんどん離《はな》れていく。こうなったらもう自力《じりき》で脱出《だっしゅつ》するしかない。

(服部《はっとり》……頼《たの》む。何《なん》とか抜《ぬ》け出《だ》してくれ!!)

和葉《かずは》が後《うし》ろに乗《の》ると、平次《へいじ》はバイクを走《はし》らせて建物《たてもの》の中《なか》に入《はい》っていった。そして部屋《へや》の奥《おく》でクルリと方向転換《ほうこうてんかん》して、入《はい》ってきた方《ほう》を向《む》く。

すると突然《とつぜん》、壁《かべ》が崩《くず》れて中《なか》からドサリと何《なに》かが落《お》ちた。包《つつ》んでいたシートが広《ひろ》がり、頭《ず》蓋骨《がいこつ》が見《み》える。

「平次《へいじ》、アレ……！」

「ああ、名頃《なごろ》さんや」

頭蓋骨《ずがいこつ》のそばには凶器《きょうき》のラジカセもあり、爆弾《ばくだん》がくくられていた。阿知波《あちわ》はこれで皐月《さつき》堂《どう》を爆破《ばくは》しようとしていたのだ――。

(――!!)

平次《へいじ》の頭《あたま》にある考《かんが》えが浮《う》かんだ。

「どないしたん？　平次《へいじ》」

「しっかりつかまっとれよ」

平次《へいじ》はそう言《い》うと、ワアァアンとアクセルを吹《ふ》かした。和葉《かずは》が平次《へいじ》の肩越《かたご》しに覗《のぞ》く。すると、その先《さき》に見《み》える景色《けしき》は湖《みずうみ》ではなく、崖《がけ》だった。

「アンタまさか……向《む》こうの壁《かべ》まで跳《と》ぶつもりやないやろなぁ？」

「ようわかったなぁ。そのまさかや」

「ウッ、ウソやろ～!?　何考《なにかんが》えてんねん！　めっちゃ距離《きょり》あんで!?」

コナンが流《なが》れを変《か》えた滝《たき》の反対側《はんたいがわ》にある崖《がけ》の中腹《ちゅうふく》にバイクが乗《の》れそうな出《で》っ張《ぱ》りがあり、そこも真上《まうえ》から滝《たき》が流《なが》れていた。けれど、とてもあそこまで跳《と》べるとは思《おも》えない。

「なぁ、平次《へいじ》。池《いけ》に飛《と》び降《お》りたほうがええんとちゃう？」

「無理《むり》や！　この高《たか》さから飛《と》び降《お》りたら水面《すいめん》もコンクリのように硬《かと》うなる」

平次《へいじ》はそう言《い》いながらブレーキレバーを握《にぎ》り、持《も》っていた起爆装置《きばくそうち》のフタを開《あ》けた。

ギャギャギャ……と後輪《こうりん》が悲鳴《ひめい》を上《あ》げながら空回《からまわ》りして土煙《つちけむり》を上《あ》げる。

「しっかりつかまっとけよ！　和葉《かずは》、その手《て》ぇ離《はな》したら……殺《ころ》すで!!」

「……うん！」

和葉《かずは》は平次《へいじ》の背中《せなか》に顔《かお》をうずめ、腰《こし》に回《まわ》した手《て》にギュッと力《ちから》を込《こ》めた。

そのとき、建物《たてもの》が支《ささ》えていた脚柱《きゃくちゅう》が崩《くず》れて、建物《たてもの》がガガガ……と大《おお》きく前《まえ》に傾《かたむ》いた。屋根《やね》が崩《くず》れてガレキが降《ふ》りかかる――！

「こないなところでぇ、死《し》んでたまるかぁぁ――!!」

平次《へいじ》はフロントブレーキを解除《かいじょ》して、バイクを急発進《きゅうはっしん》させた。煙《けむり》を引《ひ》きながら猛《もう》スピードで部屋《へや》を飛《と》び出《だ》し、ガレキの上《うえ》に横《よこ》たわった階段《かいだん》を突《つ》き進《すす》んで大《おお》きくジャンプする――!!

「まだお前《まえ》には言《い》わなあかんことがあんねん――!!」

空中《くうちゅう》に飛《と》び出《だ》した平次《へいじ》は、左手《ひだりて》に持《も》った起爆装置《きばくそうち》のスイッチを押《お》した。

建物《たてもの》が大爆発《だいばくはつ》して、強烈《きょうれつ》な爆風《ばくふう》が平次《へいじ》たちに押《お》し寄《よ》せる――。

「届《とど》けえぇぇぇぇ――!!」

和葉《かずは》はアクセルグリップを握《にぎ》る平次《へいじ》の右手《みぎて》に自分《じぶん》の右手《みぎて》を重《かさ》ねて、ギュッと握《にぎ》った。

爆風《ばくふう》に押《お》されたバイクは、崖《がけ》の出《で》っ張《ぱ》りの端《はし》ギリギリに着地《ちゃくち》して、その衝撃《しょうげき》で二人《ふたり》は滝《たき》の中《なか》に放《ほう》り出《だ》された。

「ぐはっ！」

水《みず》の中《なか》から体《からだ》を起《お》こした平次《へいじ》は、すぐに辺《あた》りを見回《みまわ》した。すると、

「平次《へいじ》ぃぃ！」

滝《たき》に流《なが》された和葉《かずは》が出《で》っ張《ぱ》りの縁《ふち》からガクンと落《お》ちていく――。

「和葉《かずは》ぁぁ!!」

平次《へいじ》は落下《らっか》する和葉《かずは》に左手《ひだりて》を伸《の》ばした。縁《ふち》から身《み》を乗《の》り出《だ》して、和葉《かずは》の手《て》をつかむ。滝《たき》の水《みず》を背中《せなか》に受《う》けた平次《へいじ》は、はぁはぁ……と苦《くる》しそうに顔《かお》を上《あ》げた。

「……大丈夫《だいじょうぶ》か？　和葉《かずは》」

「う、うん……」

手《て》をつかまれた和葉《かずは》が顔《かお》を上《あ》げると、平次《へいじ》は苦笑《にがわら》いを浮《う》かべた。

「は……もう脱出劇《だっしゅつげき》はこりごりやな……」

ボートに乗《の》ったコナンはメガネをズームアップして崖《がけ》の出《で》っ張《ぱ》りを見《み》た。すると、平次《へいじ》が和葉《かずは》を引《ひ》き上《あ》げているのが見《み》えた。

「つたく、アイツら」

とつぶやいたコナンはフッと微笑《ほほえ》んだ。

和葉《かずは》を引《ひ》き上《あ》げた平次《へいじ》はフゥ……と息《いき》をついた。

「一時《いちじ》はどうなることかと思《おも》ったで……」

「ところで平次《へいじ》」

和葉《かずは》に呼《よ》ばれて、平次《へいじ》は「ん？」と顔《かお》を上《あ》げた。

「アタシに言《い》わなあかんことって、何《なん》なん？」

「え⁉」

平次《へいじ》はギクリとした。

「なっ、何《なん》のこっちゃ？」

「さっき言《い》うたやろ。アタシに何《なに》か言《い》うまで死《し》ねへんって」

「空耳《そらみみ》とちゃうか？」

とよそを向《む》く平次《へいじ》に、和葉《かずは》は「ちゃうわ！」と顔《かお》を近《ちか》づけた。

「かるたの特訓《とっくん》で耳《みみ》は鍛《きた》えられてんねん！」

平次《へいじ》は顔《かお》を赤《あか》らめた。

これはもう言《い》い逃《のが》れできないのか。オレが和葉《かずは》に伝《つた》えたかったこと、それは——……。

「さぁ、文句《もんく》があるなら言《い》うてみぃ！」

「⁉」

和葉《かずは》が怒《おこ》ったような顔《かお》で詰《つ》め寄《よ》ってきて、

「ちょっ、待《ま》ちぃや、オワッ！」

平次《へいじ》が押《お》し倒《たお》されて、バシャーンと水《みず》しぶきが上《あ》がった。

10

新大阪駅《しんおおさかえき》・正面口《しょうめんぐち》――。

新幹線《しんかんせん》で帰《かえ》る蘭《らん》たちを、平次《へいじ》と和葉《かずは》が見送《みおく》りに来《き》ていた。

「見送《みおく》りに来《き》てくれてありがとう」

蘭《らん》が言《い》うと、和葉《かずは》はいやいや、と手《て》を振《ふ》った。

「お礼《れい》を言《い》わなあかんのはこっちの方《ほう》や」

「そう言《い》えば、かるた部《ぶ》はどうなったの？」

コナンがたずねた。

「それがな。決勝《けっしょう》まで進《すす》んだことを学校側《がっこうがわ》が認《みと》めてくれて、廃部《はいぶ》にならんで済《す》んだそうや。

――アタシは最後《さいご》の最後《さいご》で負《ま》けてしもたけど……」

和葉《かずは》は残念《ざんねん》そうに言《い》った。運命戦《うんめいせん》で札《ふだ》を読《よ》まれたのは、紅葉《もみじ》の方《ほう》だったのだ。

「和葉《かずは》ちゃん……」

蘭《らん》が声《こえ》をかけようとすると、和葉《かずは》が勢《いきお》いよく腕《うで》をつかんだ。

「ちょっと来《き》て」

と、蘭《らん》を引《ひ》っ張《ぱ》ってみんなから離《はな》れていく。

「あれ？」

「どうしたんでしょう？」

「なんだよ、ナイショ話《ばなし》かよ〜」

きょとんとする子供《こども》たちのそばで、コナンと平次《へいじ》は疑《うたが》わしそうな目《め》で二人《ふたり》を見《み》つめた。


「ほんとに？」

和葉《かずは》に引《ひ》っ張《ぱ》られた蘭《らん》がたずねると、

「ええねん、ええねん」

和葉《かずは》はひそひそ声《ごえ》で言《い》った。

「だって、『しのぶれど』の札《ふだ》が取《と》れたから」

と嬉《うれ》しそうな顔《かお》をする。

《しのぶれど　色《いろ》に出《い》でにけり　わが恋《こい》は　ものや思《おも》ふと　人《ひと》の問《と》ふまで》

蘭《らん》が和葉《かずは》にピッタリだと言《い》った歌《うた》だ。

「やっぱその歌《うた》を得意札《とくいふだ》にしたんだね」

「ちゃうちゃう、歌《うた》だけやない。その歌《うた》を詠《よ》んだ人《ひと》の名前《なまえ》や！」

和葉《かずは》は人差《ひとさ》し指《ゆび》をピンと立《た》てた。

「平兼盛《たいらのかねもり》！　百人一首《ひゃくにんいっしゅ》の中《なか》で平次《へいじ》の『平《へい》』の字《じ》で名前《なまえ》が始《はじ》まんのはその人《ひと》だけや。もう平《へい》次《じ》の札《ふだ》にしか見《み》えへんかったわ」

「へえ〜……」

「後《あと》で札《ふだ》の写《しゃ》メ、平次《へいじ》に送《おく》ったんねん。これがアタシの気持《きも》ち、ってな」

ヒソヒソ話《ばなし》をする二人《ふたり》の背後《はいご》で、自動《じどう》ドアが開《あ》いた。

「『しのぶれど』を送《おく》って、自分《じぶん》の気持《きも》ちを伝《つた》える？　そらルール違反《いはん》とちゃいます？」

その声《こえ》に驚《おどろ》いて振《ふ》り返《かえ》ると、紅葉《もみじ》がツカツカと歩《ある》いてきた。自動《じどう》ドアのそばでは伊織《いおり》が立《た》っている。

「も、紅葉《もみじ》さん⁉」

「今《いま》の声《こえ》、聞《き》こえてたん⁉」

「耳《みみ》がええんは、アンタだけとちゃいますわ」

紅葉《もみじ》が立《た》ち止《ど》まると、平次《へいじ》が「紅葉《もみじ》やないか！」と近《ちか》づいてきた。

「何《なに》してんねん、こないなとこで」

「約束《やくそく》どおり、告白《こくはく》しに来《き》たんです。もっともウチはもう、平次君《へいじくん》に告白《こくはく》されてますけど」

と紅葉《もみじ》は得意《とくい》げな顔《かお》で和葉《かずは》をチラリと見《み》る。

「え？」

「はぁ？　何《なん》のこっちゃ？」

紅葉《もみじ》はバッグの中《なか》から写真《しゃしん》を取《と》り出《だ》して、平次《へいじ》に見《み》せた。

「これがその証拠写真《しょうこしゃしん》です！」

それは幼《おさな》い紅葉《もみじ》と平次《へいじ》が指切《ゆびき》りをしている写真《しゃしん》だった。

平次《へいじ》のそばで子供《こども》たちは写真《しゃしん》を見上《みあ》げた。

「指切《ゆびき》りしてる……」

「約束《やくそく》してしまったんですね……」

「破《やぶ》ったら針千本飲《はりせんぼんの》まなきゃいけないんだぞ！」

元太《げんた》ににらまれた平次《へいじ》は「ちょー待《ま》て！」と慌《あわ》てて手《て》を伸《の》ばした。

「何《なん》の約束《やくそく》したっちゅうねん!?」

「『今度会《こんどお》うたら、嫁《よめ》に取《と》るさかい。待《ま》っとけや！』」

紅葉《もみじ》は幼《おさな》い平次《へいじ》に言《い》われた言葉《ことば》をそのままハッキリと言《い》った。

「ええ～!?」

和葉《かずは》が目《め》を丸《まる》くする。

コナンはあきれた顔《かお》で平次《へいじ》を見《み》た。

（コイツ、何気《なにげ》に恥《は》ずかしいところ記録《きろく》されるよなあ……）

写真《しゃしん》を持《も》った紅葉《もみじ》はいつの間《ま》にか涙《なみだ》ぐんでいて、頬《ほお》に一筋《ひとすじ》の涙《なみだ》が伝《つた》った。

「それともこんな昔話《むかしばなし》……なかったことにしはりますか？」

平次《へいじ》は慌《あわ》てて身《み》を乗《の》り出《だ》し、食《く》い入《い》るように写真《しゃしん》を見《み》つめた。そして、

「あ〜！　思《おも》い出《だ》したわ！」

ポンと手《て》を打《う》った。

「あんとき、こう言《い》うたんや。『泣《な》くなや。また今度勝負《こんどしょうぶ》したらええやんけ！　けど、今《こん》度会《どお》うたらもっと強《つよ》めに取《と》るさかいに、腕磨《うでみが》いて待《ま》っとけや！』ってのぉ」

コナンと蘭《らん》、和葉《かずは》は目《め》が点《てん》になった。

「つ……」

「よめに……」

「取《と》るさかい……!?」

腰《こし》に手《て》を当《あ》てた平次《へいじ》は、得意《とくい》げな顔《かお》でうなずいた。

「相手《あいて》が女《おんな》の子《こ》やったし、ケガさせたらアカン思《おも》て、力抜《ちからぬ》いて優《やさ》しゅう取《と》ってたからのお」

紅葉《もみじ》の涙《なみだ》がピタリと止《と》まった。そしてすかさずスマホを耳《みみ》に当《あ》て、

「伊織《いおり》。――撤収《てっしゅう》です!!」

『はい、お嬢様《じょうさま》！』

キキィッ！

自動《じどう》ドアの向《む》こうでロールスロイスが停《と》まり、紅葉《もみじ》は踵《きびす》を返《かえ》した。

「ほな、今日《きょう》はこの辺《へん》で勘弁《かんべん》しといてあげますけど……ウチは狙《ねら》った札《ふだ》は誰《だれ》にも取《と》らせへんちゅうこと、よぉ覚《おぼ》えといてもらいましょか……和葉《かずは》ちゃん」

紅葉《もみじ》がクルリと振《ふ》り返《かえ》って、和葉《かずは》を名前《なまえ》で呼《よ》んだ。

「！」

初《はじ》めて名前《なまえ》で呼《よ》ばれてビックリしたものの、和葉《かずは》はニッコリと笑《わら》い返《かえ》した。

「何《なん》や。また和葉《かずは》とかるたやる気《き》なんかい」

平次《へいじ》たちはロールスロイスに乗《の》り込《こ》む紅葉《もみじ》を見送《みおく》った。

すると、ロールスロイスの後《うし》ろには無数《むすう》の空《あ》き缶《かん》がくくり付《つ》けられていた。結婚式《けっこんしき》を挙《あ》げた二人《ふたり》がハネムーンに向《む》かうときにする欧米《おうべい》の風習《ふうしゅう》だ。

まさかこのまま平次《へいじ》とハネムーンに出発《しゅっぱつ》するつもりだったのか――驚《おどろ》いているコナンたちの前《まえ》で、ロールスロイスはガランガラン……とけたたましい音《おと》を立《た》てながら走《はし》っていった。


新幹線《しんかんせん》に乗《の》った蘭《らん》は、デッキに出《で》て園子《そのこ》に電話《でんわ》をかけた。

「ごめん、寝《ね》てた？　園子《そのこ》って百人一首《ひゃくにんいっしゅ》に詳《くわ》しかったよね？」

『ええ、正月《しょうがつ》に家族《かぞく》でやるから』

と鼻声《はなごえ》が聞《き》こえてきた。

「新一《しんいち》に『めぐりあひて』の札《ふだ》の写《しゃ》メを送《おく》ったら、『瀬《せ》をはやみ』って歌《うた》が返《かえ》ってきたんだけど、どんな意味《いみ》だっけ？　私《わたし》、ど忘《わす》れしちゃって……」

蘭《らん》がたずねると、少《すこ》しの間《ま》があって、

『〈愛《いと》しいあの人《ひと》と今《いま》は別《わか》れていても、いつかはきっと再会《さいかい》しよう〉という崇徳院《すとくいん》が詠《よ》んだラブラブな歌《うた》。ごちそうさま♥』

ブツッと電話《でんわ》が切《き》れた。

「あ、ちょっと園子《そのこ》～!!」

蘭《らん》は頬《ほお》を赤《あか》く染《そ》めながら、携帯《けいたい》に向《む》かって叫《さけ》んだ。

その後《うし》ろで、こっそりデッキに出《で》てきたコナンがつぶやいた。

「忘《わす》れてんじゃねぇよ……」

★小学館ジュニア文庫★ ワクワク、ドキドキがいっぱいのラインナップ

〈話題の映画&アニメノベライズシリーズ〉

アイドル×戦士 ミラクルちゅーんず!
あさひなぐ
兄に愛されすぎて困ってます
一礼して、キス
海街diary
映画くまのがっこう パティシエ・ジャッキーとおひさまのスイーツ
映画プリパラ み～んなのあこがれ♪ レッツゴー☆プリパリ
映画妖怪ウォッチ 空飛ぶクジラとダブル世界の大冒険だニャン!
映画妖怪ウォッチ シャドウサイド 鬼王の復活

おまかせ!みらくるキャット団 ～マミタス、みらくるするのナ～～

怪盗グルーのミニオン大脱走

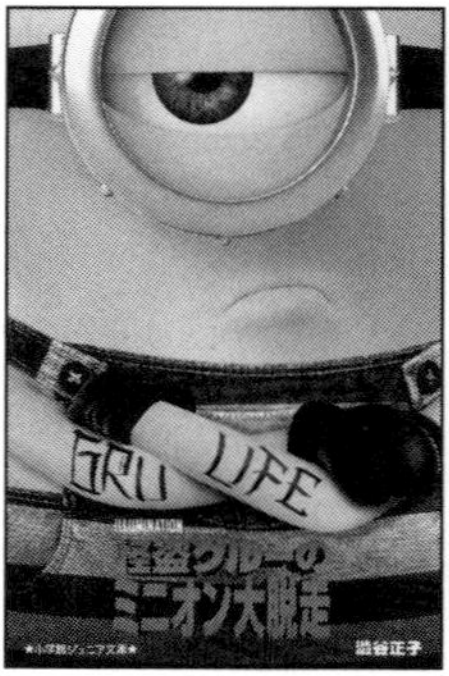

怪盗ジョーカー 開幕! 怪盗ダーツの挑戦!!
怪盗ジョーカー 追憶のダイヤモンド・メモリー
怪盗ジョーカー 闇夜の対決! ジョーカーvsシャドウ
怪盗ジョーカー 銀のマントが燃える夜
怪盗ジョーカー ハチの記憶を取り戻せ!
怪盗ジョーカー 解決! 世界怪盗ゲームへようこそ!!
境界のRINNE 謎のクラスメート
境界のRINNE 友だちからで良ければ
境界のRINNE ようこそ地獄へ!
くちびるに歌を
劇場版アイカツ!
劇場版ポケットモンスター キミにきめた!

心が叫びたがってるんだ。

貞子vs伽椰子
真田十勇士
ザ・マミー 呪われた砂漠の王女
SING シング
シンドバッド 空とぶ姫と秘密の島
シンドバッド 真昼の夜とふしぎの門
呪怨—ザ・ファイナル—
呪怨—終わりの始まり—

次はどれにする？　おもしろくて楽しい新刊が、続々登場!!

スナックワールド

8年越しの花嫁　奇跡の実話

未成年だけどコドモじゃない

トムとジェリー シャーロック ホームズ

NASA超常ファイル　～地球外生命からの挑戦状～

二度めの夏、二度と会えない君

バットマンVSスーパーマン　エピソード0 クロスファイヤー

ペット

ポケモン・ザ・ムービーXY　破壊の繭とディアンシー

ポケモン・ザ・ムービーXY　光輪の超魔神フーパ

ポケモン・ザ・ムービーXY&Z　ボルケニオンと機巧のマギアナ

ポッピンQ

まじっく快斗1412　全6巻

ミニオンズ

〈この人の人生に感動！人物伝〉

井伊直虎　～民を守った女城主～

西郷隆盛　敗者のために戦った英雄

杉原千畝

ルイ・ブライユ　暗闇に光を灯した十五歳の点字発明者

Shogakukan Junior Bunko

★小学館ジュニア文庫★

名探偵コナン から紅《くれない》の恋歌《ラブレター》

2017年 4 月18日　初版第１刷発行
2018年 1 月22日　　　第６刷発行

著者／水稀しま
原作／青山剛昌
脚本／大倉崇裕

発行者／立川義剛
編集人／吉田憲生
編集／伊藤 澄

発行所／株式会社　小学館
〒101-8001　東京都千代田区一ツ橋２－３－１
電話　編集　03-3230-5105
販売　03-5281-3555

印刷・製本／中央精版印刷株式会社

デザイン／石沢将人＋ベイブリッジ・スタジオ
口絵構成／内野智子

Printed in Japan　　ISBN 978-4-09-231161-9